Aboriginality
The Literary Origins of British Columbia

加拿大文学起源

土著文化

〔加拿大〕艾伦·特威格(Alan Twigg) 著
杨建国 左丽芬 苟淑英 孙芳丹 译
杨建国 陈 杨 审校

北京大学出版社
PEKING UNIVERSITY PRESS

著作权合同登记号　图字：01-2021-5576

图书在版编目(CIP)数据

加拿大文学起源：土著文化 /（加）艾伦·特威格（Alan Twigg）著；杨建国等译. —北京：北京大学出版社，2021.12
（文学论丛）
ISBN 978-7-301-32755-5

Ⅰ.①加… Ⅱ.①艾…②杨… Ⅲ.①文学史研究–加拿大 Ⅳ.①I711.09

中国版本图书馆 CIP 数据核字(2021)第 259435 号

书　　　名	加拿大文学起源：土著文化
	JIANADA WENXUE QIYUAN: TUZHU WENHUA
著作责任者	〔加〕艾伦·特威格（Alan Twigg）　著
	杨建国　等译
责 任 编 辑	郝妮娜
标 准 书 号	ISBN 978-7-301-32755-5
出 版 发 行	北京大学出版社
地　　　址	北京市海淀区成府路 205 号　100871
网　　　址	http://www.pup.cn　　新浪微博：@北京大学出版社
电 子 信 箱	bdhnn2011@126.com
电　　　话	邮购部 010-62752015　发行部 010-62750672
	编辑部 010-62759634
印 刷 者	三河市博文印刷有限公司
经 销 者	新华书店
	650 毫米 ×980 毫米　16 开本　14.5 印张　270 千字
	2021 年 12 月第 1 版　2021 年 12 月第 1 次印刷
定　　　价	68.00 元

未经许可，不得以任何方式复制或抄袭本书之部分或全部内容。
版权所有，侵权必究
举报电话：010-62752024　电子信箱：fd@pup.pku.edu.cn
图书如有印装质量问题，请与出版部联系，电话：010-62756370

献给已逝但不会被人们遗忘的乔治 & 英格堡

斯基罗斯·布鲁斯,20岁,出版了第一部哥伦比亚土著妇女诗歌集

CONTENTS 目 录

致 谢 / 1
前 言 / 1

第一章 荒原之声 / 1

玛莎·道格拉斯·哈里斯 / 3
埃米莉·保利娜·约翰逊 / 4
乔·卡皮拉诺和玛丽·卡皮拉诺 / 11
乔治·亨特 / 13
莫琳·达夫 / 16
威廉·亨利·皮尔斯 / 21
查尔斯·诺埃尔 / 22
威廉·赛帕斯 / 24
戈登·鲁滨孙 / 28
沃尔特·赖特 / 29
多玛尼克·查理 / 30
奥古斯特·杰克·卡特萨拉诺 / 31
乔治·克鲁特希 / 34
霍华德·亚当斯 / 36
詹姆斯·塞维德 / 38
斯基罗斯·布鲁斯 / 39
亨利·彭尼尔 / 40
凯瑟琳·伯德 / 42
丹·乔治 / 43
肯尼思·B.哈里斯 / 46

韦尔娜·柯克尼斯 / 46
乔治·曼纽尔 / 48
李·玛拉克尔 / 50
贝尔纳黛特·罗塞蒂 / 52
黛西·塞韦德·史密斯 / 53
菲利丝·切尔西 / 54
查尔斯·琼斯 / 55
卢克·斯旺 / 58
詹姆斯·沃拉斯 / 58
埃伦·怀特 / 60

第二章　见证北美印第安人 / 63

珍妮特·阿姆斯特朗 / 65
弗洛伦斯·戴维森 / 67
老西蒙·沃尔克斯 / 68
彼得·S.韦伯斯特 / 69
斯坦·狄克逊 / 70
理查德·玛洛威 / 71
玛丽·奥古丝塔·塔帕奇 / 72
格洛丽亚·克兰默·韦伯斯特 / 74
多琳·詹森 / 76
哈里·阿苏 / 78
玛丽·约翰 / 79
哈里·鲁滨孙 / 80
玛丽·安哈特·贝克 / 84
加里·戈特弗里德松 / 85
乔安妮·阿诺特 / 87
康妮·法伊夫 / 88
路易丝·弗兰姆斯特 / 90
洛娜·威廉斯 / 90
阿尔迪西·威尔逊 / 91
莉泽特·霍尔 / 92

目 录

戴维·尼尔 / 93
雪莉·斯特林 / 96
克莱顿·麦克 / 97
亨利·W.泰特 / 98
安妮·约克 / 99
西蒙·贝克 / 100
格雷戈里·斯科菲尔德 / 100
格里·威廉 / 102
杰拉尔德·泰艾阿克·艾尔弗雷德 / 102
伦纳德·乔治 / 103
芭芭拉·黑格 / 104
伊登·鲁滨孙 / 105
理查德·范·坎普 / 107
玛丽昂·赖特 / 108
格雷格·扬·英 / 109
罗兰·克里斯约翰 / 110
厄尼·克雷 / 111
玛丽莲·杜蒙 / 112
玛丽·劳伦斯 / 113
希瑟·西蒙尼·麦克劳德 / 114
维拉·曼纽尔 / 115
威廉·贝农 / 117
彼得·约翰 / 118
莱恩·马钱德 / 120
玛丽·克莱门茨 / 121
甘德尔（沃尔特·麦格雷戈）/ 123
斯凯伊（约翰·斯凯）/ 125
拉里·洛伊 / 126
厄尔·马基纳·乔治 / 129
格洛丽亚·纳哈尼 / 130
菲利普·凯文·保罗 / 131
玛丽亚·博兰兹 / 132

阿格尼丝·艾尔弗雷德 / 133
E. 理查德·阿特莱奥 / 134
克里斯·博斯 / 135
哈罗德·尤斯塔什 / 135
约瑟夫·奥康纳 / 136
M. 简·史密斯 / 137
路易丝·巴尔贝蒂 / 138
汤姆森·海威 / 138

第三章　艺术家和雕刻师 / 143

弗朗西斯·巴蒂斯特 / 145
查利·乔治 / 145
亨利·斯佩克 / 147
诺弗尔·莫里索 / 148
莎拉因·斯图普 / 150
达芙妮·奥德吉格 / 151
比尔·里德 / 154
菲尔·纳伊藤和埃伦·尼尔 / 157
威利·西韦德 / 160
罗伊·亨利·维克斯 / 161
罗伯特·戴维森 / 163
迈克尔·尼科尔·亚古拉纳斯 / 164
苏珊·普安 / 165

第四章　其他知名人士 / 167
第五章　背景知识 / 183

参考书目 / 193
译后记 / 209
原作者简介 / 211
译者简介 / 213

致　谢

这本书能够出版，首先，我要感激我的朋友，也是本书的策划人，戴维·莱斯特，谢谢他的合作。我要特别感谢摄像师巴里·彼德森和薇琪·杰森，感谢他们提供了大量的照片。我还要感谢两位邻居朋友薇琪和她的丈夫杰伊·鲍威尔给予的大力帮助，杰伊·鲍威尔是本省最具建设性的人类学家和语言学家。

书中许多照片来源于不列颠哥伦比亚图书馆，有一部分是我在旅行中拍摄的，还有一些图片和研究资料来源于不列颠哥伦比亚多家机构和相应的作者们：西蒙弗雷泽大学精品藏馆（埃里克·斯旺尼克，托尼·鲍尔）、麦克劳德出版社（唐·斯图尔特）、不列颠哥伦比亚大学精品藏馆（拉尔夫·斯坦顿）、温哥华公共图书馆（保罗·惠特尼）、温哥华档案馆、不列颠哥伦比亚百科全书、教堂社区档案馆、奇利瓦克博物院和档案馆、耶鲁博物院和档案馆（布鲁斯·梅森）及梅利特博物院和档案馆。感谢他们一直以来的支持和合作。

我同样要感谢编辑兼出版人罗纳德·哈奇。他是个实在人，总是按时完成相应工作。还要感谢诺斯戴尔出版社的费尔南达·维韦罗斯和凯瑟琳·怀特海德、代理人唐·赛奇威克、书商唐·斯图尔特和大卫·W.埃利斯、原住民学习出版社的马德琳·麦基弗、不列颠哥伦比

阿瑟·特威格 1985 年画的 Cy. 皮特

亚大学出版社编辑琼·威尔逊和我的儿子杰里米和马丁,感谢他们提供的研究成果和长期的支持。

最后,我还要感谢我已故的父亲,他通过画作表达了自己一生对土著文化的执着。在他的影响下,我才能写出这本书。

前　言

加拿大政府只懂 26 个字母。

——赛克韦佩姆诗人、牧马人加里·戈特弗里德松

这句话是加里·戈特弗里德松在萨蒙阿姆时说的。他提到了他父母作为激进分子在运动中所扮演的重要角色和帮助舒斯瓦普族族长乔治·曼纽尔获得领导地位的事情。当时我想都没想就记下来了。这样做很有意义。

如今,这句话更加清楚地解释了这本书存在的意义。正如戈特弗里德松所指出的:在加拿大,很多情况下我们是在与语言斗争。在那种情况下,土著人掌握了发展变化中的英语——他们有能力运用"26 个字母"来写作——这成了一项非常重要的文学运动。

由不列颠哥伦比亚土著人拥有并经营的第一家出版公司成立于 1980 年。无论是由土著民写的,还是写有关土著民故事的书,最近都在增多。它们是值得用作品记录下来的,这些作品也是值得人们颂扬的。在加拿大宪法中土著民这个词指的是印第安人、因纽特人和加拿大梅蒂斯人。

加里·戈特弗里德松

《加拿大文学起源:土著文化》(以下简称《土著文化》)这本书介绍了自 1900 年以来 170 多位加拿大土著文人(包括画家、雕刻者、插图画家和编辑)以及他们出版的 300 多部作品。

对这些文人的介绍既不是按字母次序,也不是按种族(通常是混合的)、地方或文学风格(通常是混合的),而是按照他们第一部作品出版的时间先后顺序。这种编排可以让读者轻松地感受到多变的主题和文学活

动的变迁情况。这种文学繁荣现象是因生生不息的不列颠哥伦比亚出版业的兴起,由兰迪·弗雷德成立的泰特斯出版公司和由珍妮特·C.阿姆斯特朗监管成立的恩·奥金出版中心带来的。

加拿大土著印第安人拥有和经营的第一家出版公司

我们经常在报纸上了解到土著民在法制体系中取得的进步,但这种进步是很艰难的。一千多本有关不列颠哥伦比亚、印第安文学(调查研究本土文化)的书籍不断涌现,我们从中受益匪浅。但是这种新兴的不列颠哥伦比亚土著文化文学基本上名不见经传,引用得较少。

《土著文化》是第一个尝试以书本的形式来记录由不列颠哥伦比亚或是加拿大其他地区的土著民所写的书籍。我希望这本囊括人物传记、文化和著书目录的合集如同文化新闻一般让读者耳目一新。

在这里我所定义的文学仅局限于书本。其他人把文学的定义扩大到口述故事和岩石雕刻(两者已经成为许多书本的主题),这也是不错的。《土著文化》打算广泛地介绍(大部分)迄今为止没什么名气的土著作家,一位作者单独一个条目。因此,不限定作家,也不限定包罗万象的主题就变得尤为重要了。

《加拿大文学起源》这套书的第一册《首批入侵者》提供了大量的文献参考,还有作者索引。提醒一下大家,第一册的摘要可以在 www.abcbookworld.com 这个网址找到。我的目的在于传播有价值的信息。大多数人对不列颠哥伦比亚的文学历史了解甚少,我写此书旨在为这些人服务。

有关术语方面,由于不列颠哥伦比亚地区的大部分人来自其他地方且居住社区变化很大,因此,在描述土著民和地方的具体名字方面很难统一。海达群岛(海达)和夏洛特皇后群岛就变成了可以互换的名字,它们指的是同一个地方。你是更喜欢内萨利什族还是汤普森的印第安人,是

前　言

Niakapmux 还是'Nlaka'pamux？我们应该写成 Gitksan 还是 Gitxsan？

我不是一个擅长纠正拼写错误的中学教师，也不是拥有修改世界地图能力的地理学者。本书写作用的是英语而不是海达语或夸扣特尔语。然而，在几乎所有人都知道 Tsawwassen 一词中 T 不发音时，我仍然希望语言能保持多样化，所以把文学作品中名字统一的工作就交给其他人吧。

值得注意的是，对于几千年以来爱好口述文化的加拿大土著人来说，用英语写作还是件较为新鲜的事。差不多 100 年以前，不列颠哥伦比亚大多数的部落还依靠代言人，例如詹姆斯·泰特、彼特·凯利（彼特·凯利支持政府对冬季赠礼节的禁令）或者白人传教士，代表他们在出版物上发表观点。

土著民族地区的人不愿意使用英语，这是可以理解的。显然，不遵从所谓白人社会的指令是保持本土文化的一种方式。因此，用英语创作的文学是一把双刃剑：它在给予主流社会人们更多信息的同时，又更容易让那些土著文人遗忘自己的文化，失去传统的价值观和传统的生活方式。

同样，一些人愿意相信寄宿学校，理所当然地认为学校能够教他们怎么读、怎么写英语，所以他们倾向于在寄宿学校静静地学英语。但他们也认为寄宿学校是充满恶意的，有关寄宿学校的记忆满是伤痛，且伤口很深很深。简单地说，几代人都认为，学英语与"被虐待"紧紧相连。因此，在不列颠哥伦比亚发表作品的土著作家作为一种新的社会典范，他们的成功是一种充满痛苦的胜利，让我们看到了他们坚强的意志、不屈的斗争精神和忍耐力。

直至今天，那些在大学获得学位的土著人有时在自己的族内仍然得不到完全信任。可以说，他们"倒向了另外一边"。有时，他们甚至受到排斥。

早期，土著民不会想当然地把英语视作一种沟通交流的工具，相反他们认为英语是"障碍与诅咒"，难以克服，得慢慢地、小心翼翼地对待。较早的一个例子是：奇尔科廷战争引起的事件能够说明他们对英语这种书面语感到恐惧。

曾经，那是一段黑暗的日子。那时，这种书面文字是一种压迫工具。1863 年至 1865 年间，住在利卢埃特圣玛丽亚牧师住所的一位叫伦丁·布朗的天主教牧师曾努力地想使奇尔科廷人改变宗教信仰，他这样描述道：1864 年 4 月，因为一些修路的入侵者曾口头威胁奇尔科廷人，说如果他们不合作，传染病天花将会到来。为保护比特湾附近地区的领土，对抗修路入侵者,一些奇尔科廷人杀死了 14 个入侵者。暴乱事件后,6 个奇尔科廷人被马修·贝格比法官判以绞刑。

布朗牧师写道:"他们呀,极端恐惧在纸上写下自己的名字。因为他们认为纸是恐怖的东西,他们也惧怕用笔写字。文字,对他们而言是恐怖而神秘的,那是有势力的白人以一种无形的力量用来进行交流的。"

"在提笔的时候,没有人告诉他们这是在做什么。也许一场瘟疫正要来到这片土地,也许是强迫降雨留在西边,也许是发出指令让鲑鱼留在海洋。"

"印第安人最憎恨的是看到自己的名字写在纸上。对于他们而言,名字就是指拥有这个名字的人,两者没有任何区别。写下名字,也就写下了自己;如果名字到了恶魔手中,就意味着自己被施了魔法,成了看不见的敌人口中的猎物。"

"因此,当那些奇尔科廷人看到自己的名字被写下来,听到有关疾病的威胁,他们相信威胁会成真……在利卢埃特镇大河沿岸,居住着他们族人的三分之二,难道他们没有自己的战士了吗?"

"很可能,那些白人会让威胁成真,让那些曾经蔓延了整个犹太民族的疾病一夜之间横扫他们的民族。"最开始是语言——接下来就是枪炮、《圣经》、烈酒和疾病。

本书插图中表现的文学活动差不多绵延了一个世纪,然而,有关土著文化的故事讲述已经流传了至少一万年。不得不承认,源远流长的文化传奇孕育了新兴的土著文化文学。

在不列颠哥伦比亚,人们已知最早的人类居住遗址在福特·圣·约翰附近的查理湖洞穴。那里有工具、野牛骨、珠宝饰物和放射性碳,这些可以追溯到 10 500 年以前。最早的人类骨骸发现于坎卢普斯东边的戈尔溪边泥石流中,这是大约 8 300 年前一个年轻小伙子的骨骸。这些骨骸最近被送回赛克韦佩姆土著民地区进行安葬。

加拿大西部最大的村庄遗址位于基特利溪,利卢埃特镇上游 20 公里左右。在一两千年以前,大约有 1 500 人居住在那里的 100 多所房子里。

后来,欧洲人来了。据考证,土著民与欧洲人在不列颠哥伦比亚地区的第一次会面是 1774 年 7 月 19 日,在夏洛特皇后岛最北端的兰加拉岛附近。下午 4:30 左右,胡安·佩雷斯下达命令,三只独木舟靠近了西班牙船"圣地亚哥号"。佩雷斯船长、埃斯特班·乔斯·马丁内斯副船长和

前　言

两个天主教牧师在日记里记载了这次会面。

一位西班牙船员把用方巾包裹的一块软饼投进了其中一只独木舟,开启了物物交换。这个部落(很可能是海达部落)的人已经从北方俄罗斯人那里了解到金属的重要性,他们渴望物物交换。在十几艘独木舟里的大约100个土著民用鱼换取了钢珠之后,随即便回去了。

佩雷斯1774年收藏的鸟形护身符

那天,胡安·佩雷斯得到了一只色彩斑斓、脖子上有点磨损的鸟形护身符。"牙齿的地方系了一根绳子,看起来有点像幼小的短吻鳄。"这件护身符是由鲸的牙雕刻而成,是不列颠哥伦比亚最早的手工制品,现收藏于马德里的美洲博物馆。

据记载,土著民两次从佩雷斯船长那儿获得物品作为泊船费——另一次是在努特卡湾出口处。这次泊船费是两把西班牙勺子。这两件吃饭用的工具(显然不是英国人制作的)作为1778年库克船长与两个下属威廉·布莱和乔治·温哥华在努特卡湾重要的交换物品,后来被展示了出来。这两把勺子被"雷索卢申号"船上的一个英国水手买去。这件事由经历这次航行的四个英国人记录在回忆录中,之后又被西班牙转引用来证明英国人不是第一批到达不列颠哥伦比亚的欧洲人。

有关努特卡湾的马奎纳族人与英国水手、西班牙水手和法国水手在18世纪后期的紧张气氛等复杂关系,在本套书的第一册,《首批入侵者》已经讲述过了。

自从18世纪后期佩雷斯船长和库克船长的到来,土著人对于正式记录在纸上的不列颠哥伦比亚历史的发展进程起到的影响微乎其微。

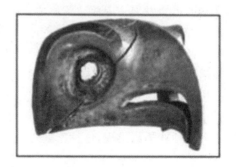

库克船长1778年在
努特卡湾收藏的鹰头面具

在20世纪大多数时候,对于

艾米莉·卡尔遗赠给乔治·克卢兹的画笔

享誉盛名的土著作家而言,他们首先是印第安人,其次才是作家。戏剧演员保利娜·约翰逊在温哥华只住了4年,丹·乔治族长首先是位演员,乔治·克卢兹是画家、演员和播音员。

在20世纪80年代以前,据说记载土著作家的大部分书籍题材极其广泛。《土著文化》反映了土著人由学习到自我掌控出版作品这项文学活动的发展。这是一种都市化自信心的崛起,这种变化在《土著文化》的内容中得以充分体现。

从20世纪80年代早期开始,彭蒂克顿市的恩·奥金出版中心出版了不少与土著文化相关的作品,培育了不少土著作家,带动了不列颠哥伦比亚土著文学的迅猛发展。因而,"荒原之声"作为本书的第一章,以1981年成立的泰特斯出版社为结尾;紧接着的一章"见证北美印第安人"以珍妮特·阿姆斯特朗的第一本书为开始;第三章"艺术家和雕刻家"包含了那些在文学活动中名不见经传的个人;接下来"其他知名人士"一章囊括了55位值得关注的人士;参考书目严格按照土著人所记载和描述的标题编写。

我的父亲是在温哥华西部长大,有很多印第安朋友。然而,随着真正意义的种族隔离出现,这种家庭式的友谊逐步消失了。

学了些切努克语,我穿着哥维根族印第安人的运动衫去上学。由于跟温哥华西部的土著民混在一起,我很少有机会参加卡皮拉诺印第安保留地的足球比赛。卡皮拉诺印第安保留地的球场崎岖不平。那些球员虽强健但缺乏组织,比赛相当粗暴。赛后球员们勉强握个手,但绝不会深交。

从那时候起,虽然很艰难,但我们一直在争取并获得些来之不易的进步。作为社会团体,我们都做出了些让步,慢慢地大家成了朋友。

根据2001年斯坦斯卡恩公司的调查统计,目前土著民大约只占不列颠哥伦比亚人口的4.4%。但是,他们独特的历史和想象力丰富的世界对于那些追求电视以外的人有着巨大的影响力和强烈的吸引力。

作为第五代温哥华人,我想进一步了解土著民社会对于我所居住的这块土地来说为何是不可分割的。接下来的一本书包含的范围更广,我打算记录由非土著作家写的有关不列颠哥伦比亚土著民的1 000多个主题。迄今为止,这一块在文学领域的影响还不显著。但是,让我感到震惊的是它和不列颠哥伦比亚土著作家目前的崛起是那么的契合。

不列颠哥伦比亚的大多数部落不签署任何条约,他们也没有从法律上放弃自己的领地。因此,所有不列颠哥伦比亚人都面临一段道德混乱的历史。如果我们要继承这些社会问题,首先得解决这些问题。过去累积起来的伤痛和贫穷、偏见和迫害不能被抹去,相反,我们应当去正视。

不列颠哥伦比亚的土著民是本省的原住居民。这个社会群体拥有自己的独特性,他们值得拥有"市民+"这个称号(这个词语是从艾伦·C.凯恩斯和哈罗德·卡迪纳尔的作品中借来的),因为长久以来他们被称为"市民-"。对于一些人来说,这种言论目前仍被认为是煽动性的言论。尽管对那些人来说,"民族与民族的范式"是存在问题的,但在争取和谐方面一直在取得进步。

不列颠哥伦比亚72%的土著民居住在城市,而不在土著民保留地。根据哥伦比大学原住民研究专家马德琳·麦克瓦的观点,在重新定义加拿大土著民社区范围这场战争中,他们说了算。在这个进程中,不列颠哥伦比亚率先在土著民文学方面起到了示范作用。

雕刻家、摄影师大卫·尼尔说道:"今天,我们目睹了我们的文化在西北海岸的重生。看到被压迫时代的结束,我们将看到子孙后代的希望。我们正迈入土著民在现代社会拥有一席之地的时代。土著民们已经学得够多了,现在是社会向土著民学习的时候了。"

出版商 G.S. 福赛斯在西哈斯廷斯 349 号
他的书店销售保利娜·约翰逊的《温哥华传奇》

第一章

荒原之声

不列颠哥伦比亚第一位女性作家、编织家和画家,玛莎·道格拉斯·哈里斯,在父亲去世一年后,于1878年举行婚礼

第一章 荒原之声

玛莎·道格拉斯·哈里斯

大家都认为埃米莉·保利娜·约翰逊是开启不列颠哥伦比亚土著文化作品的第一人。但事实上,她是西海岸第二个发表土著文化作品的女性作家。第一当属19世纪不列颠哥伦比亚最具影响力的詹姆斯·道格拉斯先生的小女儿。

尽管父亲反对,多才多艺的玛莎·道格拉斯·哈里斯(1854—1933)还是出版了著作《考伊坎印第安人的历史与民间传说》(1901)。这本书第一次收录了来自不列颠哥伦比亚和有关该地区的土著故事,比保利娜·约翰逊的《温哥华传奇》早了10年。

作为维多利亚堡的创建人,温哥华岛的第二任总督,詹姆斯·道格拉斯对于女儿的书十分谨慎,因为这本书多少会揭露自己的家庭背景。道格拉斯1803年出生于英属圭亚那,母亲是克里奥人,父亲是出生在苏格兰的商人。他很少关注自己的黑人祖先。

道格拉斯对妻子的身世很敏感。他的妻子艾米莉·道格拉斯1812年出生于福特·阿西尼博因堡,岳父是皮货商威廉·康诺利,岳母是克里族人米约·尼皮依。女儿玛莎·道格拉斯在英格兰学习了朗诵、绘画、法语、作曲和音乐。他曾对女儿写道:"我不反对你讲述有关海厄斯的老故事,但请你不要讲这是你妈妈那个民族的故事。"

部分故事是她从拥有一半克里族血统的妈妈那里听来的。哈里斯编纂的书中有14个考伊坎族的故事和6个克里族的故事,其中作为结尾的"海厄斯历险",激动人心。那是一段关于超自然事件和谋杀复仇的故事。这个故事讲述了一个受到不公平待遇的儿子,被残酷的父亲流放,困在一个岛上,历经艰险归来,最终解救了母亲。在野外经历了种种磨难之后,海厄斯唆使母亲活活烧死恶毒继母的婴儿。父亲所在的村庄所有村民都被淹死了,他把自己变成了一只红色胸脯的鸟儿,把母亲变成了云雀。

哈里斯的书在维多利亚出版,由她的朋友,建筑师赛缪尔·麦克卢尔的妻子,玛格丽特·C.麦克卢尔绘制插图。尽管这些故事缺乏人类学和文学价值,看起来好像没有什么艺术技巧,但它们也算得上是珍贵的二手

加拿大文学起源 土著文化

女巨人佐哈里兹(上图选自《考伊坎印第安人的历史与民间传说》)
"紧紧抱住这个可怜的家伙,她那令人作呕的呼吸和吻让他窒息。"

资料。

哈里斯承认:"一旦把这些故事写下来,它们将失去讲述时的魅力。只有在冬天,在没有灯光的炉火前,伴随着古雅的歌声,由甜美的声音进行讲述,这些传奇故事才更具吸引力。"

玛莎·哈里斯对土著文化的尊重不光体现在这些浪漫爱情故事中。她还收集了许多原住民的编织物品,现藏于不列颠哥伦比亚省皇家博物馆里。她还与居住在维多利亚边境上的桑吉斯保留地的一些土著民家庭保持良好的友谊。

1912年,在提到政府购买桑吉斯保留地土地,把桑吉斯人重新安置到埃斯奎莫尔特这一事件时,哈里斯在给《殖民者日报》编辑的信中表达了她对政府的沮丧和惊愕。她还描述了一个朋友汤姆·詹姆斯的困境。汤姆是考伊坎人,妻子是桑吉斯人。

她辩论到:"根据法律,一个白人可以非法占有土地10年或20年。为什么汤姆·詹姆斯没有自己已经使用了34年的土地的土地权呢?……政府是否得编撰诉讼程序的细节来,为剥夺他们夫妻的合法申诉权而找理由呢?"

玛莎在家中排行第六,也是家里最小的孩子。1878年,在一场盛大奢华的婚礼上,她嫁给了殖民官员丹尼斯·哈里斯。玛莎·道格拉斯·哈里斯学会了在毛织中加入天然植物染色,并教其他女人怎样编织,鼓励维多利亚土著人使用手纺车。20世纪30年代,她把自己的手纺车捐给了汉默肯博物馆。

埃米莉·保利娜·约翰逊

位于第三沙滩斯坦利公园的保利娜·约翰逊纪念碑是温哥华建立的

唯一一座文学界纪念碑,莫霍克族公主保利娜·约翰逊是20世纪加拿大作家,她曾在遗嘱中明确要求不要为她建任何纪念碑。

1861年3月10日,埃米莉·保利娜·约翰逊出生于安大略省布兰特福德市附近,是家中四个孩子中最小的。她在格兰德里弗河东岸的格兰德里弗保留地边上一座200英亩的森林庄园里生活到22岁。

1906年,保利娜·约翰逊在英国伦敦接受维多利亚女王召见

父亲乔治·亨利·马丁·约翰逊族长,是有一半白人血统的海伦·马丁的儿子,1853年结婚前曾是教堂里的翻译。乔治·亨利·马丁·约翰逊是六部落联盟的首领,精通多门语言。他曾教女儿划独木舟。这个经历给了保利娜·约翰逊灵感,后来才有了著名诗歌《桨之歌》(坚强,哦,桨儿!勇敢,独木舟!)。祖父约翰·斯莫克·约翰逊(1792—1885)对她的影响也很大。

保利娜·约翰逊的妈妈埃米莉·苏珊娜(豪厄尔斯)是保留地英国国教传教士亚当·埃利奥特牧师异父异母的姐妹,从小生长在思想较自由的家庭,家里有教友派废奴主义者。因此,她点燃了女儿英国浪漫主义诗人的热情。

14岁时,保利娜·约翰逊进入布兰特福德学院学习,1877年,她离开了那所学校。相对富裕的约翰逊家族作为鼓励欧—加社会同化的基督教徒,也努力维持与日渐分裂的六部落联盟的文化联系。

1884年,保利娜·约翰逊的父亲因为阻止白酒商人与其族人进行交易,令白酒商人怀恨在心而被打死。22岁的约翰逊和母亲、姐姐伊芙林一同离开家园,住到布兰特福德市一处简陋的房子。她在北美期刊,包括《星期六》杂志和《周刊》杂志,共发表诗歌60首。在1890年之后的7年时间里,她进行散文写作。1885年,住在布兰特福德市时,她在《诗歌精华集》(纽约)发表了第一首诗。

1892年1月,她接受弗兰克·叶的邀请,在多伦多"年轻自由人"俱乐部的一场加拿大文学晚会上登台表演,从而开启了她的演艺生涯。她朗诵的《印第安妻子的哭泣》,早前于1885年发表于《周刊》杂志。在1892年秋天她设计的舞台服装让人着迷,十分流行,这证明了她的舞台表演的成功。为了巩固她在舞台上刚建立起来的莫霍克族公主的声誉,她设计了一种鹿皮装,用各种徽章组成的不对称图案作装饰,其中还包括由自然学家欧内斯特·汤普森·西顿送她的一串由熊爪制成的项链。这身奇装异服有银制胸针、贝壳念珠皮带、父亲的猎刀,还有黑脚族首领送的头套。这套衣服的制作一定程度上受到朗费罗《海华沙之歌》中的人物明尼哈哈这一角色的启发。

30岁时,约翰逊作为诗歌朗诵表演者开始了戏剧表演生涯。她前半场穿印第安服装,后半场穿晚礼服,以此来映射她的二重性。她使用了1812年那场战争中的英雄,她的祖父雅各布·约翰逊的土著名字"泰卡希翁韦克"作为艺名。"泰卡希翁韦克"意思是"双色贝壳",由白色和紫色的大西洋贝壳串成,其土著祖先把它们当作货币。

1892年,约翰逊第一次和男性表演者欧文·斯迈利合作,一同去安大略巡演。美国东北部的这次巡演是对她演技的磨砺,为后来的表演打下了基础。1894年,她第一次跨越大西洋,带着阿伯丁勋爵和夫人的介绍信,来到英国表演。后来,她又经加拿大小说家吉尔伯特·帕尔纳先生的引见,认识了情色作家奥布里·比尔兹利和奥斯卡·王尔德的出版人约翰·莱恩。这种异域的殖民主义给莱恩留下深刻印象,由博德利·黑德出版公司出版了她的第一部诗歌集《白色贝壳》(1895)。尽管这本书中土著文化主题的内容不到四分之一,封面的作者是"泰卡希翁韦克"(约翰逊),但这部作品突出了土著文化特征。

1898年,母亲去世后,约翰逊搬到了温尼伯。1898—1899年间,她在温尼伯与查尔斯·罗伯特·拉姆利·德雷顿订婚,后来,又秘密解除了婚约。早在1894年,她曾到过不列颠哥伦比亚,1900年,她来到大西洋诸省巡演。约翰逊与经纪人查尔斯·沃尔茨传有绯闻,但他们真正的关系没人知晓。在那之后,约翰逊和更年轻的搭档沃尔特·麦克雷去过更多地方巡演,他们一直合作到1909年。她创作的题为"两面"的一首匿名诗反映了他们年龄上的不相称和这种不相称带来的辛酸。为了标榜自己是受过教养的土著人,并在社会交往中给大家留下好的印象,约翰逊避免发生任何丑闻。

到英格兰后,为了让家乡和土著文化富有更多传奇色彩,约翰逊做了很多事。同时,她和英国合作建立了理想加拿大民族主义,从那本充满真挚爱国情怀的诗歌集《出生在加拿大》中可见一斑。在她第二本诗集《出生在加拿大》的序言里,她乐观地写道:"只要出生于加拿大,白种人和美洲印第安人就是一家。"

1906年,温哥华卡皮拉诺族长乔来到伦敦,游说国王爱德华四世认可他管辖区人民的土地宣言。约翰逊和乔成了好朋友。1894年9月,约翰逊第一次温哥华之行激起了诗歌写作灵感,创作了诗歌《小小温哥华》。在这首诗里,她开始鼓吹西海岸城市有一天可能会取代多伦多。卡皮拉诺族长和他管辖内的斯阔米什人都非常愿意与这位文化英雄亲近。

在西海岸时,约翰逊通常住在温哥华大酒店。1909年,由于病痛的困扰日益加剧,约翰逊在彭德大礼堂观众面前宣布打算定居温哥华。她抛开了作为她那个时代的当红明星这一身份,在豪尔街1117号买下一套公寓安顿下来,专注于写作。

年轻时的保利娜·约翰逊

在人生的最后10年,约翰逊只发表了20首诗。她逐渐将创作重心转向散文和短篇小说,比如说,《冬季赠礼节》和《锡沃斯摇滚》。《锡沃斯摇滚》是她翻译的卡皮拉诺族长给她讲述的一个土著故事。1910年,她的散文开始发表在由莱昂内尔·马斯可夫斯基编辑的《星期六》杂志上。这些都是由保利娜·约翰逊信托基金代表她个人发行以筹集资金。一发表就成了畅销书,甚至在正式以《温哥华传奇》(1911)为名出版后,正版的和盗版的各种版本仍大量涌现。接下来的一本诗选集《燧石与羽毛》遴选了前两本诗集中的诗。这本选集是加拿大史上重印最多的诗歌选集之一,堪比罗伯特·瑟维斯的作品。

因不能手术,约翰逊一直忍受乳腺癌带来的诸多痛苦。她曾表示,希望死后葬在斯坦利公园。市政当局对此谨慎思考后,同意其请求,但条件是要求火葬。1913年3月7日,她去世前9天,也就是约翰逊52岁生日的前3天,她要求不要搞任何纪念她的活动,她还说道:"我真心希望我的哥哥、姐姐不要穿黑色丧服,也不要用任何形式为我哀悼。因为我一直不喜欢用这些形式来表达个人的情感。我不希望他们为我写任何悼文或雕刻石碑。"

成千上万的市民排在乔治亚街为约翰逊送葬,毫不夸张地说,这差不多是温哥华史上最令人震惊的事件之一。为了还清所有的债务,两本散文集《莫卡辛皮鞋匠》(1903)和《萨嘎纳皮》(1913)是在她去世后出版发行的。1914年,加拿大妇女俱乐部在她的骨灰安放地建立了一座石碑。

1915年《温哥华世界》的编辑从约翰逊姐姐那里分得出售《温哥华传

第一章 荒原之声

奇》的225美元。他用这笔钱倡导募捐基金为第一次世界大战中的第29营购买枪支。在公众的积极响应后,他把募集到的价值1 000美元的必需品和用募捐基金买的枪支送到了部队。枪管上都刻有一个词:"泰卡希翁韦克"(约翰逊的土著名字)。

1961年,多玛尼克·查理(左)和族长乔·马赛厄斯在保利娜·约翰逊的纪念碑前

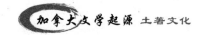

由于资金不足,保利娜·约翰逊纪念碑工程直到1922年才动工。由詹姆斯· 麦克劳德· 赫里设计的一个不大不小的雕像喷泉建立在第三沙滩附近的小树林里,离锡沃斯巨石不远。早期大家对纪念碑众说纷纭。约翰逊的正面像是从她最喜欢的锡沃斯巨石中描画下来的,脸和编了辫子的发型不具有代表性。1924年,约翰逊的姐姐评论道:"我不喜欢温哥华宣传的保利娜。除了在温哥华待了4年,并在那儿去世外,保利娜整个人生都是在东部城市度过的。"

20世纪20年代,温哥华一家巧克力工厂采用了保利娜·约翰逊这个名字作为他们的品牌。那之后在安大略省也有了与之竞争的巧克力品牌劳拉·西科德。威廉·麦克雷致力于保护并提升保利娜·约翰逊在文学界的声誉,直到1946年去世。

第二次世界大战期间,保利娜·约翰逊纪念碑被世人遗忘了。1945年,纪念碑上的青铜被小偷给剥走了。1953年,纪念碑受到了亵渎,被染成了红色。1961年,《温哥华太阳报》书籍专栏的记者唐·斯坦斯比报道了纪念碑年久失修的情况。同年3月,加拿大政府发行了保利娜·约翰逊百年诞辰纪念邮票。纪念邮票和纪念碑上的图像差不多,与她本人没有太多相似之处。1981年,温哥华公园董事会翻新了保利娜·约翰逊纪念碑。同年,小说家埃赛尔·威尔逊在《公主》一文中记录了对保利娜·约翰逊的印象,该文章发表于《加拿大文学》。

埃赛尔·威尔逊一直记得与约翰逊的会面。他认为约翰逊"一直坚持走自己的路,执着地写自己的东西,直到生命的最后一刻"。在这方面,尽管约翰逊不是一个直言不讳的女权主义者,但她一直强烈地倡导妇女外出活动的权利。为了缔造一个不一样的加拿大自由身份,约翰逊作为一个艺术家坚持了30年,保持经济独立,一直单身,并远离丑闻。

虽然有些人称赞保利娜·约翰逊是一位独立的女艺术家,是土著民族的骄傲,但她发表的大部分作品与土著民无关,她从来没有学习过土著话,而且她的作品也不如她的名声响亮。历史学家丹尼尔·弗朗西斯在《印象中的印第安人:加拿大文化中的印第安人形象》中提到:"为满足白人听众的需求否认保利娜·约翰逊作为作家和限制她作为土著民代言人的权利的行为都是徒劳。"在文学方面,令人们难以忘记的是她的诗歌《桨之歌》和《卡佩勒传奇》,以及她翻译过来的由斯阔米什印第安族人乔·卡皮拉诺族长和玛丽·卡皮拉诺给她讲述的故事。保利娜·约翰逊想把书名定为《卡皮拉诺传奇》,但为了销售的需要,最后还是以《温哥华传奇》出版。

乔·卡皮拉诺和玛丽·卡皮拉诺

尽管《温哥华传奇》(1911)一书的署名只有约翰逊,没有乔·卡皮拉诺和玛丽·卡皮拉诺,但他们讲述的故事解释了锡沃斯巨石和被人们称之为狮子山双峰的起源。

该书回忆了1820年卡皮拉诺首任族长在福斯克里克地区打伤巨大的海豹,从温哥华最后的鹿群中射杀13只麋鹿,并用独木舟运到维多利亚去卖的故事。除了这些,这本书还引用了卡皮拉诺族长讲述的他从一艘俄国船上的法国俘虏那获得的关于拿破仑·波拿巴的故事。约翰逊称赞卡皮拉诺族长结结巴巴的英语"总是那么古雅而优美"。

大约1840年,卡皮拉诺族长出生在斯阔米什附近,大部分时间生活在卡皮拉诺河附近的天主教保留地。

1889年,他带领第一队白人创造了攀登北海岸的狮子山西峰的记录。一年之后,他又带领探险队来到卡皮拉诺河的源头。他曾经是锯木厂的锯木工和搬运工,后来人们称他为雕刻家。1895年成了卡皮拉诺的首领。

1906年,卡皮拉诺自费率领代表团,与考伊坎族族长查利·伊斯佩米尔特和舒斯瓦普族族长巴兹尔·大卫一

1906年,卡皮拉诺族长在伦敦觐见国王爱德华七世

起来到英格兰,觐见爱德华七世,游说国王认可卡皮拉诺的子民关于土地的宣言。当他离开温哥华时,这次远行,没有引起当地媒体的重视,但是他成功地见到了国王爱德华,国王对他诉说的事情深表同情。由于他不断向国王爱德华申诉,并于1907年组织南北部落会议,回到温哥华后,被贴上了麻烦制造者的标签。

1910年3月11日,由约翰逊重述的"传奇"还没有出版,卡皮拉诺就在温哥华北部去世了。这些故事对他的后代李·玛拉克尔影响很大。李·玛拉克尔是小说家、活动家。她是第一个看到《温哥华传奇》一书的人,那时她才10岁或11岁。在记忆中,她印象特别深刻的是卡皮拉诺讲述海蛇故事时预测到的未来加拿大工业化的发展。

玛丽·阿格尼丝·卡皮拉诺(1836?—1940)是位重要的系谱学家和故事口述者。1792年6月13日,她的祖父一到巴拉德湾就会见了乔治·温哥华。她是斯卡哈尔特族长的长女,她的婚姻使先前两个交战的部落,亚库尔塔族和斯阔米什族,联合在一起。

1936年,没有经过讨论,也没有任何形式的补偿,按照印第安法律第48章,印第安事务部长把卡皮拉诺印第安保留地第5区的土地转给了"纳罗斯·布里奇"公司。三年后,国王乔治六世和王后伊丽莎白作为第一任来到加拿大的英国君主,驱车来到利翁·盖特·布里奇"授权"。

斯阔米什人企盼君主和随从能在途经卡皮拉诺时停下来,接受由他们自己的女王玛丽·阿格尼丝·卡皮拉诺送上的礼物。玛丽身着盛装和儿子乔·马赛厄斯族长一起站在路旁。1911年,乔·马赛厄斯族长曾参加过国王乔治六世的加冕礼。1949年,他第一个在不列颠哥伦比亚推行土著人选举制。

1939年,玛丽·卡皮拉诺(右)等待王后的到来

国王一行没有在卡皮拉诺停留,也没有任何斯阔米什人受邀请参加那场授权仪式。西蒙·贝克族长回忆说:"这是唯一一次可以把祖母正式介绍给王后的机会。但汽车在我们面前飞驰而过……对祖母来说,糟糕透了。"

接待国王和王后的温哥华委员会名誉秘书长希望斯阔米什人放心,说他们的礼物已经送到白金汉宫。在一封信中,他写道:"我们肯定你们每个人都在努力,希望他们能停下来,希望实现见到国王和王后的愿望。当然,他们也希望自己能够停下来。我确信我们的国王和王后也在尽力表达对印第安原住民的敬意,在路过时,他们的速度已经很慢了。"

乔治·亨特

最初,乔治·亨特在1879年担任行政长官以色列·鲍威尔的翻译。1911年至1914年期间乔治·亨特担任电影《猎头公司》的导演、服装供应商,并负责挑选演员,主要协助摄影师爱德华·S.柯蒂斯完成电影制作。

从1888年开始直到1933年9月乔治·亨特去世,45年以来,乔治·亨特一直为人类学家法兰兹·博厄斯收集手工制品和土著人讲述的故事资料,并担任他的翻译。尽管亨特很少被誉名为作家,但是法兰兹·博厄斯的大部分作品都是直接来源于亨特的报告,比如,基于夸克瓦拉语的研究《夸扣特尔语文本》(1905,1906)。

1910年,博厄斯在一本序言里为维护他的著作权时写道:"接下来的几个关于夸扣特尔人的故事是我在去不列颠哥伦比亚的旅途中收集的。在出版的《杰瑟普北太平洋探险》第三卷和第十卷大量神话故事是由不列颠哥伦比亚鲁珀特堡的乔治·亨特所写。乔治·亨特是一位讲夸扣特尔语的土著人。"

"这些故事,是在我的指导下写的。有一部分是亨特先生给我讲述的,另一部分是当地人讲给我的,语言方面由我按照发音做了些修改。由于这些故事都收集在《杰塞普探险》中,由同一个人写成,因此,在措辞方面有诸多雷同。为了避免这一问题,我在写《杰塞普探险》这一作品的前后就从当地人那搜集故事,用来佐证亨特先生所记录的故事在语言和形式上的可靠性。"

乔治·亨特(小胡子)全家和德国人类学家法兰兹·博厄斯(右)合影

乔治·亨特的父亲是哈得逊湾公司在鲁珀特堡地区的代理人。母亲玛丽·艾比茨·亨特,特林吉特人,是阿拉斯加南部汤加斯族长的女儿。1854年2月14日乔治·亨特出生于鲁珀特堡,在夸扣特尔而不是在特林吉特长大。

亨特最重要的角色是中间人,但这一角色是具有争议的。1904年,乔治·亨特用500美元从努特卡湾和友爱群岛湾的两位族长那买来了友爱群岛湾的育阔特"捕鲸者神殿",也叫"洗礼场"。他第一次看见这个"捕鲸者神殿"是在1903年。按照在纽约的博厄斯的指示,亨特拆除了位于友爱群岛湾后面朱维特湖一座小岛上经历了几个世纪的一座育阔特老殿,并迅速将88个人物雕像装运到博厄斯时任馆长的美国自然历史博物馆。除了这些雕像和一些巨鲸的颅骨,亨特还送去了68页关于这一文化遗址的文字资料。

亨特在莫瓦恰特人面前扮成巫医从而获得了接近这块圣地的机会。

一位生病的原住民见过亨特后，痊愈了。在那之后，亨特获得了进入该地和对这些木雕拍照的权利。这些木雕曾经使最初的探险者们着迷，比如1778年到访的詹姆斯·库克和1817年到访的卡米尔·德·罗克弗伊。在乔治·亨特之前或是之后都没有任何文人能够像他那样收集到人们理解神庙精神力量的相关资料，以及这些鬼神的文化意蕴。

乔治·亨特把育阔特老殿描述为"我在印第安人那买到的最好的一样东西"。由于管理者之间的摩擦日渐加剧，博厄斯在1905年离开了美国自然历史博物馆。这对于亨特和历史来说都是件不幸的事。这些精致的神殿雕像再也没有出现在公众的视野里了。（1992年，一队纪录片工作者带着莫瓦恰特族人来到纽约市博物馆的储藏室参观"捕鲸者神殿"。在这之后，努恰纳尔斯人要求把他们的文物送回到马奎纳族祖祖辈辈夏天居住的育阔特。）

1910年，亨特的老板法兰兹·博厄斯怀疑亨特把获得的预算"并未用作收集资料而是挪为他用"，比如，用作举办冬季赠礼节。尽管亨特自己是个治安官，他还是被指控违反了冬季赠礼节禁令中的"禁止损伤人体"条款。但最后他获无罪释放。亨特的两任妻子都是夸扣特尔人，所以他十分熟悉神秘的哈马撒社会礼制。博厄斯有时会批评亨特"笨拙得令人难以置信""很难沟通"和"太不喜欢动脑子"，但这些话揭露的很可能不是助手亨特的问题，更多的是博厄斯自己的问题。

毫无疑问，在日益繁荣的人种志学研究领域其他一些土著人或梅蒂斯人种志学者也见识了赞助者极其相似的傲慢态度。在这方面，和亨特有类似经历的有詹姆斯·贝农（钦西安人）、弗朗西斯·拉·弗莱舍（奥马哈人）、阿瑟·C.帕克（赛内卡人）、J.N.B.休伊特（易洛魁人）、杰西·康帕雷特（赛内卡人）、埃茜·帕里什（波莫人）、约翰·约瑟夫·马修斯（奥色治人）、威廉·琼斯（福克斯人）、詹姆斯·R.缪里和埃拉·德洛里亚（他是扬克顿·西奥斯人，在哥伦比亚大学是博厄斯的学生）。还有在不列颠哥伦比亚收集手工制品来研究的纯土著人亨利·穆迪、查尔斯·埃登肖、查尔斯·诺埃尔、路易斯·肖特里奇。

加拿大文学起源 土著文化

莫琳·达夫

> 我们介于北美印第安人和白种人这两种人之间……我们是邪恶的、是受诋毁的,除了我们这些被歧视的人,没人知道。
> ——莫琳·达夫,《混血儿科吉维》

在没发现 S. 爱丽斯·卡拉汉 1891 年出版的《威尼玛:森林里的孩子》以前,人们一直把莫琳·达夫的《混血儿科吉维》视作美国土著女作家写的第一部小说。

1888 年,莫琳·达夫出生于爱达荷邦纳费里附近的库特奈河上的一只独木舟上。她曾经在奥卡诺根谷的奥利弗附近短暂居住并在那接受教育。这位出生于美国的女作家对不列颠哥伦比亚有着特别的意义,因为她激发了她的曾孙侄女彭蒂克顿的珍妮特·阿姆斯特朗的写作激情,有时人们认为珍妮特·阿姆斯特朗是加拿大第一位女性土著小说家。

莫琳曾经写道:"在我生命中有两件事让我最为感激。其一,我是真正的美洲人后代,是印第安人;其二,我出生在 1888 年。"

"在那一年,我部落的印第安民族——科尔维尔正好开始跨入变革的历史性阶段。他们努力学习怎样运用耕种维持生计,从而引发了一场规模不大但十分野蛮的动乱,其境况让人同情。让拥有土著血统的人改变原有的生活方式(用弓和箭),使用犁播种耕种,那可不是件容易的事。好在我出生的年代够早,能够知道在所有事情发生改变之前他们古老的生活方式。"

莫琳·达夫对于自己的土著名字 Hu-mis'-hu-ma(哈米苏玛)的意义不清楚。后来,通过猜测她将这个名字译成了英语 Mourning Dove(莫琳·达夫),这是她自己想出来的。华盛顿州欧卡纳贡族和不列颠哥伦比亚南部的奥卡诺根族中的女性没有按传统以鸟或其他动物的名字来取名。

"一定是白人自己创造的名字",她在 1926 年的一封信中写到。大约在 1921 年,莫琳·达夫参观了斯波坎市举行的鸟类画展,看见一只裱好的鸟贴的标签是 mourning dove,之后她就把自己的笔名改成了 Mourning Dove。她写道:"我犯了个错,把自己的名字拼错了。我在博物馆时才发现的。"

莫琳·达夫去世 50 多年后才出版的自传

根据回忆录,莫琳·达夫一开始认为自己的名字是克里斯托·奎因塔斯吉特(Christal Quintasket),但是这一名字被印第安事务局的人记录错了,写成了克里斯汀·奎因塔斯吉特(Christine Quintasket)。莫琳·

达夫姓氏为奎因塔斯吉特(Quintasket)。因为父亲约瑟夫在 9 岁时成了孤儿,父亲便继承了继父的姓氏,很明显父亲的继父是个土著人。最开始的奎因塔斯吉特人过的是按季节性迁徙的生活,每年都会把马带到北方的奥索尤斯湖。

约瑟夫·奎因塔斯吉特,是奥卡诺根人,出生在奥卡诺根湖东边的基洛纳南部落,母亲帕塔希查居住在奥卡诺根,是一名尼古拉巫医。约瑟夫的外婆露西·斯图金是科尔维尔人,外祖父是西维尔肯族的首领。

莫琳·达夫有时会说她的祖父是苏格兰人,叫安德鲁,在哈得逊湾公司工作。也许是她为了增强吸引力、为赢得多数白人读者的青睐,从而宣称自己有一个白人亲戚。

在她的成长中,家中有两个成员对她影响很大。一个是吉米·瑞安,白人男孩,13 岁时在逃亡中成了孤儿,由父亲带回家抚养。从他那,她学会了字母,领略了阅读廉价小说的乐趣。

她回忆道:"在拥有识字课本时我已经会拼写 Kentucky 一词了,因为它经常出现在吉米教我的小说里。"另一个是朗·特雷莎(或叫蒂奎特),一个游荡在灌木中等死的老人。从她那儿,莫琳获得了关于青春期的知识,得到了精神的指引。(经劝说,后来特雷莎和他们一家生活在一起。)

后来,蒂奎特成了莫琳·达夫小说中第二号人物的原型。莫琳·达夫回忆说:"她 12 岁时第一次听说新来到我们国家的人(白人)是坐轮船而不是乘独木舟来的。当我的父母狩猎或采集浆果时,就由我们这些孩子照顾她。我们按照她的指示做饭,然后坐在她脚边听她讲那些精彩的故事。"

7 岁那年,莫琳·达夫用克里斯托·奎因塔斯吉特这个名字进入了位于华盛顿州凯特尔福尔斯附近的沃德地区古德温教堂的圣心学校学习。在那,她受到修女的虐待,因为说萨利什语而受罚。1899 年回家后,莫琳第一次进入教会学校。她回忆到:"我的第二段学生生活没有那么悲惨,我只是紧张地学习英语和阅读。"

当支持土著民学校的政府基金取消后,她和同学们转到斯波坎堡的一所学校。1902 年,14 岁的莫琳,在母亲死后,为照顾四个妹妹和两个弟弟,辍学回家。据说,她母亲死于巫术,与一只身体被刺穿了的干黑蟾蜍有关。之后她的两个妹妹也死了。

她回忆道:"我开始悄悄地阅读吉米的书。父母多次指责我,因为他们认为阅读是在为自己偷闲找理由。"

父亲再婚后,莫琳·达夫被送到蒙大拿州大瀑布城的另一所土著学校。1908年,她在那里目睹了最后一次围捕野牛群。在那里,她和赫克托·麦克劳德结了婚。丈夫赫克托·麦克劳德是印第安人,十分粗暴,手臂被一个走私者用枪给打断了。1937年,他在一次纸牌赌博中遭到枪杀。

青少年后期,莫琳·达夫和外祖母住在一起。在那,她学会了用奥卡诺根语讲故事。莫琳·达夫大量地接触西方低俗小说,这对她的写作有一定的影响。特别是1909年出版的特雷莎·布罗德里克写的小说《烙印:印第安部族保留地的故事》对她影响很大。

1912年之前,莫琳·达夫一直住在波特兰从事写作。由于受到语言障碍的阻挠,她渴望自己的英语能得到提升。1913年至1915年,她进入艾伯塔省卡尔加里的一所商业学院学习打字和写作。在那之后,她在不列颠哥伦比亚奥利弗的茵卡米普印第安保留地的一所学校任教,并用薪水为自己买了一台打字机。

大约1915年,莫琳·达夫在华盛顿州瓦拉瓦拉的开拓日遇到了卢库勒斯·维吉尔·麦克沃特。之后,她有了更大的文学抱负。麦克沃特是她的良师益友、编辑兼合著人。他是一位民族学者,在他为雅吉瓦人争取灌溉的权利后才为雅吉瓦人所接纳。麦克沃特是一名土著文化专业的学生,他很诚实,曾获得了"老狼"的荣誉称号。

1903年,《美国考古学家》的创建人麦克沃特从出生地西弗吉尼亚州搬到华盛顿州。他们的朋友J.W.兰登建议莫琳·达夫劝说麦克沃特一起创作。当莫琳再次修改她的小说时,麦克沃特把自己的文章加了进来,并鼓励莫琳收集更多奥卡诺根语故事。

莫琳·达夫成了当地首领们的顾问。1919年,她和一个叫弗雷

德·加勒的韦纳奇人再婚。虽然这次婚姻比前次婚姻要幸福许多,但这个丈夫只是个流动的果蔬采摘人,家庭生活还是有些艰难。莫琳·达夫一生没有孩子,她带着打字机住在蛇麻草地和苹果园里,创作和采摘耗掉了大部分的时间。

莫琳·达夫在遇见了麦克沃特之后,不得不在15年后才等到她耗时多年创作的小说《混血儿科吉维:广袤的蒙大拿牧场传奇》出版。这部小说的标题有些误导,尽管这部小说包含了最后一次猎捕野水牛群,但书中主要讲述的还是三姐妹的故事:一个是传统的玛丽,一个是融入白人文化的朱莉亚,还有一个是试图在两种文化中寻找平衡的混血儿科吉维。

一开始,科吉维婉拒了与邪恶的登斯莫尔结婚。大家都知道白人喜欢凌辱、贬低、欺骗其他人种,这一点她也很清楚。但她没有听取祖母的建议,最后还是与登斯莫尔私奔了。在与登斯莫尔分手后,她为寻求慰藉,遵循传统的"印第安精神",向"半文明"的奥卡诺根口述历史学家斯特姆蒂玛学习。斯特姆蒂玛有100多岁了,斯特姆蒂玛是"祖母"的意思。她传递着部落的传统,一直强调口述故事的重要性。

尽管随着《混血儿科吉维:广袤的蒙大拿牧场传奇》的出版,莫琳·达夫的生活有所改善,但还是有些艰难。她是位土著小说家,拥有一辆福特老爷车,但身份和地位也不能使她免受肺炎、风湿病和由于过度劳作而引起的其他疾病所带来的痛苦。渐渐地,莫琳·达夫活跃在土著民政坛,开始发表政治演讲,建立一些社会组织,比如说科尔维尔印第安人协会,保护属于部落的财产。但是她的创作唯一一次得到正式认可,是在成为华盛顿州东部历史社团的荣誉会员时。

在麦克沃特的再次帮助下,

莫琳·达夫的《草原狼的故事》(1933)得以问世,海斯特·迪安·吉安担任编辑并配了插图。麦克沃特和吉安都不完全相信莫琳·达夫能够成为奥卡诺根文化的权威代言人,但允许她提供简介,把她的故事放在奥卡诺根语境中。编辑加的前言是斯坦丁·贝尔族长撰写的。因为斯坦丁·贝尔族长是同时期较成功的作家,他自己的书是关于苏族人的。《草原狼的故事》包含了像"首席神灵给兽人命名"这类故事,这个故事是关于草原狼的传说和来自斯威特神庙的阐释。但是莫琳·达夫大多数作品被编辑过度地美化而改得面目全非。

麦克沃特间接地影响了莫琳·达夫其他著作的出版,《莫琳·达夫:一个萨利什人的自传》(1990),该书由杰伊·米勒编辑。这部作品的手稿是在达夫死后差不多半个世纪,麦克沃特的遗孀在遗物中发现的。

1936年7月,莫琳·达夫被送到华盛顿州梅迪克尔莱克公立医院,她在那里去世,年仅48岁。死亡证明书显示,达夫是由于躁狂抑郁症导致的精力衰竭而亡。直至现在,她的墓碑上只刻着"弗雷德·加勒夫人"。

威廉·亨利·皮尔斯

在传教士来传道以前,土著民是无知、迷信、卑微、野蛮和残忍的。
——威廉·皮尔斯

1856年6月10日,威廉·亨利·皮尔斯出生于温哥华的鲁珀特堡。父亲是苏格兰毛皮商,母亲是钦西安人,在他出生三周后母亲就死了。外公从他父亲那获得抚养权,因此,他是"在印第安人中长大的"。12岁时,他成为哈得逊湾公司的"奥特"号汽船上的侍者。

皮尔斯从小受梅特拉卡特拉传教士威廉·邓肯的影响,在维多利亚听了托阿斯·克罗斯比的说教后,认为自己是个基督教徒了。1887年,皮尔斯接受委任,成了纳斯河流域和贝拉·贝拉的卫理公会派教徒的牧师。1910年,皮尔斯住在埃辛顿港帮助组建土著民渔业协会。1933年,皮尔斯退休,回到了鲁珀特王子港。

应多伦多传教士管理者的要求,皮尔斯写下了回忆录或称之为"自述

加拿大文学起源 土著文化

威廉·皮尔斯

集"《从冬季赠礼节到讲道坛：威廉·亨利·皮尔斯自传》(1933)。该书由牧师 J.P. 希克斯编辑，在温哥华印刷出版。这本罕见的关于描述梅蒂斯传教士的书，以皮尔斯1910年回到埃辛顿港工作为结束，最后的三分之一写了在受欧洲文化影响之前的土著文化的情况。

1948年威廉·皮尔斯去世。不列颠哥伦比亚基斯皮奥克斯村的皮尔斯教堂就是以他的名字命名的。

查尔斯·诺埃尔

《烟源于火：夸扣特尔族长的一生》(1941)比起那些按政治正确性进行自我审视的学者的书要早一个世纪。这本自传相当简洁而直白，十分经典，是一部关于夸扣特尔族长查尔斯·詹姆斯·诺埃尔的自传。这是诺埃尔70岁时与耶鲁大学的克莱伦·S.福特一起合作出版的。（虽然前期福特得到法兰兹·博厄斯的指导,但他自己也因在 1951 年参与《性行为的几种模式》的写作仍然有一定的知名度。)

基于 1940 年的采访,《烟源于火》一书有 40 页是关于夸扣特尔文化的介绍、诺埃尔关于性行为和家庭风俗直白的评论,比如孩子的教养等。书中的插图是由来自金卡姆的阿尔弗雷德·肖雷西所画。

1870 年,诺埃尔出生于鲁珀特堡。在阿勒特湾圣公会学校上学时,牧师霍尔给他取名为查尔斯·詹姆斯。大约 1895 年,他与尼姆皮基什族的首领拉吉斯的女儿结婚,又有了哈姆德西达嘎姆这一名字(意思是"你是养活他人的那个人")。1899 年,他开始帮助自由作家、博物馆收藏者查尔斯·弗雷德里克·纽科姆收集骨骼。尽管两人之间有点敌对,纽科姆还是劝说诺埃尔加入夸扣

在芝加哥,查理族长展示了制约哈马查舞者的马具

特尔人和努特卡人组成的队伍参加1904年在圣路易斯举行的展览。随行的还包括了诺埃尔的朋友,同是来自鲁珀特堡的鲍勃·哈里斯、巫师阿特、巫师的女儿安妮·阿特和其他一些人。

诺埃尔和同行的人们穿着盛装代表温哥华岛"非黑肤色渔民"出现在了密西西比河西岸5英里处森林公园的露天广场。之后,纽科姆带着诺埃尔、阿图和哈里斯去芝加哥待了一个月。在那儿,他们能够识别和描述博物馆收集到的一些夸扣特尔人的物件,从而证明了自己的地位。

福特让诺埃尔精彩的人生故事《烟源于火》成了不列颠哥伦比亚非小说传记的一座里程碑,是第一部全篇以自传形式呈现的传记。

威廉·赛帕斯

1943年,他去了天堂,但他的成就是同时代任何印第安人都无法超越的。

——奥利弗·N.韦尔斯

据说赛帕斯于19世纪40年代出生在华盛顿州凯特尔·福尔斯。大约这个时候巡展艺术家保罗·凯恩记录了沃特森人首领赛帕斯族长的存在,也就是在弗雷泽山谷萨迪斯附近的斯科凯尔著名的奇利瓦克族长威廉·赛帕斯(阿卡·克哈尔塞尔滕:意思是金蛇)的故事。这一点在其他文学作品中很少提到,但很可能赛帕斯是最早出生于不列颠哥伦比亚的土著作家。

还是孩子时,赛帕斯随着族人一起北上来到弗雷泽大峡谷。仿效在华盛顿州流行的推选方式,很快他当选为族长,并受训学习关于部族的知识。在卡里布淘金热时期,赛帕斯的父亲用雪松造了一艘独木舟,负责在奇利瓦克湖上运输矿工和勘探所需的供给。赛帕斯的母亲是汤普森·里弗族长的女儿。

大约在不列颠哥伦比亚成了殖民地的时候,赛帕斯族人(特西尔克或特西里瓦尤克斯)被称为奇利瓦克人。赛帕斯这一名字来源于特西里瓦尤克斯,意思是克霍尔斯人,也就是太阳神聚集的地方。为了把赛帕斯或者亚伊尔米什(意思是古代的歌手)和那些从中美洲和墨西哥迁移到北边来的崇拜太阳的人联系起来,人们做了不少想象。

赛帕斯的第一任妻子罗斯是汤普森·乌斯里克的女儿,为他生了八个孩子,但大多夭折于结核病。特别是儿子埃迪的死,让赛帕斯伤心透了。在托马斯·克罗斯比牧师的鼓励下,他在儿子的墓碑上雕刻了一个头盔。碑文只简单地刻下了:"埃迪:1880—1886"。

人们普遍尊称赛帕斯为雄辩的演说家,追捧他为无人能超越的独木舟制造者,著名的猎人。由于他识字,印第安外事部门让他代表他的民族发言。1913年,他代表斯托·洛人参加了皇家专门调查委员会,发表了慷慨激昂的土地宣言,同时在土著农民协会中,他还是个积极的奶农。

赛帕斯看着他们的文化遗产渐渐消失,他决定让那些故事留在"白人的书中"。1911年至1915年间,他连续为

威廉·赛帕斯族长和他的第一任妻子罗斯

子孙后代讲述了15首传统歌曲。通过四年的耐心翻译,赛帕斯以韵律的形式记载了这些歌曲,包括斯托·洛版本的世界起源。

那些土著歌曲是由卫斯理公会派牧师爱德华·怀特的女儿索尼娅·简·怀特从萨利什语翻译过来的,爱德华·怀特是1867年来到下弗雷泽山谷的。索尼娅·简·怀特在弗雷泽山谷长大,在安大略上学,后来又回到奇利瓦克,嫁给了一个叫查尔斯·西博尔德·洛克伍德·斯特里特的殖民者。

斯特里特夫人委托女儿埃洛伊丝·斯特里特·哈里斯,《印第安时代》杂志的编辑,出版了一部手稿。手稿的节选第一次出现在20世纪40年代后期的《土著民之声》报纸上。最初的油印版本有《赛帕斯诗集》(1955)和《亚伊尔米什之歌》(1958)。埃洛伊丝·斯特里特把赛帕斯的画像印在了书中。这一炭笔素描是由温哥华的艺术家埃达·柯里·罗伯逊

在1931年左右完成的。

在其他的版本中,斯特里特还增加了其他主要参与人的照片,增加了由舒·谢首领霍华德·莱尔·拉·哈雷所做的一个关于印第安韦恩堡的有点荒谬的序和由业余人种志学者奥利弗·威尔斯作的一篇很长的简介。奥利弗·威尔斯是第三代农民,他的家庭和赛帕斯长期保持亲密关系。为赛帕斯死后出版的这本书写简介可以说是奥利弗·威尔斯人生中的转折点,激励着他开始做职业的人种志学者。

威尔斯一家与赛帕斯族长在伊登班克农场建立的友好关系要早于赛帕斯族长与怀特一家或斯特里特一家。怀特牧师是第一个向卫理公会派教堂提议奇利瓦克河流域需要一个长期的神职人员。1869年1月,年轻的牧师托马斯·克罗斯比从纳奈莫市乘独木舟来到这里。

克罗斯比能流利地说霍尔科姆语,后来成了西海岸有名的牧师。他在1907年出版的自传中记录了与赛帕斯

赛帕斯族长的炭笔素描像,
1931年,埃达·柯里·罗伯逊作

的会面,据说是他说服威廉·赛帕斯皈依了基督教。

大约在1934年或是1935年左右,威廉·赛帕斯告诉人类学家戴蒙德·詹内斯为什么奇利瓦克人不吃太平洋细齿鲑的故事:

> 曾经只有弗雷泽河的鲑鱼被称作北美鳟鱼。海狸和一些同伴在奇利瓦克河垒了一个坝来捕捉这些鲑鱼。很多同伴把网下在河里,海狸发现没地方下网,于是在河的一头挖了个沟渠。他们在那捕到了很多鲑鱼,在一个聚集点把鱼吃掉,没有带鱼回家给他们的妻子。
>
> 女人们派一个男孩到坝上去看看男人们在做啥。海狸假装捉蝴蝶,趁他们没注意,把两串鲑鱼蛋像绑腿一样绑在腿上回家了。女人们问他,男人们都在干什么,他说:"他们抓到了很多鲑鱼,正在吃呢。看到没,我给你们带了些鱼蛋回来,把它们挂起来晾干吧。"然后女人

第一章　荒原之声

们很生气。她们把雪松树皮捣碎做成带子，绑在头上，然后一起冲上独木舟，梳妆打扮了一番，往头上抹了许多东西，由两个女人划着船去找她们的丈夫去了。

女人们朝着男人们顺风而下。男人们派了两个人——两种不同种群的啄木鸟顺河而上看看是什么人来了。得到报告后男人们商讨该如何是好。带头的一个说："我们最好离开，去鲑鱼的老巢，抓些小鲑鱼来。"他们上了船，海狸、老鼠、两只啄木鸟和两个知道如何才能有好天气的尤韦尔玛特（土著医生）。他们把船划得老远，躲避因阴沉天气带来的涨潮巨浪。这两个尤韦尔玛特人祈祷乌云移动得慢一点，让他们能有时间从乌云下通过而不遭受麻烦。他们顺利通过了，靠近了鲑鱼的老巢。他们快靠岸时，海狸从船上跳了下去，两只啄木鸟跟在他身后，开始吸引鲑鱼的注意力。他竭力游向海岸，最后，躺在浪边，像死了一样。

鲑鱼们从老巢里出来，相互叫喊道："以前你们见过这种动物吗？"他们没有一个认识他。最后他们说："我们去叫银鲑鱼吧。"银鲑鱼走下来，来到海边，仔细看了看海狸。他说："是的，我认识他，他就是海狸，他在奇利瓦克河挖了条河渠放网，把刀拿来，让我花开他的胸膛看看里面有什么。"有人去拿刀了。海狸躺着祈祷啄木鸟能够及时赶到。正当银鲑鱼接刀时，啄木鸟从人群后的海滩上岸了。鲑鱼们看到了他们叫起来："漂亮的生物，让我们抓住他们。"他们努力地想抓住这些啄木鸟，但没有成功。当他们的注意力被分散后，海狸和老鼠进入了他们的老巢。海狸寻找到最多产的鱼仔，老鼠把他们的弓弦给啃坏了，破坏了他们的武器，并在他们的独木舟上打了洞。海狸找到了红鲑鱼仔，也就是鲑鱼王子，把它藏在腋下，逃到了独木舟上。

老鼠和啄木鸟与他汇合后，他们一起逃到了弗雷泽河。鲑鱼追不上他们，因为他们的独木舟渗水严重。他们把扁头的鱼仔放到奇利瓦克河中。这就是那儿有许多红鲑鱼的原因，这种鱼味道鲜美。更远的上游是耶鲁人丢尿片的地方，也有很多红鲑鱼，但不好吃。在靠近耶鲁河深处洞的底部，他们自己放的鱼仔，在水浅的地方仍然可以看得见——一块很像人样的岩石，好像头上有很长很长的头发。

当鲑鱼们在讨论着怎么办时，红鲑鱼说："我们最好跟着他们。"驼背鲸也宣称紧接着会跟上他们。（这里指的是来年）红鲑鱼和其他

加拿大文学起源 土著文化

的鲑鱼向弗雷泽上游出发。第二年驼背鲸也跟着来了。

女人们讨论着她们该做些什么。她们决定去咸水水域。她们在威德尔交汇的两个溪谷中留下一对老人,一边一个。如今,人们仍可以看见两条溪谷中的两座岩石。人们警告孩子们不要靠近它们,说是如果苍蝇聚集在这两座石头周围,它们就会生病。当女人们来到咸水水域,她们跳下去后就变成了太平洋细齿鲑。这就是奇利瓦克印第安人都不吃太平洋细齿鲑的原因。

戈登·鲁滨孙

在海斯拉,基塔玛特是雪人的意思。海斯拉指的是位于从基塔马特新城到海湾对面的村庄这一区域。1918年10月1日,戈登·鲁滨孙生于基塔玛特村庄。戈登出版了一本传统海斯拉的故事集《基塔玛特的故事》。在故事集出版以前,鲁滨孙的文章和有关其民族的故事由文森特·哈德尔塞加入插图,经斯坦利·拉夫介绍,发表在报纸《基塔玛特北方的哨兵》上。

戈登·鲁滨孙

2000年,鲁滨孙的侄女伊登·鲁滨孙在《纸与笔》杂志上说道:"他想写下人们永远都记得的故事。但正因为这样,他受到了指责。人们告诉他:'不希望你记下这些。'我们的这些故事都是口述的。除了这本书,在其他书中找不到有关海斯拉的故事。"

伊登·鲁滨孙的第一部小说提及了一些当地的大怪物。1956年,她的叔叔把这些大怪物称为萨尼斯水灰熊、杰西湖怪兽,还把"像汽船一样大"的大章鱼称为"休·帕西奇水怪"。除了传说和民俗,戈登·鲁滨孙解释了太平洋细齿鲑油对于贸易和冬季赠礼节的重要性。他描写了船长乔治·温哥华和喜剧演员卡西拉诺会面的情境,回忆了在1876年土著牧师查尔斯·阿莫斯皈依基督教的重要性。另外,他还翻译了大量的海斯拉俚语,比如说:"模仿瘸子、瞎子、中风者或其他一些不幸的人可以及时亲自体验那种痛苦。"

戈登·鲁滨孙在萨迪斯的科凯里扎社区寄宿学校上学,在温哥华师范学校获得了教师资格证。他在基塔玛特从教5年。从1950年至1954年,担任村委主席。1949年,他担任阿勒特贝的夸扣特尔印第安事务局的副主管。1950年,他回到了基塔玛特,在加拿大铝业公司(阿尔坎)的人事部工作。

沃尔特·赖特

白人的到来,像是掉了皮的柳枝,带来了许多新的生活方式。

——沃尔特·赖特

梅迪克是钦西安词汇,意思是灰熊。灰熊是虎鲸大家族中等级最高的。沃尔特·赖特就拥有这个家族的血统。沃尔特·赖特是从祖父尼斯·希瓦斯那了解到有关梅迪克的历史。沃尔特·赖特写道:"用土话,要说上八个小时。因此,每年有好几次,我坐在他的脚下,听着关于我们家族历史的故事。我陶醉在故事中。因为我当时就记得故事所有的细节,我会及时纠正某个不一样的用词。我会完完整整地复述出故事的所有细节。"

1935年和1936年,沃尔特·赖特在65岁时,向当地的非专业人类学家威尔·鲁滨孙讲述了部落的历史和喀山的基特赛拉斯族的法律。威尔·鲁滨孙把它们改编成两本书,《梅迪克人》(1962)和《梅迪克的战争》。

沃尔特·赖特

1928年,非土著民威尔·鲁滨孙来到特雷斯。他曾经描述为他提供资料的沃尔特·赖特是"一个聪明且精干的人。从某种程度上说,他是非常愿意提供信息的。但我能感觉他是在熟悉了我之后才愿意说得更多一些"。

沃尔特和鲁滨孙的合作是从1935年9月开始的。那时,沃尔特来到鲁滨孙家,给他讲了两个半小时关于山羊盛宴的故事。

1941年,沃尔特去世了。1953年,在还没来得及找到合适的出版商时,威尔·鲁滨孙也去世了。鲁滨孙的妻子继续寻找出版商。直到1960年,斯坦·拉夫从朋友那听到有关手稿的事,让巴里·布利克斯夫人和《基塔玛特的故事》一书的作者戈登·鲁滨孙来确认该手稿的价值。

虽然斯坦·拉夫找了一家出版商,但出版商还是认为该书的销量有限。最终,拉夫接洽《基塔马特北方的哨兵》的编辑皮克希·梅尔德伦,安排了《梅迪克人》一书在基塔玛特出版。该书的出版得到了一些私人捐助者的资助。书中描述了一场部落内部的战争。

2003年10月,非土著合著人威尔·鲁滨孙的孙子巴里·鲁滨孙向基特赛拉斯土著民提供了《梅迪克人》和未出版的《梅迪克的战争》的原手稿。

多玛尼克·查理

奥利弗·韦尔斯与同父异母的兄弟多玛尼克·查理和奥古斯特·杰克·卡特萨拉诺的会面,为《斯阔米什传奇——古老的民族》(1966)这本书的出版打下了基础。这是一本很薄的集子,由查尔斯·张伯伦出版。查尔斯是北温哥华一家名叫"短斧"咖啡馆的老板,奥古斯特·杰克·卡特萨拉诺的雕刻作品就在他的咖啡馆里出售。

这本有插图的书最初是关注斯阔米什人的起源的,包含了由两个人叙述的关于布拉德湾水蟒如何被杀的传奇故事的不同版本。1965年6月9日,韦尔斯开始有关人种志学考察的短途旅行,第一次走出了奇利瓦克,来到了斯阔米什北部的耶阔萨姆印第安保留地(18号),奥古斯特·杰克·卡特萨拉诺母亲祖籍所在地。

据说,多玛尼克·查理出生于1866年,1885年12月25日在温哥华

第一章　荒原之声

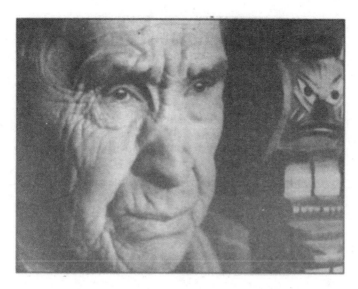

多玛尼克·查理85岁时进入一年级学习读和写

杰里科海滩接受的洗礼。作为杰里科·查理的儿子，多玛尼克·查理世袭了父亲斯阔米什族长职位。多玛尼克·查理为奥古斯特·杰克·卡特萨拉诺工作，沿瑟彭泰恩河运木材，在斯阔米什河口做木材搬运工，之后又在北温哥华的一家锯木厂工作，一干就是9年。

奥利弗·韦尔斯写道："他（多玛尼克·查理）是斯克韦舞蹈协会的成员。一直在学习药学，是少数几个拥有丰富草药知识并知其用法的印第安医生之一。到了老年，多玛尼克·查理成了著名的天气预报员。"

尽管他的名字大多拼写为多米尼克，但在他出版的唯一一本书籍的皮书套上印着的是多玛尼克·查理。1972年9月9日，多玛尼克·查理在北温哥华去世。

奥古斯特·杰克·卡特萨拉诺

1867年7月16日，斯阔米什族首领奥古斯特·杰克·卡特萨拉诺出生在温哥华伯拉德桥附近的一个叫斯瑙克的村庄。1879年，他接受了洗礼,改变了姓氏拼写方式。他名字中的后缀 lan-o 或 lan-ogh 意思是"男人"。1900 年在那次难忘的冬季赠礼节上,从桑阿克族的族长卡特萨拉诺爷爷那获得了卡特萨拉诺这个姓氏之后,他发给大家 100 条毛毯。之前,奥古斯特是锯木厂的工人。1938 年,他正式改名为奥古斯特·杰克·卡特萨拉诺。从 1932 年起,档案管理员 J. S. 马修斯老人就开始记录有关奥古斯特的一些故事和其成长经历,为《与卡特萨拉诺的对话 1932—1954》(1969)和接下来与奥利弗·韦尔斯合著《斯阔米什传奇》做准备。

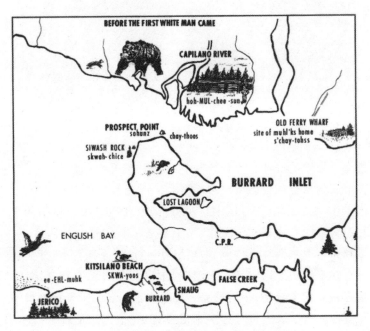

《斯阔米什传奇》中"印第安村庄和界标"地图

经过加拿大太平洋铁路公司与当地的邮政局长乔纳森·米勒磋商,乔纳森又与人种志学家查尔斯·希尔·图特商讨后,斯瑙克村庄附近一带就用基齐拉诺这一名字命名。19 世纪 90 年代,斯瑙克村庄周边的土地属于加拿大太平洋铁路公司的唐纳德·史密斯和理查德·安格斯以及土地开发商戴维·奥本海默、C. D. 兰德和 R. G. 塔特洛。1913 年 3 月,不列颠哥伦比亚政府未经联邦政府同意用 218 750 加元买下了基齐拉诺第 6 保留地 72 英亩的土地。就在那时,卡特萨拉诺和他的族人搬到了北

第一章　荒原之声

温哥华的卡皮拉诺保留地。联邦政府反对斯瑙克区域（就是现在的凡尼尔公园）这项土地交易。保守派国会议员 H. H. 史蒂文斯说服了渥太华买下这片区域的全部产权。

1967 年 6 月 14 日，奥古斯特·杰克·卡特萨拉诺在温哥华去世。1976 年斯阔米什人发动了一场合法的维权运动。在那场运动之后，联邦政府在 2000 年筹集了 92 500 000 加元信托基金作为赔偿，但斯阔米什人并不接受。

偏执的温哥华档案管理员 J.S. 马修斯老人曾经给人种志学家奥利弗·韦尔斯送去了有关奥古斯特·杰克·卡特萨拉诺的备忘录，内容如下：

卡图尔克的儿子，或者叫卡修斯的"苏普莱·杰克"，卡特萨拉诺族长（没有欧洲人的名字）的孙子，温哥华基齐拉诺区域就是以卡特萨拉诺的名字命名的。1879 年 2 月 12 日，由尊敬的神父 N. 格雷甘给其施以洗礼，记录为："1879 年 2 月，斯阔米什族奥古斯特的儿子希拉奥特赛特和门拉特鲁特在 12 个月零 12 天时接受洗礼。"1946 年 7 月 16 日，奥古斯特这样说道："奥古斯特就是我。我小的时候，他们叫我'门拉特鲁特'。但牧师弄错了，我出生那天，父亲卡图尔克就死了。母亲奎瓦特后来嫁给了奇诺特塞特。他是个好人，他的第一任妻子是门拉尔塞特。"原始的洗礼证书由奥古斯特存放在了市档案馆。奥古斯特出生于一个消失了的印第安村庄"肖格"（福尔斯·克里克印第安保留地）的一间屋舍之中。那片区域直接由现在的布拉德·布里奇管辖。在这个斯阔米什人村庄，一间宽敞的农舍，按照斯阔米什人的习俗，大部分族人聚集在一起举行仪式，一同出席的还有来自马斯魁、纳奈莫、瑟切尔特和尤斯特诺（北温哥华）的印第安客人们。在仪式上，他被授予了爷爷的名字"卡特萨拉诺"，父亲"卡图尔克"的名字给了弟弟威利。他们都是年轻人，奥古斯特在附近的锯木厂工作挣钱。为了表示感谢，他举行了一个冬季赠礼节宴会。在宴会上，除了

奥古斯特·杰克·
卡特萨拉诺族长

丰盛的大餐,他给到来的客人,男女老少发出了共一百多条毛毯和其他一些值钱的东西。那是在1900年。……奥古斯特很聪明,慷慨大方,是位自然历史学家。

乔治·克鲁特希

乔治·克鲁特希和出版商格雷·坎贝尔

1905年,乔治·克鲁特希出生于阿尔伯尼港。他是个腼腆的孩子,四岁时,母亲就去世了。他是特塞萨特族人,遭受过在寄宿学校学习的痛苦。他做过打桩的活,当过苦力,捕过鱼,一共干了20年。在做建筑工程背部受伤后,他开始画画和写作。

在温哥华接受治疗期间,克鲁特希遇见了加拿大广播公司在温哥华的负责人艾拉·迪尔沃思。迪尔沃思是埃米莉·卡尔较为亲密的几个朋友之一。迪尔沃思鼓励克鲁特希提升其作品质量,以便在加拿大广播公司的电台播出。尽管他们相识不久,1945年埃米莉·卡尔去世前,还是在她的遗嘱中将画笔、墨水盒和空白的画布遗赠给了乔治·克鲁特希。

至1947年,克鲁特希已是五个孩子的父亲。他在加拿大广播公司为

第一章　荒原之声

全省的青年听众播报传统土著人的故事。他还跟着丹·乔治族长当演员拍电影。他是第一个出生在不列颠哥伦比亚、读者最喜爱的土著民故事作者。

1947年，克鲁特希开始在一份新创的报纸《土著之声》上发表以土著文化为背景的励志作品。《土著之声》发表了克鲁特希的作品"特塞萨特民族代代相传的民间文学"。

克鲁特希声望很高，也相当自信。1949年，皇家委员会在立法大楼举行为期两天的会议时，他从阿尔伯尼港搭便车到维多利亚与皇家艺术、文学和科学发展委员会主席、尊贵的Rt.洪·文森特·马西一起交谈。

悉尼出版商格雷·坎贝尔曾回忆到，听说了克鲁特希后，就去阿尔伯尼港印第安保留地找他，找到他时，他正在修房顶。当坎贝尔从阿尔伯尼港寄宿学校参观回来，乔治·克鲁特希还没从房顶下来，这个机智的白人非常理解克鲁特希。

格雷·坎贝尔鼓起勇气爬到梯子上和克鲁特希攀谈起来，他们谈了许久，但没有对接下来如何推进做出安排。差不多一年后，克鲁特希从温哥华机场打来电话，说他正在考虑坎贝尔在房顶上与他的谈话。

坎贝尔和维多利亚的莫里斯出版公司一起计划把《乌鸦之子，鹿之子》(1967)作为百年纪念项目来做。在一位自由编撰者的帮助下，克鲁特希的《乌鸦之子，鹿之子》成了不列颠哥伦比亚土著文学作品的基石。(1962年—1982年间，坎贝尔发表了61篇文章，还出版了书籍《长屋的故事》(1973)。这是一本从土著老人那收集来讲述给孩子们听的故事集，代表的是不列颠哥伦比亚印第安艺术团。)坎贝尔为克鲁特希安排促销活动，并把他介绍给媒体人士，为克鲁特希收集的12个寓言故事和18张原创插图获取了丰厚的利润。

1967年，克鲁特希在蒙特利尔举行的第67届博览会上为印第安展览馆创作了一幅大型壁画。正因为这幅壁画,克鲁特希作为一位画家和作家成了继保利娜·约翰逊之后又一位在不列颠哥伦比亚得到广泛认可的土著艺术家。

第一部著作出版后,克鲁特希又出版了《冬季赠礼节》。这部作品把冬季赠礼节上的礼节戏剧化了。克鲁特希说:"当我还是小孩的时候,就见过一些老人在讲这些故事了。他们表演、跳舞,甚至变换着调子歌唱。"在《冬季赠礼节》的引言中,克鲁特希写道:根据一篇文章的说法,冬季赠礼节一词是由努特卡语中的动词 Pachitle 和名词 Pa-chuk 两个词组合演变而来。这只是对冬季赠礼节进行解释的众多说法之一。格雷·坎贝尔又请了编辑为克鲁特希的作品在出版前进行了修改。

1971年,克鲁特希获得了维多利亚大学的荣誉学位。在那之后,他共出演了三部电影:由克劳德·朱特拉导演及安妮·卡梅伦编剧的《梦语者》(1977)、由阿瑟·希勒导演的《夜鹰》(1979)和由约翰·弗兰肯海默导演的《预言》(1979)。1988年2月27日,克鲁特希在维多利亚去世。他生前获得了加拿大荣誉勋章和其他一些奖项,得到人们的高度赞扬。他的散文集《站起来,儿子》是死后才出版的。

霍华德·亚当斯

霍华德声称自己是个混血儿,但坦白地说,他更像是西海岸这边的人。因为,在西海岸他成了加拿大说话最具煽动性的知识分子之一。

由于亚当斯的祖父马克西姆·勒平是1885年反叛运动里尔会议中游击队的主要战士,亚当斯渐渐怀疑梅蒂斯人、因纽特人和印第安人组成的"联合阶层",并摒弃这个"联合阶层"的名誉。他认识到几十年来"那些貌似代表印第安人和梅蒂斯人不满现状的土著组织,也有腐败、欺骗、偷盗行为"。因为亚当斯可以像个"局外人"一样去思考、写作,他的言辞毫无忌惮,所以他作为"红权主义"在土著社会中既不可能成为人们的拥护者,也不可能成为威胁者。

除了著有《草的监狱:从土著民的角度看加拿大》(1975)和早期的《加拿大的教育》(1968),亚当斯还写了《受折磨的民族:殖民政治》(1995)。

在书中,他从多个角度阐释了殖民主义,表达了他一直以来对加拿大殖民历史的愤怒。他还写到,欧洲中心主义不过是伪装和剥削的一种手段,现在依然存在着。他相信,原住民这个新兴而时髦的术语,不过是由帝国主义衍生而来的,这是为了阻止土著社会统一而带有帝国主义腔调的词汇。

亚当斯在不列颠哥伦比亚大学获得文学学士学位,1965年,在伯克利大学获得教育史学博士学位。1965年至1974年,他任萨斯喀彻温大学教授期间,自诩为倡导"红权主义"。1968年—1970年,他还兼任萨斯喀彻温梅蒂斯人协会的主席。1975年至1988年退休,亚当斯一直在加利福尼亚大学教授北美土著研究。之后,他主要居住在温哥华。

1926年,亚当斯出生于萨斯喀彻温圣路易斯的一个梅蒂斯家庭。他回忆道:"在学校,我意识到我们的发展受到了阻碍。与白人学生相比,我就像个哑巴。我来自社会的底层,我粗野而肮脏……一个来自贫民区的小孩,长着一副'印第安人'的样子,住的是小木屋,吃的是薄饼和猪油,为这些我感到羞惭。自我仇视、敌意和暴力不断出现,由于不是白人,我没法加入社区的棒球队和曲棍球队,这些深深地刺痛着我。……我穿得破破烂烂,粗野不堪,满身臭气。我不属于那种'穿着漂亮,行为得体,举止优雅'的中层阶级。我告诉自己:之所以别人这样对我是有原因的,我生活在社会底层,我讲的也不是'标准的英语'。"

霍华德·亚当斯

在圣路易斯上完小学和中学后,亚当斯在加拿大皇家骑警队服役两年半,后又在温哥华教育局担任缓刑监督员,然后在不列颠哥伦比亚大学获得了教师资格证书,在不列颠哥伦比亚科奎特勒姆的学校当了六年教师。

作为专门研究土著社会学发展的历史学家,亚当斯特别强调,传统的故事讲述是不能与理性对话或是按学术标准来进行考量的。

他说:"真实描述土著文化历史的作品是如此匮乏,对此我特别

担忧。"

2001年,霍华德·亚当斯在温哥华去世。

詹姆斯·塞维德

我认为我们面临最大、最为重要的一个问题是土地问题,这亟待解决。我们是海岸边上的非合约印第安人。政府应当赔偿我们土地。

——詹姆斯·塞维德族长

1913年12月31日,詹姆斯·塞维德出生于阿勒特贝。塞维德这个姓氏的意思是"在冬季赠礼节上把浆划向首领"。他的名字詹姆斯是爷爷取的,因为爷爷曾经为总督詹姆斯·道格拉斯工作。1914年,詹姆斯的父亲在维利齐岛上工作时,在一场伐木事故中过世了。不久后,一场盛大的冬季赠礼节在阿勒特贝举行,那时詹姆斯还是个婴儿。就在那场盛宴中,人们给詹姆斯取了好几个名字。其中有Owadzidi,意思是"人们因为尊重他而为他做任何事情",还有Poogleedee,意思是"酒足饭饱后客人再离开盛宴"。这个后来成了他自传的书名《客人绝不饿着离开》(1969)。这本书是在詹姆斯·P.斯普拉德利的帮助下完成的。詹姆斯·P.斯普拉德利是华盛顿大学精神病学和人类学专业的助教。

塞维德在阿勒特贝和维利齐岛上长大。12岁他开始在爷爷的船上捕鱼,13岁就与一个上层社会的女孩结婚了。1934年,他成了船长,1940年,拥有了自己的渔船。1945年,他从维利齐岛搬到了阿勒特贝,成为尼姆普基什土著民的第一位通过选举诞生的族长。由于一直活跃在圣公会教堂、哈马塔社团和不列颠哥伦比亚土著兄弟联盟的政坛中,1955年,塞维德成了纪录片《不再消失》的主题人物。这是一部再现土著习俗和传统的本土电影。

冬季赠礼节在卡瓦卡瓦卡族中的复兴,塞维德起到了一定的影响。他写道:"对我而言,再次把冬季赠礼节和舞蹈带到公众面前是个很好的想法。因为这样的表演已经被取缔、快消失了。我想以其他的形式进行,比如,以戏剧、歌剧或是以舞台剧的形式,让人们买票观看。"

第一章 荒原之声

詹姆斯·塞维德

作为阿勒特贝长屋工程的主要支持人之一,塞维德组织其他民族的代表们一起讨论怎样让人们对印第安人的艺术产生兴趣。他说:"对于年轻人来说,这是一次很好的机会。能让自己的民族文化保持繁荣。"早期参加会议的有来自阿勒特贝的西蒙·比恩斯、布鲁顿港口的查理斯·乔治和特努尔岛的族长亨利·斯佩克。1964年,这项工程开始施工。

1988年5月18日,詹姆斯·塞维德族长在坎贝尔·里弗去世。他的女儿黛西·塞维德·史密斯在坎贝尔·里弗继续这项建设性的工程。

斯基罗斯·布鲁斯

斯基罗斯·布鲁斯20岁时,出版了《卡拉拉诗集》,但这本集子只发行了250本,鲜为人知。布鲁斯这本37首表达有关精神错乱、孤独和自杀等思想的诗歌集,经由出版商莱昂内尔·卡恩斯介绍给读者。莱昂内尔是西蒙弗雷泽大学的英语教授,也是位诗人。他在书的封面注明布鲁斯在斯阔米什族中的土著名字为"卡拉拉",意思是蝴蝶。他写道:"她美丽、充满智慧，但与现实格格不入，对于她只能用'坚强'一词来形容。"

斯基罗斯·布鲁斯是丹·乔治族长的侄女，从小生长在北温哥华。她还有个大家熟悉的名字玛丽·布鲁斯。她的兄弟安迪·布鲁斯是一次发生在不列颠哥伦比亚监狱人质劫持事件中的关键人物。后来，克里斯蒂安·布鲁耶尔根据这一事件创作了戏剧《墙》。尔后又由布鲁耶尔改编，由汤姆·山德尔导演拍成了电影，在1984年上映。斯基罗斯曾写道：

> 他们把你从我这带走时/身着蓝哔叽西服/我们哭了/他们用悲哀而充满智慧的眼睛看着/好像你闭着双眼/用双手脱去我的丝袜/我看见/一个年轻的绅士/在柔软的茎干下/你的生命/正移向我的子宫/而他们所见到的只有罪犯。

《卡拉拉诗集》中的一些诗歌，如"黑人""回顾落叶松""白鹈鹕鸟""回顾西海""回顾卡皮拉诺"，先后出现在公开发行的文学出版物上。根据卡恩斯的回忆，斯基罗斯·布鲁斯曾去过印度，回来后在不列颠哥伦比亚的修道院待过。后来，她回到了北温哥华，改名换姓，给土著人当家庭顾问和咨询师。

亨利·彭尼尔

作为一个混血儿，我不得不自己照顾好自己。

——亨利·彭尼尔

不列颠哥伦比亚最早不拘一格的回忆录不是大家认为的"所谓"自传，而是由亨利·汉克·彭尼尔所著的《印第安人——一个不列颠哥伦比亚混血伐木工充满温馨和智慧的故事》。

1904年，彭尼尔出生于弗雷泽谷。爷爷是魁北克的商人，19世纪70年代来到不列颠哥伦比亚。为了回到魁北克，他抛弃了土著妻子和儿子乔治。乔治·彭尼尔在哈里森·里弗的农庄长大，后来和一个叫艾丽斯·戴维斯的混血女孩结婚。他们一共生了八个孩子，其中两个夭折了。

1904年，亨利·彭尼尔出生不久，父亲乔治·彭尼尔在一次捕猎中意外身亡。他在毗邻的奇哈利斯保留地一座87英亩的庄园里长大。亨

第一章 荒原之声

利·彭尼尔的继父来自尤宁·巴尔。尤宁·巴尔是个位于霍普东部三英里处的定居点。因此,亨利从继父那听到不少有关那个地方土著民的故事。

亨利·彭尼尔在由献主会开设的圣玛丽教会学校上学时,担任过祭台侍者。由于学校学生太多,亨利被迫在13岁离开教会学校,转入霍普的公立学校学习,在那待到15岁。1922年,他开始从事伐木工作。

1924年,彭尼尔和玛格丽特·利昂结婚。利昂也是"哈里森河的印第安人,有中国血统"。他们一共有八个孩子。"我们都是混血儿,既不是白人,也不是印第安人,实际我们看起来更像印第安人。人人也都认为我们是印第安人,但印第安人却不这样认为。"

彭尼尔是个伐木工,因为在工作中受了重伤,得依赖手杖和拐杖生活,所以失业了。以前,他很爱打长曲棍球。他幽默、健谈,擅长讲故事,是位纯朴的哲人。他说:"作为混血儿唯一的好处是我不受禁酒令的限制,可以买酒。"

到了老年,他只能玩玩赌博性游戏、翻翻《读者文摘》、看看电视和做做社会援助相关的工作。但他仍为多年来从事大量艰辛的工作而感到自豪。

彭尼尔住在教会东面的尼克门干道时,出生于威尔士的语言学教授E.温·罗伯茨曾来访。因为西蒙菲莎大学的一个语言课题涉及哈尔科姆伦语,罗伯茨想要录下彭尼尔讲述的印第安人故事。彭尼尔和罗伯茨志趣相投,但罗伯茨发现彭尼尔主要是想讲述自己的故事,而不是印第安人的故事。

在与彭尼尔的几次会面和进行文本上的合作之后,罗伯茨从根本上放弃了最初有关语言课题的计划,决定担任彭尼尔非官方的代言人。彭尼尔的聪明智慧给罗伯茨留下了深刻的印象,于是,罗伯茨与《温哥华太阳报》的编辑杰克·理查兹接洽,想要让亨利·彭尼尔的奇闻和故事以每周连载的形式发表在《温哥华太阳报》上。理查兹又把罗伯茨和彭尼尔两人介绍给了西温哥华出版商兼摄影师赫伯·麦克唐纳。

彭尼尔68岁时,《印第安人》出版了。与其说这本书具有社会性和文学性,还不如说这本书更具有娱乐性。在这本自己创作的回忆录中,彭尼尔给了一些词新的拼法,在结尾时还郑重其事地评价了自己的混血身份。"除了在工作上与白人打交道,我没法融入白人社会。但如果我去参加印第安人的聚会,不管我提供酒与否,只要涉及喝酒,他们就会找机会对我进行指控。如果车上有印第安人,同时又有没开过的威士忌酒或啤酒的话,警察会拦住我做一番常规性的检查。这番检查,好像有几层意思,像是在说我迟早会请他喝一杯。"

彭尼尔希望将来有一天种族差异不复存在,"但我知道那时我已经不在人世。混血身份太糟糕了,但那时不会再有任何混血儿的尴尬了,那将真他妈是件好事"。

凯瑟琳·伯德

因卡·迪恩是指不列颠哥伦比亚北部讲阿萨帕斯坎语的人的总称。因卡·迪恩语言学校成立于1988年,位于范德胡夫省。这所学校致力于保存和发展因卡·迪恩语言和文化。凯瑟琳·伯德又叫凯瑟琳·科德韦尔,娘家姓普林斯,是纳克阿德里族人。她曾在因卡·迪恩语言学校任高级语言指导教师,负责教师培训项目。20世纪60年代,她在圣·詹姆斯堡和卡里尔语委员会一起从事达克儿语言文字工作。

伯德先在不列颠哥伦比亚北部的公立学校教达克儿语(卡里尔语),后来又分别给中小学生和北不列颠哥伦比亚大学学生教达克儿语。1996年至1999年间,伯德担任卡里尔语委员会的主席。

她的儿童读物是《捕捉太阳的男孩》(1994)和《知更鸟和叽叽喳喳的麻雀》(1994)。另外,伯德还参与了第一部现代达克儿语词典《内卡里尔双语词典》(1974)的编撰。这本词典包含了大约3 000条方言条目,参编者有弗朗西丝卡·安托万、凯瑟琳·伯德、阿格尼丝·艾萨克、内莉·普林斯、萨莉·萨姆、理查德·沃克和戴维·B.威尔金森。

第一章　荒原之声

丹·乔治

印第安人是不会从人们的记忆中消失的。

——朱迪思·克里斯特,《纽约时报》

1899年7月24日,丹·乔治出生于北温哥华布拉德3号保留地,父亲是特斯雷尔·瓦图斯或巴拉德部落的族长。他原名叫特斯瓦诺,又叫格斯瓦诺斯·斯拉呼特。在英语中,他的名字是丹·斯拉呼尔特。5岁时,在一所教会寄宿学校上学,他的姓改成了乔治。因为,那里不允许说土语,也不允许任何的土著习惯和土著信仰的存在。

丹·乔治17岁离开学校,做了三年伐木工,又做了28年装卸工。1947年,在工作时,一大堆木材滚落下来,砸伤了他的腿和臀部,结束了他在码头的装卸工生涯。之后,他开始从事建筑工作,又做过公交车司机。

丹·乔治组织了一个舞蹈队,常在俱乐部表演,他演奏低音提琴。后来,他又随着"丹·乔治"这个团队和他的印第安表演者们一起转到竞技场和乡村表演。在这期间,他被选为保留地的族长,一干就是12年。

20世纪60年代,加拿大广播公司拍摄"乡村卡里布"系列影片,其中扮演"老安托万"的白人演员生了重病,丹·乔治就被叫去面试这一角色。由于制片人菲利普·基特利急需有人能在一周内取代之前的演员担任这一角色,尽管丹·乔治已经60岁了,还是得到了这一角色。为了进展顺利,基

丹·乔治族长在温哥华和太平洋国家展览会上

特利还让乔治的两个儿子鲍勃·乔治和伦纳德·乔治演了一些小角色。

系列影片中的"驯服夸特马"获1965年加拿大最佳娱乐影视奖。后来又经过改编,由格伦·福特和基南·温主演,拍成了电影《史密斯》。在电影的最后一幕,爱达荷的内兹·佩尔塞族长约瑟夫要求丹·乔治作为投降者发表演说。由于丹·乔治的出色表演,他在电影中塑造的角色给人们留下了深刻的印象,于是人们排着队跟他握手。一个影评家写道,丹·乔治的表演真是"完美至极"。

丹·乔治因为通过原始舞台重现了乔治·里加的戏剧《狂喜中的丽塔·乔》(温哥华戏剧院,1967),得到大众的认可。丹·乔治另一次令人难忘的表演是1967年在温哥华帝国体育场举行的百年庆典中面对35 000名观众朗诵《同盟之歌》:

"哦,加拿大!我与你认识有多长时间了?一百年?是的,一百年……我已经看到自由正在消失,犹如鲑鱼消失在大海里一样。白人奇怪的风俗习惯,我没法理解。这些风俗使我压抑,让我喘不过气来。"

"为了保卫土地和家园,我开始战斗,他们却说我野蛮。无法理解,也不喜欢他们的生活方式,他们却说我懒惰。想要管理自己的子民,他们却剥夺了我的权利。"

"在白人的历史教科书中,我的民族被忽略掉了。在加拿大历史上,我们甚至没有在平原上游荡的水牛重要。在白人的戏剧和动画片中,我是那么的滑稽可笑。于是,我喝得酩酊大醉,醉得一塌糊涂,最后忘掉一切。"

"哦,加拿大!要我怎样与你共庆百年华诞?要我感谢你把原本属于我们美丽的森林夺去,只给我们留下所谓的保留地吗?要我感谢你把原本在河里的鱼变成鱼罐头吗?还是要我感谢你剥夺了我们民族的自豪感和自治权呢?我要为实现自己的愿望而抗争吗?不!必须得忘记过去,忘记曾拥有的一切。"

"哦,我的上帝!我得像传说中的雷鸟般冲出海面翱翔,借鉴白人成功的工具——教育和技术,运用它们建设我的民族,这样才能骄傲地在你们的社会坐拥一席之地。在跟随那些仙逝的伟大族长们的步伐以前,我得认清这一切的一切已经过去了。"

"我将看到,勇敢的年轻人和新一代的族长们坐在法律和政府的房子里,拥有知识和自由,也会受知识和自由的影响。因此,我们要打破我们

第一章　荒原之声

之间的壁垒。接下来的一百年,将是我们这个让人自豪的民族和部落最为伟大或最让人骄傲的一百年。"

丹·乔治71岁时,在《小小大人》(1970)中扮演夏安族首领与达斯汀·霍夫曼演对手戏,获奥斯卡最佳男配角奖提名。也因这个角色,丹·乔治获得了纽约电影评论奖和国家电影评论奖。

随后丹·乔治和弗朗西斯·海兰联袂主演的《狂喜中的丽塔·乔》在渥太华和华盛顿市区的国家艺术中心上演,获得了一致好评。

1973年,在华盛顿时,那些接近丹·乔治的活动家希望他能支持南达科他州伍蒂德·尼湖的激进行动。他回答说:"很久以前,加拿大的各民族已经和解、停战。尽管有人一次次违背条约,我们也决不会再起战争。如果有什么问题,各地方议会的长官们会一起来解决。"

丹·乔治还在其他一些影片中扮演年长的印第安人,其中包括与克林特·伊斯特伍德一起参演的《老人与猫》和《罪犯乔西·威尔士》(1974)。他在电影《消除保留地》中扮演的鲍勃·霍普让人难以忘怀,但那个角色又有点损害印第安人的人格形象,丹·乔治因此饱受争议。另外,丹·乔治还作为嘉宾客串《无敌浩克》《幸运儿》和《海滨流浪者》等电视剧。

1969年,丹·乔治和弗朗西斯·海兰在"狂喜中的丽塔·乔"中的剧照

1972年,丹·乔治获得西蒙菲莎大学法学荣誉博士学位;1973年获布兰登大学法学荣誉博士学位。1981年9月23日,丹·乔治去世。他的坟墓位于北温哥华布拉德印第安保留地多勒顿公路旁,没有特别明显的标记。

丹·乔治被誉为不列颠哥伦比亚最畅销书作者之一。他的书籍有《心在飞扬》(1974)以及死后才出版的《精神翱翔》(1982)和《优秀的族长丹·乔治》(2004)。这三部作品都是雄辩的诗歌,书中配有教会艺术家赫尔穆特·希恩夏尔所做的插画。

参与丹·乔治传记《你称我为族长：丹·乔治族长生平》(1981)写作的希尔达·莫蒂默曾写道："丹·乔治的作品并非完全出自他自己,他有位良师益友记录下了他口述的许多故事。这位博学而又热心的天主教牧师(赫伯特·弗朗西斯·邓洛普牧师)实际上在丹·乔治的作品中帮他写了很多。人们记得的丹·乔治是位作家,这有点滑稽可笑,但在他那个年代,几乎没有那种传统意义上的文学,因此这点似乎又可以理解。"

对此,丹·乔治的孙女李·玛拉克尔坚决反对莫蒂默的话,声称丹·乔治书中的内容是他自己写的。

肯尼思·B.哈里斯

1948年,肯尼思·B.哈里斯说服叔叔阿瑟·麦克达姆斯把特索玛利亚语的吉特克桑神话故事录下来。在八十多岁的母亲艾琳·哈里斯的帮助下,肯尼思把叔叔的故事翻译成英语。不列颠哥伦比亚大学美术系的弗朗西丝·鲁滨孙依次把这些故事编著成《从未离开的来访者：达梅拉哈米德人的起源》(1974)。哈里斯的书除了追溯住在基斯纳河和纳斯河之间的达梅拉哈米德人古老的历史外,还回顾了虎鲸和雷鸟的起源,以及梅迪克的复仇。梅迪克的复仇讲的是因为人类的错误行为,一只熊从湖面窜出,惩罚人类的故事。按照鲁滨孙的话,这些故事"一点也没受语言的干扰,没有被篡改,哈里斯翻译得非常准确,按他自己的分类和顺序把故事呈现给大家"。可以说,这些故事同样归功于麦克达姆斯,哈里斯沿用了麦克达姆斯故事的标题"哈格贝格瓦库",意思是"民族第一人"。

韦尔娜·柯克尼斯

1935年,韦尔娜·柯克尼斯出生于马尼托巴湖费希尔·里弗保留地,克里族人。1987年,担任不列颠哥伦比亚大学土著民研究中心第一任主任。

柯克尼斯牵头创建了原住民长屋,有2000平方米。它是专为土著民学生建的"远离家乡的家园"的教学设施。这幢辉煌的建筑用的材料是西海岸的雪松木和从法国进口来的铜屋顶。1993年5月25日,正式启用。

柯克尼斯18岁开始从事与教育相关的工作。在不列颠哥伦比亚担任印第安教师教育项目的负责人和不列颠哥伦比亚大学印第安语教育系的主任以前,柯克尼斯曾当过校长、教育顾问、学校督办、课程顾问、马尼托巴省印第安兄弟联盟(马尼托巴省各族族长联系会组织)以及全国印第安兄弟联盟(土著民组织)的教育总监。

柯克尼斯和西蒙·贝克合著了《热拉·查:西蒙·贝克族长的自传》(1994),还与乔安·阿奇博尔德合著了《土著民的长屋:远离家乡的家园》(2001)。

她自己还出版了《土著语言:语言和论文集》(1998),与D.布鲁斯·西利合编了一本资料集《没有语言的印第安人》(1973)。其他书籍还有:《平原上的印第安人》《土著民族和学校》(1992)。

柯克尼斯从事管理、教育和写作,因为工作杰出,获得了加拿大勋章,并获得了圣·文森特大学、西安大略湖大学和不列颠哥伦比亚大学的荣誉学位。

她说:"教育是我一生的事业。"退休后,柯克尼斯住在温尼伯。

1994年,韦尔娜·柯克尼斯在不列颠哥伦比亚大学

乔治·曼纽尔

> 在我和我们的生活中,我能记得的只有贫穷。
>
> ——乔治·曼纽尔

丹·乔治族长是不列颠哥伦比亚最有名的土著人,但在政治活动组织方面最重要的人物要属乔治·曼纽尔。他是全国印第安兄弟联盟的主席(1970—1976)、不列颠哥伦比亚部落联盟主席(1979—1981)和世界土著民委员会的第一任主席(1975—1981)。

曼纽尔和迈克尔·波斯伦斯合著了《第四种方式:印第安人的现实生活》(1974)。这本书宣扬了土著人的观念与权益。为了向土著民传递联合统一的思想,曼纽尔穿梭于美洲中部、南部、美国和欧洲。

乔治·曼纽尔

20世纪70年代末,曼纽尔在面对15 000名秘鲁土著民进行演讲时说:"我们得有自己的思想,不能激进也不能保守。因为,我们是完全分割的一个个民族,没有形成一个整体。我们一直处于弱势,处于被剥夺权利的一方。这是我第一次在土著文化中强调思想。由于人们已经意识到了,世界上有很多地方也在谈论思想。我们现在只是在谈论,还没有付诸行动。我为自己能向大家介绍这个观念而感到自豪。"

1921年2月21日,乔治·曼纽尔出生于不列颠哥伦比亚舒斯瓦普地区的内斯孔里什保留地。12岁以前,一直由爷爷奶奶抚养,在坎卢普斯寄宿学校上学。12岁时,因得了结核病,只能待在疗养院。他一直未

第一章 荒原之声

能完全从那段蒙羞的经历中恢复过来。后来,通过自学一些知识,他曾做过勤杂工、水果采摘工、伐木工和伐木场的吊杆工。

在政治方面,曼纽尔得到了北温哥华的友人安德鲁·波尔(赫伯特·弗朗西斯·邓洛普曾为他写过一本鲜为人知的传记)的指导,担任了7年舒斯瓦普族族长,于1959年成为北美印第安兄弟联盟的主席。

为了加快改革进程,取得自主权,曼纽尔在印第安事务部门任职。但由于皮埃尔·特鲁多总理在1969年发布白皮书宣布加拿大要同化印第安民族,促进"印第安人融入加拿大社会",曼纽尔成了反对政府的激进派。

为了组织印第安人反对特鲁多的计划,曼纽尔担任了全国印第安兄弟联盟的主席。在参加激进活动期间,他受到了坦桑尼亚的朱利叶斯·尼雷尔的鼓舞和影响。1971年,他与尼雷尔一起走访了新西兰的毛利人。

曼纽尔还去了华盛顿,接触了和他有相似背景的美国印第安人民代表会主席梅尔·托纳斯基特。这次会面促进了1973年国际协议

安德鲁·波尔

的签订,加强了两个土著组织之间的交流,为世界土著民联盟的建立奠定了基础。

乔治·曼纽尔参与起草世界土著民族权益宣言,改进了不列颠哥伦比亚族长联盟的土著民权益意见书。他还写了不少意见书,包括《印第安人教育评估(1967)》《印第安人经济发展:白人的掩饰(1972)》《印第安兄弟联盟在印第安与北方发展指南(1875)》《印第安人主权:不列颠哥伦比亚印第安圣经(1977)》以及《世界土著民委员会报告(1977)》。

1989年11月15日,乔治·曼纽尔在坎卢普斯去世。20世纪80年代早期,他的儿子鲍勃·曼纽尔领导不列颠哥伦比亚部落族长联盟。

加拿大文学起源 土著文化

李·玛拉克尔

> 白人已经变成了无根、迷失而荒诞的民族……我不再处于他们世界的外围,与我的世界隔绝;他们现处于我的世界的外围。
> ——《幻日》的叙述者

李·玛拉克尔是斯托·洛土著人,拥有萨利什和克里血统,是加拿大最早出版小说的土著作家之一。她的《博比·李,印第安人的反叛》(1975)把自传和小说相融合,具有开创性。该书讲述了20世纪60年代到70年代在不列颠哥伦比亚、加利福尼亚和多伦多反正统文化团体的故事。她在书中劝诫加拿大人应"了解殖民掠夺的含义,弄清怎样才能让殖民掠夺完全消失"。

12年后,玛拉克尔出版了《我是女人》(1988)。在书中,她描述了在"反抗神族主义浪潮"中的挣扎与痛苦,书中有玛拉克尔喜爱的诗和照片,该书由她的第二任丈夫丹尼斯·玛拉克尔首次出版。丹尼斯还帮助玛拉克尔出版了诗集《种子》。

李·玛拉克尔的第一部小说《幻日》(1992)讲述的是一个名叫玛丽安娜的东温哥华社会学学生的故事。玛丽安娜20岁时,想要劝说妈妈停止对电视新闻的抨击,想要消除妈妈认为社会使土著人种族灭绝的执拗观点。在五个兄弟姐妹中,唯有玛丽安娜只会一门语言,因此,她对土著人的生活方式是缺乏自信的。由于受家庭变故、种族歧视及父权制度的困扰,玛丽安娜感到"被自己充满愤怒的情绪给拴住了"。

在《幻日》中她写道,经过一个夏天,伊莱贾·哈珀反对宪法的立场和奥卡的冷漠,使玛丽安娜得到了解脱。因为,她曾写道:"如果伊莱贾厌烦加拿大,他会更讨厌我。他要传递给我们的信息相当简单,那就是为土著民的权益而战斗是值得的,我们值得被关注,我们值得这一切。"玛丽安娜与她的上级关系暧昧,对方是土著民权益的游说者。在得知对方已是有妇之夫后,玛丽安娜拒绝了那个男人。玛丽安娜带着一根象征和平的羽毛参加了由土著民举行的从彭蒂克顿到奥卡的长跑。她也受到《幻日》

的启发"不同寻常的环境下映射出的不可思议的形象"。

玛拉克尔在小说《乌鸦之歌》(1993)中讲述了太平洋西北地区城市土著妇女在20世纪50年代受流感困扰,必须在拯救老人还是拯救孩子中做出抉择的故事。书中年轻的主人公斯泰西与坚持旧习俗的母亲发生了争执。该故事围绕着既有趣又赋予人们智慧的乌鸦的沉思进行,其情节荡气回肠、十分感人。

《威尔的花园》(2002)是玛拉克尔写的第一部有关青年大学生的小说。书中描述了斯托·洛族男孩们传统的成人礼仪式。玛拉克尔在第一本书中写道:"1950年7月2号,我出生在温哥华。我在纳罗斯·布里奇二区东边大约两英里处的北海岸海滨泥滩上长大。"14岁时,玛拉克尔成了不列颠哥伦比亚高中最优秀的长跑运动员之一。玛拉克尔就读于西蒙·弗雷泽大学,并参加了"红权运动组织"和"解放运动支持会"。她曾获得了哥伦布前美洲图书奖,曾在安大略的巴里土著民友谊中心工作,做过舞台演员,在多伦多大学和华盛顿州贝灵翰姆的西华盛顿大学任教,后来回到安大略任教。

李·玛拉克尔以前是位长跑运动员,快40岁时,她成了一名作家

1990年,玛拉克尔的专题论文由加莱里出版公司出版。该论文阐明了她反对欧洲学术模式的观点。同年,她参与编辑了1988年一次会议的会议录《跨文化中女人与语言的差异》(1994),出版了所编的第一部故事

集《旅居者的真相》(1992)。《再见,哥伦布》是她1992年为温哥华《脚步》杂志所写文章,在文中她回忆了自己身为梅蒂斯人的母亲,为了养活7个子女每天做16个小时体力劳动的艰辛经历。

玛拉克尔的作品还有《旅居者与幻日》(1999)、《圆弧形的盒子》(2000)和《永远的女儿》(2002)。合著/编辑的有《跨文化中女人与语言的差异》(1994)、《和解:北美土著民族恩·奥金杂志》(2002)、《记忆中的家》(1998)和《我们的生活如同要从泥土中挤出牛奶那样艰苦》(1993—1994)。

2003年,玛拉克尔对《红线》杂志说:"我们的社会受到了时代的限制。如果我们燃烧山艾,做着百年来的祈祷,那么没事;只要回到森林,或回到用精神的方式生活,我们是安全的。一旦做点其他的,人们就不想再见到我们,就想让我们消失。因此,我写这些故事,只是想让人们看到各种环境下的我们。一旦他们用不同的方式看待我们,也应该用不同的方式倾听我们的呼声。"

贝尔纳黛特·罗塞蒂

卡瓦族长的墓碑

出生于1912年的贝尔纳黛特·罗塞蒂在晚年时对卡里尔族的祖先卡瓦族长的宗谱进行研究,把宗谱翻译成了英语并出版《卡瓦的后代——印第安卡里尔族的宗谱》(1979),还为书配了照片和图表。

当他的族人带领探险队来到索契湾察乌彻村庄时,卡瓦(1755—1840)族长举行仪式欢迎西蒙·弗雷泽。弗雷泽来的时候送给卡瓦一件红色衣服当作礼物。1997年,那件衣服由卡瓦的后代捐给了加拿大政府。1828年,由于纷争,卡瓦把哈得逊湾公司的商人詹姆斯·道格拉斯囚禁起来,道格拉斯对这事一直耿耿于怀。这事在威廉·亨利·皮尔斯的回忆录中有记载。

第一章 荒原之声

贝尔纳黛特·罗塞蒂出版了一本未注明日期、螺旋装订的儿童故事书《努纳尔吉昂》。她还把纳卡尔邦方言中多个版本的老故事翻译成英文,编著成《老鹰的故事:卡里尔族印第安传说》(1991)出版。故事讲述的是一个男孩一直不睡觉,被老鹰给抓走,带到老鹰巢里很好地喂养起来。而孩子的父亲到处寻找儿子,分别向松鼠、兔子、松鸡寻求帮助。最后是母鸡给孩子父亲指明老鹰筑巢的树的位置,但母鸡要求孩子父亲把它的眼皮染成红色作为交换条件。该书由爱德华·约翰编辑,罗曼·蒙特尼尔绘制了插画。

黛西·塞韦德·史密斯

黛西·塞韦德·史密斯是詹姆斯·塞韦德的女儿,也是卡瓦卡瓦卡族历史学专家,在坎贝尔的维多利亚大学教语言学。祖母艾格尼丝·阿尔弗雷德(1890—1992)不识字,但熟知历史,善于讲故事。黛西把祖母的回忆录翻译过来,并编著成《划向我站的地方:贵妇艾格尼丝·阿尔弗雷德》(2004)。这是第一本描述卡瓦卡瓦卡族女族长的传记。

她还写了《起诉还是迫害》(1979)。该书记录了 1884 年执行禁止冬季赠礼节的法令,还特别记录了 1913—1932 年间夸扣特尔族财产被充公事件中印第安代理人威廉·哈利迪的一些行为。哈利迪写道:"禁止冬季赠礼节的法令通过了。因为政府希望印第安人可以和白人同步发展,他们认为只要冬季赠礼节存在印第安人就不会有进步,也很难实现同步发展。"

当时,塞韦德·史密斯受邀做一本供警察使用的有关监禁和财产充公的小册子。又赶上夸德拉岛开普穆奇博物馆开馆,塞韦德·史密斯觉得有必要编写《起诉还是迫害》一书。

黛西·塞韦德·史密斯

她写道:"多年来,我一直在记录监禁事件、收集历史资料,并在获取其他信息的基础上开始写这个小册子。很快,我们发现,一本小册子没法再现这段历史,只有以书的形式才能清楚叙述为何冬季赠礼节会受到法律的禁止。因此本书的问世是为了纪念白人到来之前那些为尊重历史而不断付出努力的人们以及记录白人到来之后的情况。"

黛西·塞韦德·史密斯居住在坎贝尔里弗。

菲利丝·切尔西

20世纪70年代,菲利丝和丈夫安迪·切尔西族长领导了阿尔克莱湖印第安部落禁酒和禁毒运动。阿尔克莱湖如今叫埃斯科特姆克,大约有600名赛克韦佩姆(舒斯瓦普)人住在威廉姆斯湖南部。阿尔克莱族人酗酒率一度高达100%,酗酒成性导致社会败坏。因此,有人把这个湖区称作"酒精湖"。威廉姆斯湖的售酒商店和出租车行业从长期以来泛滥的酗酒恶习中获取暴利。在所谓的"幻日克里克"平台上,有许多人定期一周送酒三次,非法制酒、贩酒变得非常猖獗。

因为7岁的女儿艾微对他们说:"我不想再和你们一起生活了。"1972年6月,菲利丝·切尔西第一个戒酒,四天后,丈夫安迪·切尔西也开始戒酒。切尔西一家戒酒得到了戒酒互助会顾问、神职兄弟联盟成员埃德·林奇的鼓励。

安迪·切尔西戒酒后很快获选为阿尔克莱湖族的族长。为了使戒酒率在1979年达到90%以上,他尝试各种改革,尽管有些政策不是那么受欢迎。在保留地禁止卖酒,加拿大皇家骑警队运用有记号的钱,诱捕走私贩酒者(包括安迪的母亲和菲利丝·切尔西的母亲)。长期酗酒者得到的救助不再是钱,而是威廉姆斯湖商店的购物券。一位酗酒的牧师被责令离开保留地。与酒精相关的罪犯要么接受治疗,要么就去坐牢。

现在艾微·切尔西是位单身母亲,有五个孩子。她在赛克韦佩姆担任教师、精神安抚员和莱特威尔克培训中心的教员。她会和母亲一起频繁地奔走于土著民社区,向他们分享自己民族进步的经验。安迪和菲利丝·切尔西花了多年时间,遍及北美洲和澳大利亚,讲述他们的故事。

第一章 荒原之声

菲利丝·切尔西

1986年上映的电影《致敬:阿尔克莱湖的故事》记录了他们在阿尔克莱湖部落中鼓励人们戒酒的事迹。

菲利丝·切尔西是第一位入选卡里布·奇尔科廷学校董事会的土著人,因为事迹突出,她荣获加拿大勋章、不列颠哥伦比亚勋章,并获得了不列颠哥伦比亚大学荣誉学位。她在各大院校复兴舒斯瓦普语和舒斯瓦普文化,参与编著了《学习舒斯瓦普语》第1、2册(1980)。

查尔斯·琼斯

我可以一一说出我的家族往上七代人的名字。

——查尔斯·琼斯

查尔斯·琼斯与人合著的回忆录《帕切纳特的世袭族长:奎斯托》一书是泰特斯图书公司发行的四大图书之一。这本书提供了19世纪温哥华岛土著民生活的一手资料,非常珍贵。

查尔斯·琼斯出生于1876年7月7日,是努恰纳尔什土著民族帕切纳特族的族长。大概六七岁的样子,琼斯在克洛乌斯的教会学校上学,也就是在那个时候,他的名字从奎斯托改为琼斯。琼斯第一次用温切斯特44步枪时才9岁,10岁时就开始狩猎。在尼亚湾附近的学校待了两年后,他乘坐哈得逊湾公司的"海狸"号轮船从新威斯敏斯特到奇利瓦克,来到弗雷泽谷的科卡里扎寄宿学校上学。科卡里扎的教师专横地把他降了三个年级,那里条件很差,学生们还被迫参加农场的劳动。在萨迪斯和189名学生一起上了两年学后,大概是12岁左右,他辍学了。

他说:"在那个时代,印第安的孩子在寄宿学校最多只能升到8年级,可那样的教育远远不够。但那时就是那样对待印第安人的,他们不会让你升过8年级。"尽管1884年政府已经颁布义务教育法。

从1880年到第二次世界大战,由卫理公会派教徒在奇利瓦克附近开设的科卡里扎学校。大约1890年,查尔斯·琼斯和这些学生在那儿上学。

1900年,琼斯到维多利亚海豹公司上班,在白令海做了四个月传统的深海海豹猎人。他乘独木舟,用鱼叉叉海豹,挣了1 000加元回家。

1921年,查尔斯·琼斯当上了族长。就在同一年,经过两年时间的准备,他举行了他的第一个为期8天的冬季赠礼节。为这个节日庆典,他还特意修了一栋新的长屋。琼斯对土著文化遗产的敬慕之情之所以根深蒂固,一定程度上受到了祖父的影响。他的祖父曾拥有许多奴隶,曾用鱼叉捕鲸,一生中共举办了8次冬季赠礼节。他在传统的帕切纳特长屋长大,同样也受到了父亲的影响。琼斯一家乘坐 60 英尺①的独木舟去过很多地方,一直靠抓海獭挣钱。琼斯写道:"只要带够食物,就能乘坐独木舟直接到温哥华岛。"琼斯声称,父亲曾在哈得逊湾公司一货栈资金紧缺时把钱借给哈得逊湾公司。琼斯回忆道:"维多利亚货栈的经理杰克·戈德曼曾向父亲借 5 000 加元。7 个月后,哈得逊湾公司除了还回本金还付了 200 加元利息。"

大约有 50 年的时间,查尔斯·琼斯一直在木材行业的各个部门工作。后来,他拥有了自己的渔船"奎斯托",并开始经营此船。退休后,他开始雕刻独木舟和面具。1974 年,应省博物馆的要求,他造了一艘可乘载六人的独木舟。

1983 年,琼斯去世,享年 107 岁。生前,琼斯和出生于维多利亚的好莱坞动画设计师兼电影制片人史蒂夫·博萨斯托一同撰写了回忆录《奎斯托》。博萨斯托的堂妹罗伯塔·博萨斯托·琼斯嫁给了查尔斯·琼斯族长的儿子,小查尔斯·琼斯。博萨斯托为了来看望这位堂妹,1976 年 6 月首次来到伦弗鲁港附近的帕切纳特保留地。在这个月月初,老族长刚刚庆祝了 100 岁生日。琼斯对博萨斯托说:"我们家族姓奎斯托,意思是所有族长之首。"

与查利·诺埃尔及汉克·彭尼尔的回忆录比较起来,琼斯的回忆录更真实,因为琼斯还健在,这让回忆录更有价值。他回忆了 19 世纪儿时的嬉戏、奴隶制度、基督教精神的来源、狩猎与捕鱼的技巧、如何从自然获取食物、民俗故事、冬季赠礼节以及其他的习俗。

琼斯解释道:"白人死后埋在地下,而我们印第安人死后是放在树上,这点白人无法理解。如果把尸体埋在地下,野狼闻到气味,会把尸体从地下刨出来吃掉。即使用棺材装上,野狼也能把整个棺材刨出来,抓破木头,把尸体吃掉。

查尔斯·琼斯

---

① 1 英尺=0.3048 米

老人们认为告诉白人这些没用……所以我们死后,会把尸体放在树上而不是埋在地下——这不是宗教原因,不过是不想让野狼吃掉罢了。"

卢克·斯旺

戴维·威廉·埃利斯因从事商业捕鱼工作,从而结识了土著民中的一些长者,如,阿霍萨特的卢克·斯旺、斯基德盖特的所罗门·威尔逊,并记录了关于他们的回忆,从而知道如何利用涨潮线和落潮线之间的水域捕鱼。后来,埃利斯与卢克·弗朗西斯·斯旺合著了书籍《潮汐教程:曼霍萨特人捕捉海洋无脊椎动物》(1981)。卢克·弗朗西斯·斯旺的土著名是特尔伊茨-苏伊,意思是"眼中的箭"。维多利亚的老乔治·路易是埃利斯和斯旺之间的联系人。他从1974年开始为他们的回忆录提供相关信息。韦恩·坎贝尔和南希·J.特纳则在识别海洋物种方面提供帮助。出生于1893年的卢克·斯旺一直以捕鱼为生。1981年,卢克受邀为冬季赠礼节献唱、创作歌曲。同年,《潮汐教程》一书成了泰特斯图书公司出版的四大作品之一。书的结尾是一小段关于超自然生物和海蟒的内容。

"斯旺的父亲和一个渔民在赫斯基亚特角附近的海域猎捕海獭时曾遇到过一条海蟒。他射了一箭,没中。他看着这条海蟒爬向海滩,进入森林消失了。如果,能成功射杀这条海蟒,无疑,他会成为伟人,因为在温哥华岛西海岸还没有人猎杀过海蟒。"

詹姆斯·沃拉斯

今天人们是开着车去购物,而在他们那个年代是划着独木舟去的。

——詹姆斯·沃拉斯族长

1907年3月15日,詹姆斯·沃拉斯族长出生于贝尔湾,也就是原来哈迪港所在的地方。詹姆斯·沃拉斯族长又叫吉米·朱博,或简称为

第一章 荒原之声

J.J.。他和父亲很像,来自阔齐诺海峡的阔齐诺族,带有阔齐诺人说话的口音。母亲珍妮·朱博来自霍普岛,因此詹姆斯·沃拉斯暑假都在那个岛上度过。19岁时,沃拉斯与来自维利奇港的安妮·查利结婚。不久后,他开始在渔船上工作,最后成为了一艘拉网渔船的船长。二战期间,沃拉斯在艾利斯港的一家纸浆厂做工头,管理32个工人,沃拉斯也会去捕大比目鱼。为了能教印第安语,他参加了印第安教育教师培训班。为了上学更近,也为了有方便的医疗条件,人们从阔齐诺古老的村庄搬到了煤港,后来沃拉斯也就在那教印第安语。

沃拉斯对帕梅拉·惠特克说,他主要是在阔齐诺湾长大的,从老人那听来了很多传统故事,大多是从父亲的兄弟那听来的,才有了书《夸扣特尔传奇》(1981)。他回忆道:"通常四个家庭住一幢长屋,每一个角住一家人,都有自己的火炉。如果一幢长屋只住两家人的话,他们会共用一个火炉。"其中一个故事讲述的是长得帅气但有点下流,而且有点像骗子一样爱说谎的明克在连续经历了四任妻子(她们分别是凯尔普、弗罗格、博尔德和克劳德)后,最后才对利扎尔满意。另一个故事讲的是明克如何努力让自己变得有男子气概的故事。在夸扣特尔语中,"明克"意思是"由太阳制造",因为明克认为自己是太阳的儿子。沃

詹姆斯·沃拉斯

拉斯的作品集收录了夸扣特尔语起源的故事、动物的相关故事和由渔夫们补充的有关捕鲸的回忆。这些回忆选自弗朗兹·博厄斯的《夸扣特尔印第安人的信仰,第二部分——翻译》(1930)和由语言学家彼得·J.威尔逊提供的简短附录。威尔逊在温哥华岛引入夸扣特尔语项目早期的工作中付出不少努力。

埃伦·怀特

泰特斯图书公司早期出版的四大作品除了《奎斯托》《潮汐教程》,以及非土著作家罗伯特·克罗奇的小说《逝去的印第安人》的重印本,另外就是埃伦·怀特的第一本儿童读物《库拉苏尔武特:萨利什海岸的故事》(1981),由戴维·尼尔负责其中的插画。《巴贝克神父》和《失窃的太阳》是书中的两个故事。《巴贝克神父》讲的是一个孩子指导他父亲如何煮饭;《失窃的太阳》讲述的是乌鸦和海胆一起同心协力从海鸥那儿救出被抓的太阳。

埃伦·怀特 9 岁时学习助产学,16 岁时开始替人接生

怀特接下来的著作是《库拉苏尔武特》第二部(1997),该书用英语讲述了四个以上适合儿童阅读的萨利什人故事。书中彩色插图由奥卡诺根族教师比尔·科恩所画。书中超自然历险故事有《明克和浣熊一家》《小鹿斯玛伊》《鹿、乌鸦和红色的雪》和《月球历险记》。

怀特长在莱斯岛（挪威岛），由祖父母、父亲查尔斯和母亲希尔达·莱斯教授她萨利什海岸的文化，包括如何狩猎和捕鱼。埃伦与道格·怀特结婚后搬到纳奈莫，她的孩子在纳奈莫长大。埃伦是斯努尼穆克苏原住民故事讲述者、巫医，是纳奈莫马拉斯皮纳大学元老级人物。她的土著名字是"库拉苏尔武特"，意思是"许多星星"。

第二章

见证北美印第安人

1995 年在古斯塔夫森湖和谈中珍妮特·阿姆斯特朗担任谈判者

第二章　见证北美印第安人

珍妮特·阿姆斯特朗

在家族中,我是负责管理档案、记录历史和传承知识的。

——珍妮特·阿姆斯特朗

珍妮特·阿姆斯特朗15岁时在当地报纸上发表一首关于约翰·F.肯尼迪的诗,从此开启了文学创作之路。如今,她已经是土著作家中最有影响力的人物了。

1948年,阿姆斯特朗出生于彭蒂克顿印第安保留地。她说:"作为一个土著人,写作的过程对我而言是一种治愈的过程。因为,这揭露了一个事实,那就是我没有因为自己是棕色皮肤或是土著哲人而变得野蛮、肮脏或丑陋,一点也没有。"

珍妮特受保利娜·约翰逊诗歌的影响,又得到奥卡诺根语故事讲述者哈里·鲁滨孙和有萨默兰情结的剧作家兼小说家乔治·里加的指导,她出版了供青年读者阅读的一本薄薄的故事书《水中漫步》(1982)。该书讲述的是在白人到来以前,在奥卡诺根谷长大的尼克娜和舍玛伊这两个女孩子的故事。

七年后,阿姆斯特朗和泰特斯出版公司及彭蒂克顿的恩·奥金出版中心一起审查由恩·奥金国际学校土著学生书籍编辑部联合维多利亚大学美术学士学位项目组和奥卡诺根大学一起出版的作品,成了整个北美土著民写作的焦点。

如今,因为小说《伤痕》(1983),大家认识了阿姆斯特朗,这部小说重印了9次,很多学校经常采用这部小说作为教学内容。书中记录了1960年到1983年期间的异化现象和交战状态。尽管受到朋友们的嘲笑,故事中的主人公托马斯·克拉斯吉特很喜欢说奥卡诺根语,也喜欢出席祈祷仪式,但是在白人学校他最终不得不面对种族歧视。有时,他会愤怒,会困惑,但他通过在北美各地旅行的方式来释放自己,面对世界。

尽管《伤痕》刻画的主人公是位男性,无疑里面的故事情节和阿姆斯特朗作为艺术家、组织者的经历十分相似。

她的另一部小说《黑影中轻语》(2000)可称为《伤痕》的姊妹篇。该小说记叙了奥卡诺根艺术家单亲妈妈彭妮的生活及其所在时代。彭妮在奥卡诺根做水果采摘工人时,因接触杀虫剂患上了癌症。她是位环境保护者,为支持土著文化奔走于世界各地,逐渐有了自己的政见和社会理论。因为受"全球化及主权欺骗、吝啬的父权主义"的困扰,彭妮最终接受现实,慢慢认识到自己死时也将回归大地。

阿姆斯特朗最有名的一部非小说作品是与土著建筑师道格拉斯·卡迪纳尔合作的《土著民的创意》(1991)。她编辑、创作、与人合著,出版了不少作品。其中有《一个关于我所有亲戚的故事:当代加拿大土著小说选集》(1990)、《土著民的自然环境观》(1991)、《回归:土著民的文化实践观》(1992)、《我们的生活如同要从泥土中挤出牛奶那样艰苦》(1993)、《看我们民族的语言:土著民对文学的分析》(1993),其他一些作品还有:《尼克娜和舍玛伊》(1984)、《呼吸轨迹》(1991)、《与鹤共舞》(2004)和一部有声读物《祖母们》(1995)。

1978年,珍妮特·阿姆斯特朗在维多利亚大学获得美学学士学位。由A.R.T.图书出品公司拍摄的人物纪录片《珍妮特·阿姆斯特朗:传承知识者》于1995年在加拿大广播公司首映。

1974年,她获得了芒戈·马丁奖;1978她荣获海伦·皮特纪念奖。2000年在圣·托马斯大学获得文学博士学位。2003年获巴菲特土著民领袖奖。

阿姆斯特朗的奥卡诺根语之所以那么流利,得归功于母亲的姨奶奶莫琳·达夫。莫琳是位小说家,曾住在哥伦比亚奥利弗附近,在学校曾教过阿姆斯特朗的母亲。1936年,莫琳·达夫去世。12年后,阿姆斯特朗才出生。但在阿姆斯特朗成长的过程中,听过很多关于莫琳·达夫的故事,而给她讲述这些故事的老人都经历过那些事。她说:"她的故事对我影响很大。我很幸运,20多岁的时候,还有两位祖母仍健在。"

弗洛伦斯·戴维森

1896年9月15日出生在马塞特的弗洛伦斯·埃登肖·戴维森是海达族中最有影响力且最负盛名的女性长者。她出生在格雷厄姆岛最北边的老马塞特镇,而如今的马塞特镇是1907年建立的。弗洛伦斯同海达族有名的艺术家查尔斯·埃登肖和阿尔伯特·爱德华·埃登肖是亲戚。14岁时,她嫁给了卡永镇世袭族长罗伯特·戴维森。罗伯特曾做过木材搬运工、渔夫、猎人和雕刻艺人。

他们一共有13个孩子。其中克劳德·戴维森是位雕刻大师,马塞特村的村长。她的孙子罗伯特·戴维森和雷吉·戴维森后来从事的职业受她的影响很大。他们师从比尔·里德。罗伯特·戴维森和雷吉·戴维森的曾祖父是查尔斯·埃登肖,也就是弗洛伦斯·埃登肖·戴维森的父亲。

弗洛伦斯·戴维森因为重现海达族中传统的纽扣毯而受到人们的赞赏。1952年,她的家人因一场大火而失去所有财产,为安慰自己,弗洛伦斯做了第一条纽扣毯子。她还做了传统的编织篓和帽子。

戴维森因传播海达文化受人敬重。她与民族学家、电影制片人兼人类学家玛格丽特·布莱克曼合著了《我的时代:海达族女人弗洛伦斯·埃登肖·戴维森》(1982)。

青年时期过着隐居般的生活,接受安排的婚姻,这是传统海达族女人的生活,而戴维森就是那所剩无几的传统海达族女人之一。从差不多50个小时的磁带录音中,我们可以知道她给传记作

1961年,弗洛伦斯·戴维森和丈夫罗伯特

者的感觉是她很欣赏海达社会中女人的角色,包括她在更年期的生活和失去丈夫后的日子。后来,这份录音经过修改、扩充,于1992年面世。

由南希·J.特纳完成的《海达瓜伊的植物》(2004)在一定程度上是献给弗洛伦斯·戴维森和其他一些长者的礼物。在20世纪70年代,特纳第一次来到海达瓜伊时就开始了夏洛特皇后群岛上的民族植物学研究,她所知道的植物信息有部分是直接来源于弗洛伦斯·戴维森。弗洛伦斯·戴维森邀请特纳参加自己95岁的生日庆祝活动。该书的封面是一张由罗伯特·D.特纳拍摄的弗洛伦斯·戴维森的照片。在照片里,弗洛伦斯·戴维森正从一棵红雪松上剥取树皮来编织用品。1971年,弗洛伦斯·戴维森到桑兹皮特拜访了伊丽莎白女王。1993年12月,弗洛伦斯在马塞特去世。

老西蒙·沃尔克斯

1968年,也就是老西蒙·沃尔克斯族长去世的前一年,他向苏珊·希尔顿口述了民族中的传统故事,供当地学校教学使用。苏珊·希尔顿是不列颠哥伦比亚印第安咨询委员会的工作人员。这些故事由西蒙的女儿伊夫林·沃克斯·温莎翻译,并在海尔萨克语言学家约翰·拉思的帮助下完成,出版双语书籍《老西蒙·沃尔克斯族长讲述的奥威金传奇故事》。伊夫林在贝拉·贝拉海尔萨克文化教育中心工作,此书得以双语出版多亏了她。

《老西蒙·沃尔克斯族长讲述的奥威金传奇故事》包括奥威克亚拉·瓦卡姗语的故事12个和歌曲3首。书中有英文翻译和解说加注,用来解释奥威克亚拉人与自然和超自然间的关系。海尔萨克语(贝拉贝拉)和奥威金语(奥威克亚拉)可以看作是同一语言的不同方言。这些故事源于贝拉·库拉西南部48公里的里弗斯河湾。在那里,旺诺克·里弗族的族长老查尔斯·沃尔克斯的次子老西蒙·沃尔克斯与妻子利拉成了秘密组织的成员。

1969年,老西蒙·沃尔克斯在里弗斯河湾去世,享年约77岁。沃尔克斯家族在小小的奥威金土著部落具有很强的影响力,奥威金在不列颠哥伦比亚海岸中部,与海尔萨克和格瓦萨拉·纳克瓦克斯达克斯接壤。到 1993 年,沃尔克斯家族共有 207 人正式提出申请加入不列颠哥伦比亚条约委员会。

彼得·S.韦伯斯特

1908 年 10 月 3 日,彼得·韦伯斯特出生于克拉阔特湾的贝尔·里弗(如今叫贝德韦尔·里弗)。他历经艰辛,打破偏见,戒掉酒瘾,战胜贫穷,最后在 70 多岁的时候获得了维多利亚大学语言学专业学位。他曾回忆说:"当时我没有裤子、鞋子穿,我现在都不知道,在我记事之前我穿的是什么。"

韦伯斯特仅在米尔斯岛阿霍塞特学校接受过两年正规学校教育。他后来写道:"我连'是'都不会说。只要有老师听到我说土语,他们就会踢我,扇我耳光,或连晚饭都不让我吃就让我上床睡觉,以此作为惩戒。"因上学时让一个女孩意外怀孕,韦伯斯特以一段不幸和被迫的婚姻终止了他的学校生活。

20 岁时,彼得·韦伯斯特就与第二任妻子杰西结婚。杰西会用雪杉做帽子且在这方面小有名气。韦伯斯特曾因私藏海豹皮被捕,又因拒缴渔船税被关入奥卡拉监狱。后来虽然韦伯斯特成为一名歌手并开始收集不少歌曲和阿霍塞特传说,但他一直深受酗酒之害。

"大儿子巴兹尔·韦伯斯特的死,是我人生的转折点,让我振作起来。我妻子杰西的同父异母兄弟直白地告诉我,由于沉溺于酒精,我对一切都视而不见、充耳不闻,变得连自己都不认识了。他的话唤醒了我。"

1976 年,韦伯斯特夫妇为乌利·施

《我所知道的一个阿霍塞特长者的回忆》

特尔泽的摄影作品《工作中的印第安艺术家》做特写,并在韦伯斯特的作品中记录了努卡纳尔什歌曲。他 70 岁时口述了自传《我所知道的一个阿霍塞特长者的回忆》(1983),其中插图由侄子罗恩·汉密尔顿所画。书的最后三分之一是他翻译的阿霍塞特故事和历史,包括他祖父回忆的 19 世纪四五十年代与乌察萨特族之间的战争。彼得·韦伯斯特努卡纳尔什语的名字是"欧沃米易斯",意思是沙滩上的领导者。

斯坦·狄克逊

> 从法律上讲,明明政府可以采用其他让我们的民族感到骄傲的法律词汇描述发给我们的钱,但为什么它偏偏要说是给我们发福利呢?
> ——斯坦·狄克逊

1983 年斯坦·狄克逊第一次当选锡谢尔特印第安部落族长,为 1986 年在锡谢尔特正式成立当地土著民自治政府奠定了基础。但就在 1986 年的改选中,他落选了。他单独出版了一本名为《自治政府:精神的重生》的回忆录,记录了那个动荡岁月。

锡谢尔特印第安政府行政区遵循哥伦比亚自治法案。跟其他自治区不一样的是,它可以不举行公开会议。虽然这个民族只有一千来人,但斯坦宣称锡谢尔特自治政府缺乏公开性。

斯坦·狄克逊

斯坦出生于 1942 年,是锡谢尔特部落哈纳野狼族的成员。他曾在锡谢尔特奥古斯丁学校和圣玛丽教会寄宿学校上学。他毕业于北温哥华圣托马斯·阿基纳中学,是那里最早一批土著学生之一。从事木材业 25 年,1972 年斯坦获选成为锡谢尔特政府的参赞。

1992 年,他拥有了土著报《卡图》的所有权,并把报社的总部搬到锡谢尔特。1993 年,狄克逊再次获选锡谢尔特的参赞,那之后又连任了几届。

对于自己的私营企业,他有坚定的信心。在一无借贷,二无捐赠的情况下,他连续发行《卡图》报 10 多年。他说:"捐赠要涉及很多文书工作,太麻烦,也费时。做生意就像捕鱼一样,鱼在游,你得等在那儿……成功的土著民企业家是那些善于宣传自己的人,只有这样的人才能获得利益。"

理查德·玛洛威

根据人种志学者布赖恩·汤姆的研究,斯·托洛族族长理查德·玛洛威是奇利瓦克部四大祖先埃拉奇亚特尔、耶克斯皮勒姆、西耶姆奇斯和威克斯威勒克的直系后代。1907—1987 年,他住在下弗雷泽谷。由于他能熟练的讲英语和哈尔克米勒姆语,1932 年被斯科卡尔部落的比利·赛帕斯族长、采亚齐藤部落的艾伯特·道格拉斯族长和雅克维克怀奥斯部落的艾伯特·路易斯族长选为三个部落的代言人。20 世纪 40 年代初,他成了雅克维克怀奥斯部落的族长。

玛洛威是卡尔特斯湖印第安节日的发起人之一,在节日中,他担任司仪。1987 年,玛洛威去世前不久,在当地医师诺曼·托德的帮助下,他记载了一个年代不详的斯克威克维语故事。玛洛威讲述的故事经科卡里扎文化中心分类,收录到由埃德娜·玛洛威夫人、弗兰克·玛洛威族长和理查德·玛洛威族长讲述,由汤姆编辑的《故事讲述:理查德·玛洛威族长的一生》(1994)中。

1907 年 12 月 15 日,玛洛威出生在哥伦比亚的萨迪斯。由于体弱多病,玛洛威没有去寄宿学校上学。而是由父亲朱利叶斯·玛洛威、母亲玛丽·玛洛威和一个名叫卡图利克·汤米的医生一起带大的,这位医生也教导他成为一名医生。玛洛威慷慨大方,几十年如一日地坚持举办冬季圣灵舞会,在斯·托洛族中受人尊重。因为根据反冬季赠礼节法的限制条例,冬季跳舞是违法的。

玛洛威和查利·道格拉斯、艾伯特·纳尔逊、弗雷迪·切尔、阿姬·维克托和玛吉·彭尼尔一起悄悄地在保留地举办冬季舞会,在舞会上还表演了只有知道斯克威克维故事的家族成员才能表演的斯克威克维舞。尽管玛洛威从母亲那里了解到这个民族故事,但他从没有在舞蹈中用过斯克威克维面具。

理查德·玛洛威说:"1876年,我的母亲出生于斯考保留地的奇利瓦克。这就是她的故事——属于奇利瓦克人的故事。我知道斯克威克维歌曲,并把它记录了下来。它说的是一个兄弟铁石心肠,对人不友好,也没人喜欢他,并且他也不喜欢女人。我们正努力复兴斯克威克维文化,但知道印第安人有很严格的规矩,这你是知道的。只有发现面具的家庭,才能用这个面具。这也是我记录这个故事的原因之一。面具既然出现在我家,我们就有权拥有它。"

这个故事讲述的是两个来自哈里森·米尔斯的年轻女孩在奇黑利斯河和弗雷泽河的入口处捕鱼时抓住了斯克威克维(一种传说中的动物)。她们把它拉出水面时,它的四个丝囊正在吐丝。后来,它逃回了水里,只留下了这个面具和丝囊。

丝囊被镶在了面具顶端的带子上。这两个女孩把面具给了她们的兄弟。有一次,她们的兄弟被另一个宗族的人追逐,跳到了水里。他头戴的羽毛头巾掉到河里漂走了,这个假目标把追逐他的人引到了别处,因而逃过一劫。他的族人开始珍惜这些羽毛,把它们用在圣服上。

因为是两个女孩子发现的斯克威克维,跳斯克威克维舞的大部分都是女孩。查理德认识这两个女孩,他说,一个嫁到了苏马斯,另一个嫁到了马斯魁。前者的女儿住在奇利瓦克,后者的女儿生活在邓肯。因此,斯克威克维的故事就传到了温哥华岛和马斯魁。

1993年3月,作为不列颠哥伦比亚大学人种志学专业的学生,布赖恩·汤姆开始研究理查德·玛洛威的一生。小说家兼法律顾问戈登·莫斯记录了许多对玛洛威的采访,布赖恩从中受益良多。

玛丽·奥古丝塔·塔帕奇

英联邦传统法律规定女人是丈夫或父亲的财产。为了和这条法令保持一致,1876年颁布的印第安法令规定土著女人一旦嫁给非土著人,她们将自动与她们的宗族脱离关系,失去印第安土著民身份,她们的孩子也视为非印第安人。

第二章　见证北美印第安人

大体来说,在加拿大要拥有印第安身份,要么本身就是个"男人",要么就是"某个印第安男人的妻子"。这种父权制度对于像玛丽·奥古丝塔·塔帕奇一样的成千上万的土著女人而言,只要嫁给了非土著民,就失去了自己印第安人的身份。

由琼·E.斯皮尔编辑的《奥古丝塔时光》(1973)收录了塔帕奇的散文、诗歌和罗伯特·凯齐尔拍摄的形象逼真的照片。这本书很好地讲述了塔帕奇的一生。《大树和小树》(1986)也是由斯皮尔编辑的关于塔帕奇的故事,不过是在塔帕奇死后才得以出版。

4岁时,玛丽·奥古丝塔就被送入卡里布的大主教学校学习,我们不得不在黑板上写一百遍"我不再说印第安语了"。

塔帕奇于1888年出生于卡里布的索达克里克,父亲是舒斯瓦普族的族长,母亲是个梅蒂斯人,里尔反叛运动中,在路易斯·里尔战败后,逃离了大草原。她曾在威廉斯莱克附近的圣约瑟夫教会学校上学。在那,只要一说舒斯瓦普族语,就会受到惩戒。9年后,她得到许可,能与深爱的祖母一起生活。15岁时,嫁给了乔治·伊文斯。乔治的父亲是威尔士人,母亲是舒格凯恩保留地的舒斯瓦普族人。在她回到迪普克里克后,那里有之前空着的166英亩土地,虽然她没了土著民身份,但她继续保持着自给自足的土著民生活方式。

第一个孩子的出生对她的影响很大,从此她选择从事助产士这一职业。在《奥古丝塔时光》中,她回忆道:"第一次阵痛时,我正在外面喂牛。我忍痛继续喂那些小牛仔……做完事后,回到房子里,我还得自己劈柴。最后,整理好床铺,我升起一堆大火,打开火炉,让房间暖起来,我已经做好了要生产的准备。"

"感觉越来越痛,最后女儿出生了。所有的事都是我一个人做的,起来,把她包好……还得把自己弄干净……再加些柴火。在床上躺了三天后,我起来了。同时,我的丈夫在狂欢了三天后,醉醺醺地回到家。"

丈夫死后,她下决心不再结婚。她说:"经历一次就够了。"正如回忆录中描述的那样,她自己做衣服,分享祖母的故事,去教堂做祷告,养育了几个无家可归的孩子,还给别人接生。在里贾纳的伊顿百货商店,她花了三加元买了本书,自己学习如何助产接生。她在一首诗里写道:"晚上在厨房的烛光下,我专心地学习助产知识。"

1978年8月16日,玛丽·奥古丝塔·塔帕奇去世,葬在索达克里克保留地。

1984年3月,国际妇女节当日,联邦印第安事务部部长约翰·芒罗宣布C—31号法令,允许像塔帕奇一样的土著女人恢复印第安人身份,但需要得到家长的首肯。这条法令允许印第安各宗族决定哪些女人可以恢复印第安人身份。但这些宗族一般是由男人说了算。1985年6月28日,C—31号法令获得王室批准,这条法令直接影响了加拿大约16 000名土著女人和差不多5万名后代。

在加拿大,第一个恢复印第安人身份的土著女人是魁北克卡纳瓦加保留地的玛丽·图-阿克斯·厄尔利,当时她73岁。她带领大家为恢复印第安女人身份奋斗了20年。

格洛丽亚·克兰默·韦伯斯特

1949年,《土著之声》报道,格洛丽亚·克兰默是"第一个在不列颠哥伦比亚大学上学的印第安女孩"。1956年,她毕业于人类学专业,之后成为了

第二章 见证北美印第安人

卡瓦卡瓦卡土著民族纳姆吉斯族重要的语言学家、电影制片人和作家。

格洛丽亚·克兰默于1931年7月4日出生于阿勒特贝,是势力庞大的克兰默家族的一员,另外她的兄弟道格·克兰默是位艺术家。父亲丹·克兰默和曾祖父乔治·亨特都跟1886年第一个来到卡瓦卡瓦卡领地的弗朗兹·博厄斯一起工作过。

1884年,加拿大政府禁止举办冬季赠礼节,她的父亲丹·克兰默因为1921年12月在维利奇岛举行了一次大型冬季赠礼节而成名,那场宴会成为了海岸历史上最盛大的冬季赠礼节之一。经过17年的准备,这场大型的宴会引起了白人政府的注意。代表加拿大政府处理印第安事务的官员威廉·哈利迪指示说,只要参与这场宴会的45人能交出参加典礼所穿戴的服饰和使用的相关道具,可以缓刑,结果有20位男女拒绝上交,被关进了奥卡拉监狱。

丹·克兰默举办冬季赠礼节的所有财物被充公,从维利奇岛、阿勒特贝和马奇海角运往渥太华。有一部分被印第安事务处的监督总管邓肯·坎贝尔·斯科特留下作为私人收藏。1951年,冬季赠礼节的禁令解除了,两年后,芒戈·马丁在不列颠哥伦比亚举行了20世纪第一次合法的冬季赠礼节。

格洛丽亚·克兰默从不列颠哥伦比亚大学毕业后在奥卡拉监狱农场当了两年辅导员,为那些首次犯罪的女犯人提供辅导。

在释囚协会工作期间,她与萨斯喀彻温省释囚协会的执行理事约翰·韦伯斯特相识、结婚,后来他们的女儿在里贾纳出生。在萨斯喀彻温省待了18个月后,他们一家搬到了西海岸。格洛丽亚·克兰默·韦伯斯特担任温哥华基督教女青年协会的顾问,成为温哥华印第安中心的项目总监。在温哥华,她又生养了两个儿子。

1949年7月的一份报纸刊登了格洛丽亚·克兰默在不列颠哥伦比亚大学上学的故事

1971年,渥太华政府提供250万加元在不列颠哥伦比亚大学修建人种志学博物馆,时年40岁的格洛丽亚受聘担任副馆长。在为博物馆整理西北海岸的文物时,她致力于1921年其父亲举办冬季赠礼节被没收的文物的归还工作。

1975年,渥太华国家人种志学博物馆同意归还冬季赠礼节相关的物品,并指示需建立一个博物馆以展示、保存这些藏品。结果,建了两个。一个在玛吉海角,另一个在阿勒特贝。韦伯斯特在阿勒特贝的乌米斯塔文化中心做馆长。冬季赠礼节相关的艺术品也都从美洲印第安国家博物馆运回。

韦伯斯特因会说、会写卡瓦卡瓦卡语,在乌米斯塔文化中心的建造过程中起到了关键作用。这个中心是仿照传统的卡瓦卡瓦卡族的长屋来建造的。该文化中心为各学校出版了12本卡瓦卡瓦卡语书,还拍摄了几部获得奖项的纪录片,其中有《冬季赠礼节》《跳舞的禁令》和《财富之箱》。韦伯斯特和杰伊·鲍威尔合作开发了一套卡瓦卡瓦卡语拼写系统,为其标注音标。

为了记录在温哥华1986年世博会上通用汽车公司表演的卡瓦卡瓦卡节目,韦伯斯特为"卡瓦卡瓦卡和神灵的小屋"(1986)提供了文本。神灵小屋作品展非常受欢迎,后来在洛杉矶的诺特·贝里农场又建了一个一模一样的。

1991年,韦伯斯特组织的"重大盛宴"在美国自然历史博物馆展出。她对罗伯特·伽罗瓦编著的《卡瓦卡瓦卡人的定居点,1775—1920:地理分析和地名志》做出了重大贡献。

1995年,格洛丽亚·克兰默·韦伯斯特获得不列颠哥伦比亚大学法学荣誉博士学位。

多琳·詹森

使用"土地所有权"这个术语是不恰当的,对于本来就是我们的土地,没必要再确认土地所有权,我宁愿说重新确认土地边界。

——多琳·詹森

第二章　见证北美印第安人

1933年，法尔威德部落的多琳·詹森出生在基斯皮奥克斯她曾祖母的卧室，一位女药师为其接生。1951年，她开始从事教育和雕刻工作。

詹森毕业于黑泽尔顿的基坦玛克斯西北岸印第安艺术学校。詹森精通吉克桑部族语，是克圣协会和加拿大土著血统艺术家协会的创始人之一。她说："因为一部正在上演的叫《祖辈们的气息》的戏剧，我们需要恢复传统表演艺术，因此基坦玛克斯学校就建立了。"1953年，她开始从事剧本创作。但直到1968年，克圣历史印第安村庄建立起来后，基坦玛克斯学校才开始招生。1972年，《祖辈们的气息》开始在渥太华国家艺术中心上演。

"我那带有唇饰品的曾祖母"是由多琳·詹森于1994年用赤杨木、马尾、红白树皮、水性漆和石块明粉末一起做成的面具。1995年，詹森说："在我们的语言中没有一个词可以用来表达'艺术'，因为在我们身边艺术无处不在。"

詹森是族长沃尔特·哈里斯的妹妹，组织了在不列颠哥伦比亚大学的"象征权威的长袍"展览，并参与了"象征权威的长袍：服饰上的图腾柱"

(1987)剧本的创作。她还与谢里尔·布鲁克斯一起为特刊《不列颠哥伦比亚研究》(89期)合编了一部文字和艺术作品集《我们幸存的庆典:不列颠哥伦比亚土著民》(1991)。

1995年,琳内·贝尔和卡洛·威廉斯采访多琳·詹森的稿子发表在合订本《不列颠哥伦比亚研究》(115、116期)。在1994年由洛蕾塔·托德拍摄的国家电影协会纪录片《手工艺的历史》中,詹森被塑造成四大土著艺术家之一。她的堂兄朗尼·欣德尔和美国语言学家布鲁斯·里格斯比一起开发了吉克桑部族语言发音体系。

哈里·阿苏

迪斯卡里弗海峡的鱼如此之多,你可以踩在它们上面行走。

——哈里·阿苏

哈里·阿苏做了半个多世纪的职业渔夫,为追溯家族和部落的历史,他与乔伊·英格利斯合著了《开普穆奇的阿苏》,由希拉里·斯图尔特负责插画。书中回忆了1911年他父亲举行的那次有名的冬季赠礼节和自己的第一艘渔船,那是一艘12英尺长,带桨的雪松独木舟。阿苏对英格利斯说:"在夸蒂亚斯基湾的罐头厂,我的每条鲑鱼可以卖50分钱。"

阿苏的父亲是有名望的勒克威尔托克族长比利·阿苏(1867—1965)。他是第一个把汽船带到开普穆奇的人。他帮助儿子们装备他们的第一艘付鳃网渔船,并说服联邦政府同意土著民可以拥有围网渔船。阿苏家族很有名望,带领坎贝尔里弗地区勒克威尔托克四大部落中最大的开普穆奇族人走向繁荣,过上了相对独立的生活。

哈里·阿苏在29岁时拥有第一艘围网渔

哈里·阿苏和
乔伊·英格利斯

船,1941年购买了BCP45号船。1954年,他从父亲那继承了开普穆奇族长职位。5年后,阿苏成了不列颠哥伦比亚帕克斯船队最老的船长。他的围网渔船入选为印在加拿大5加元纸币上的原型。如果仔细看一下旧5元纸币的背景的话,还看可以发现另一艘围网渔船——他儿子们的"布鲁斯·拉克号"。

众所周知,阿苏家族喜欢用企业管理的方式管理土著民的资源,帮助建立了太平洋海岸土著渔业协会——土著兄弟联盟的前身。

哈里·阿苏对英格利斯说:"我们总是自给自足,印第安人不会加入工会,工会也不会给我们任何帮助……只有公司才会为我们提供工作,我是这样认为的。"

玛丽·约翰

斯托尼·克里克保留地坚强不屈的老玛丽·约翰是因卡·代内语言研究所的创始人之一,并担任该研究所永久名誉主席。她一直坚持不懈,致力于语言保护工作。至今为止,她对《赛克伍兹辞典》的编撰做出的贡献最大,该辞典已经收录了8000多个词条。1980年,她参与建立斯托尼·克里克长老协会。她是一位经历过种族歧视和无数灾难并受人敬重的幸存者,1979年她获得了该年度范德胡夫市民称号。她是第一个获此殊荣的土著人。

她与布里奇特·莫兰合著的回忆录《斯托尼·克里克女人:玛丽·约翰的故事》(1989),按时间顺序记录了从传教士和殖民者进入巴尔克利谷至今的卡里尔部落编年史。这本书重印了多次,1990年获得了不列颠哥伦比亚历史协会颁发的总督历史作品奖。多年来,该书一直是阿森纳·普尔出版社的畅销书。

1913年,玛丽·约翰出生于赫德里(乔

玛丽·约翰,1998年

治王子城),在赛克伍兹长大。9岁时,在圣·詹姆斯堡上学。随着勒雅克寄宿学校的建立,她又转到那里上学。她14岁离开学校,16岁与拉扎尔·约翰结婚。

"在我17岁到36岁(1930—1949)期间,我一共生了12个孩子,6男6女。有的出生在村子里,有的出生在狩猎的途中,或者就在猎场,没有一个在医院出生。一开始是母亲为我接生,母亲不在了之后,由婶婶们或其他亲戚为我接生。一些负责接生助产的人使用传统的土方,我们称之为'按手礼'。我们相信一些土著女人的手有治疗的功效……哦,每次生完小孩,她们给我的那杯茶真的很好喝。"

1954年,社会工作者布里奇特·莫兰第一次来到斯托尼·克里克保留地,把玛丽·约翰的故事记录了下来。1923年,莫兰出生于北爱尔兰。1972年莫兰因筹划反贫穷抗议,被取消维多利亚立法部的巡查员席位,而上了头条。莫兰和玛丽·约翰是在1976年调查斯托尼·克里克的一名妇女科琳·托马斯的死因过程中相识的。

莫兰回忆道:"我对玛丽在那次调查中的记忆尤为深刻。我还记得看着她把一些年轻人召集起来,很温和地跟他们说话,劝他们说出事情的真相。……在我们的交谈中,我一次又一次地听到她讲述如何调解一些不可调和的矛盾,然后又嘲笑自己的做法。我记得有一次和她一起到斯托尼·克里克村庄的罗马天主教堂做礼拜,听着她唱《多么圣明的主啊》,那美妙的声音比所有其他教民都响亮。"

玛丽·约翰承认管理寄宿学校的修女、牧师都很冷酷无情,她也认为是加拿大政府和教会毁掉了她们民族的语言和文化,但是直到2004年9月30日去世那一刻,她仍是一名虔诚的天主教徒。人们把她称作老玛丽·约翰,把她的儿媳称作小玛丽·约翰,以示区别。

哈里·鲁滨孙

"只要一讲故事,我就会讲21个小时或更久。这也许有点让人难以置信,但确实如此,因为这就是我的工作,我是一位故事讲述者。"

——哈里·鲁滨孙

第二章 见证北美印第安人

1900年10月8日,哈里·鲁滨孙出生在基洛纳附近的奥亚玛,属于下锡米尔卡米恩印第安族,长期在牧场工作。他后半生的时光大都花在了讲述或复述奥卡诺根语的故事上。这些故事他是在乔帕卡牧场从半失明的祖母路易丝·纽姆金那听来的。

其他的良师有1944年才去世的玛丽·纳西斯(享年116岁)、1918年死于流感的约翰·阿什诺拉(享年98岁)以及亚历克斯·斯库斯、老皮埃尔和老克里斯蒂娜。

他说:"当我6岁时,他们就开始给我讲故事。他们总是时不时地给我讲,直到1918年。有很多人给我讲,所以我知道这些。随着年龄的增长,似乎我也就成了讲故事的……也许上帝认为我应该记得,应该把这些故事讲下去。可能吧!我也不清楚。无论是白人,还是印第安人,我都愿意给他们讲。"

在玛格利特·霍尔丁的帮助下,哈里·鲁滨孙20出头时已经学会用英语阅读和写作。厌倦了在牧场和农场做工,1924年12月9日,鲁滨逊用挣的钱在奥罗维尔的二手商店给自己买了第一套西服,与大约比他大10岁的寡妇玛蒂尔达结了婚。20世纪50年代,他们已经在乔帕卡和阿什诺拉附近拥有4个大的农场。阿什诺拉是玛蒂尔达成长的地方,她的父亲是约翰·希威尔金。

1977年住在赫德利时,温迪·威克怀尔和哈里·鲁滨孙的会面

他一直没有孩子。1956年,一次臀部受伤让他饱受折磨,加之1971年3月26日玛蒂尔达去世,哈里·鲁滨孙在1973年卖掉了农场。退休后,他住在赫德利租来的平房里。1977年8月24日,通过朋友介绍,哈里认识了来自诺瓦·斯科舍的非土著民毕业生温迪·威克怀尔。在他们出发去华盛顿州奥马克围场的前一个晚上,晚饭后哈里开始讲故事,一直讲到午夜。这次的经历吸引威克怀尔带着欧伯卡带录音机回到锡米尔卡米恩谷,在接下来的十年时间里转录编辑鲁滨孙用英语讲述的故事。

20世纪70年代有一段时间,威克怀尔住在梅里特和利顿,整天沉浸在土著文化中,写关于印第安歌曲的哲学博士论文。"我去了利顿、斯宾塞·布里奇、斯帕扎姆,到处收集更多的歌曲样本。然后一整年住在梅里特附近尼古拉谷的一所小木屋,每天出去找人录音,并做记录。这段时间,哈里又给我讲述了很多故事。"

现在威克怀尔是维多利亚大学历史系和环境研究学院的一员。1984年,她首次提出将鲁滨孙的故事编成一本书,并取得了他本人的同意。鲁滨孙说:"我也会死去。我走后就没人再讲述那些故事了。"

1985年,哈里·鲁滨孙讲故事的情景

多年来,鲁滨孙会在赫德利附近的公交站台等着威克怀尔,把她迎上那辆破旧的绿色福特小卡车。这样,他就可以多讲述些故事。"我们在外面把晚饭吃了,然后他就开始讲故事,一讲就是一整晚。第二天,我们在镇上到处闲逛,到杂货店买些东西,或到处观观光什么的,然后我给他做晚饭,之后我们又花一晚上的时间讲故事。我一回来,就和他一起去看竞技表演,一起自驾游,或做些其他的,我们在一起总是那么开心。在一起的时候,我们就像父女俩。"

他们合作出了三部故事集。第一部故事集《用心铸成:史诗世界的奥卡诺根语故事讲述者》

(1989)在鲁滨孙 89 岁时入围罗德里克·黑格布朗地区奖;第二部故事集《自然的力量:奥卡诺根语故事讲述者的精神》(1992)在 1993 年获得了罗德里克·黑格布朗地区奖。第三部《以故事为生:风景与记忆之旅》(2005)包括了郊狼的故事和他们称之为外来怪物"沙玛",也就是白人的故事。白人剥夺了他们的土地及他们应有的权利。

威克怀尔说:"第三部故事集收录了在语言上太过怪异而早前未收录的一些故事。比如,哈里讲述的英格兰国王遭遇郊狼的故事。在之前出版的书籍中,我还未曾见过类似的故事。"

"经过深入的研究,我断定:一个世纪以前,土著人很可能已经在讲述这种怪诞的故事,只是收集者常常不收录这样的故事而已。他们对这些故事不感兴趣,是因为他们认为这些故事有"不光彩"的一面。弗兰兹·鲍厄斯等只想要纯传统的故事。当然,出于自身利益,他们急于用他们自己的术语来定义传统。"

鲁滨孙把故事分为两类,一类是 Chap-TEEK-whl,另一类是 shmee-MA-ee。前一类解释奥卡诺根人在野蛮人时期的创作,后一类是关于人类世界的故事,而不是野蛮人的故事。鲁滨孙有自己的进化世界观,他很乐意吸收现代文明的影响,包括犹太教—基督教徒信奉的上帝。

威克怀尔写道:"哈里能够很好地把现实与他的故事相结合,这点很有意思。一个很好的例子就是他对美国宇航员尼尔·阿姆斯特朗登上月球的诠释。在得知这个消息的时候,他一点也不吃惊,因为他知道很久以前郊狼的儿子就曾到过月球。他的结论是白人太无知。"

"阿姆斯特朗不是第一个登上月球的,他不过是简单地跟着郊狼儿子的步伐罢了。据古老的传说'郊狼恶作剧'的记载,很久以前,郊狼的儿子早就知道如何登上月球。在故事中,哈里知道在阿波罗计划中,最关键的是他们把地球的轨道和月球的轨道作为两个'停驻点',就像郊狼的儿子返回地球时那样。"

最后,哈里·鲁滨孙因腿部溃烂病情恶化需要全职医疗护理,他住到西堤区基洛纳附近的派恩·埃克斯老年公寓。威克怀尔回忆道:"那段日子对鲁滨孙而言很枯燥乏味,因为他习惯了开着那辆破旧的小卡车到镇上取邮件以及家里经常有人来拜访的生活。"鲁滨孙后来搬到了克雷梅斯的老年公寓。后来,他的假肢拆除后,引起严重感染,病情开始恶化。直到 1990 年 1 月 25 日去世前,他一直住在克雷梅斯的山景庄园,需要 24 小时护理。

玛丽·安哈特·贝克

1990年,安哈特被赞誉为当代"城市印第安人之声"

玛丽·安哈特·贝克出生于1942年,是马尼托巴湖小萨斯喀彻温省土著民族阿尼希纳博人。她在温尼伯长大,无人照管,9岁被酒鬼母亲遗弃。因为种族主义,她讨厌那个城市。她在布兰登、温哥华和明尼阿波利斯市(美国印第安运动中心)等地上大学,后来她离开了丈夫,转向做社会活动,是位激进主义者。她在诗歌《我,通托的生活》中回忆婚姻的破裂给她带来的痛苦和解脱。该诗收录在《唇形位置练习》(2003)中。这首诗是这样写的:

> 都说我男人是个吝啬鬼/那些被拦住询问的女人们/只要他高兴/随时拿走我的钱/在他身上我看不到一点男人的样子/真想把他踢出去/他用脚把门踢倒/把我的脸按到地上/没法阻止他/只有一次/他打鼾/我终于有机会密谋把他轻松杀掉/我假装让他再找一个老婆/我还剩下什么/仅仅生命而已

在国家电影协会委托制作的15期《女权主义5分钟》其中一期里,贝克调查了土著妇女遭受种族歧视及性虐待问题。她的第一本诗集《月亮之上》(1990)反映了城市土著妇女的声音和对她们的关注,贝克使用安哈特作为笔名。她的其他作品包括《郊狼哥伦布餐馆》(1994)、《蓝梅独木舟》(2001)和《唇形位置练习》(2003)。作为雷吉那土著作家组织的创立者之一,贝克如今大部分时间住在西海岸。

加里·戈特弗里德松

加里·戈特弗里德松是一个牧场主、专业的育马师。父母都是土著人,是乔治·曼纽尔时期在激进主义活动中最前沿的激进分子。他说:"只要生来是印第安人,那么注定生来就会涉入政治。"

戈特弗里德松在丛林里生活了8年。后来,他参加了在珍妮特·阿姆斯特朗家中和在彭蒂克顿恩·奥金中心举行的文学阅读活动。在他不知情的情况下,阿姆斯特朗把他的诗送去参加写作竞赛,他获得了位于科罗拉多州博尔德市纳罗巴学院提供的杰拉尔德印第安埃尔克创意写作奖学金。

戈特弗里德松感觉自己与舒斯瓦普族祖先渐行渐远,一度跟着艾伦·金斯贝格、安妮·瓦尔德南和流行歌手兼作曲家玛丽安娜·费思富尔学习写作。

加里·戈特弗里德松

戈特弗里德松说:"我不过是丛林中的印第安人,留着及膝长发。在此之前,从没和外界人交流过。我都不知道艾伦·金斯贝格是谁。因此,我刚到时很腼腆。"

戈特弗里德松曾在纳罗巴学院获得创意写作专业的艺术硕士学位,在西蒙·弗雷泽大学获得教育学硕士学位。他在坎普鲁斯出生、长大,在卡里布大学教书,在坎卢普斯印第安部落担任参赞和顾问。

戈特弗里德松创作了历史著作《百年交往》(1990)。紧接着又与克里族艺术家乔治·利特尔奇尔德和雷萨·斯迈利·施奈德一同创作了画册《纪念我们的女性祖先:文化传承的印迹》(1994)。

他的诗集《玻璃帐篷》(2002)以赛克韦佩姆文化遗产为基础,以抒情为基调,充满了神秘色彩。

老鹰在天空拍打双翅翱翔/当帕瓦仪式结束/身穿让人浮想联翩的白色女服/从叶状被窝中爬起/他们都出来/一路前行/去往"蜂巢"/攀在醉汉的肩头/笑容满面/玛丽·凯伊妖娆的脸庞让人忘却/家中聚集了很多人/坐在丛生乔草间/呼吸着红石农场的气息/仰望天空/述说让人心碎的故事/真想再跳一支圆舞曲

此外,电影制片人洛蕾塔·托德委托戈特弗里德松创作了一首诗《被遗忘的士兵》,这是一首关于加拿大土著老兵的诗,是一部纪录片的重要组成部分。在戈特弗里德松看来,由于印第安法令中的一句话,"禁止印第安人拿起武器,不管是支持还是反叛加拿大",一些返乡的退伍土著老兵就无法享受法令赋予的权利。

与其农场主身份相符的是,他还出版过一本儿童读物《彩色马驹》(2005),该书由威廉姆斯·麦考斯兰绘制插图。和他的兄弟一起维护着家族传统,戈特弗里德松驯养夸特马,买家遍布北美洲各地,其兄弟驯养竞技表演的公马。由于能流利地讲两种语言,他逐渐形成了自己的一套教授舒斯瓦普语的方法,这种方法在学习单个单词时需要身体做出相应的反应。

乔安妮·阿诺特

对于乔安妮·阿诺特,可能大家知道的是她结婚后的名字乔安妮·阿诺特·赞瑟夫。1960年,她出生于马尼托巴省温尼伯。她是位梅蒂斯作家,曾在温莎大学学习,后于1982年搬到不列颠哥伦比亚,为种族主义讲习班提供帮助。她的大部分作品是关于家庭关系的。比如,她的诗集《我的草篮》(1992),是由5首散文诗组成。其中一首《像印第安人一样与巨魔斗争》是这样写的:

> 我的家人/我们几个正坐在桌旁,是平和的、友好的,但正在改变。妹妹老是认为父亲很帅,她把自己的想法告诉他。他听到了。她轻轻地抚摸着父亲的手臂,接着说他的皮肤很好。像个印第安人一样,他跳了上来,一下午,听着这个女孩说着不该说的话,弄得心烦意乱。他在房里暴跳如雷,如风暴般席卷着我们小小的房间。在他胆敢与孩子们一起放松时,压抑的力量、一生的力量、一代代的克制,都来了。真不该太相信孩子。和孩子们一起就永远别想得到休息。他们太疯狂,你永远不知道他们会说什么……

> 我不是这一代人中唯一的女性/在家庭中,学会在真理中寻找安全感。我们挣扎着别让自己沉默,也不让对方无言:不那么容易。我们写信、写诗、写歌,相互讲故事,跨越时间和空间的阻碍。我是个印第安人吗?像吗?或者有个梦中人大笑着对我说:"有点像印第安人胜过一点也不像。"还是女孩的时候,我是土著民、是欧洲人,如今,是一个女人,孩提时,常与食人恶魔斗争。

阿诺特写的第一本诗集《少女时代的心计》(1991)是"写给所有年轻女性"的,该书于1992年获得了杰拉尔德·兰珀特奖。她的著作还包括以自然分娩为主题的儿童读物《马·麦克唐纳》(1993),里面的插画由玛

乔安妮·阿诺特

丽·安妮·巴克豪斯绘制,还有关于写作、治愈和母亲主题的个人论文集《与海浪搏斗:写作和治愈》(1995)以及《爱的诗篇之险山峻岭》(2004)。

阿诺特现居住在里士满,如今是五个男孩和一个女孩的妈妈。

康妮·法伊夫

康妮·法伊夫是一位克里族母亲,同性恋者。在其诗歌集《歌颂新世界》(2001),她把加拿大人看作是活在"独特的故土"中的人。

法伊夫的诗歌充满了愤怒和悲伤,向非土著民发出邀请,邀请非土著民能"像平等的伙伴一样在地球母亲的盛宴桌旁"坐下。

1961年,法伊夫出生于萨斯喀彻温省。她毕业于彭蒂克顿恩·奥金国际写作学校。她的诗集有《反抗的有色人种》(1994)、《赤裸的太阳下》(1992)和《嶙峋的岩石之语》(1999)。

古斯塔夫森湖对峙、奥卡河危机和因拒绝把孩子交给社会福利机构导致康妮·雅各布斯遭到枪杀,这些都是康妮·法伊夫居住在维多利亚时的诗歌主题。

她的诗歌《母亲的儿子》控诉的是社会福利机构想要收养雅各布斯的

第二章 见证北美印第安人

康妮·法伊夫刚从不列颠哥伦比亚省搬到温尼伯

三个孩子,雅各布斯和她9岁的儿子泰于1998年3月24在艾伯塔省苏蒂娜保留地被加拿大皇家骑警枪杀这一事件。无人因此事件受到指控,这让法伊夫在诗歌中用粗暴、挑衅性的语言进行抗议。

  我的儿子/如果我能/我愿挡住子弹/哪怕把我的心脏从胸口撕裂/哪怕把我的骨头用厨房的面粉机磨得粉碎/我泪如雨下/在无法挡住他们子弹的那一刻/你的青春半道终结了/回到我的怀抱,迎向太阳/为你的出生高唱赞歌。

  如正义的人们一样我凝望着/指责他们对你的谋杀/指责他们袭击你的血肉/以及撕裂你的肌肉/我歌唱/晨曦之际我歌唱你的名字/让他们知道你出生的意义/让他们知道带走你生命的行为是多么可耻/我会一直歌唱/永不停止。

路易丝·弗兰姆斯特

路易丝·弗兰姆斯特

1944年5月29日,塔尔坦土著民族的路易丝·S.弗兰姆斯特出生于不列颠哥伦比亚的洛厄·波斯特。她在不列颠哥伦比亚北部长大,与丈夫一同居住在塞西尔湖的一个农场。在不列颠哥伦比亚上大学时,弗兰姆斯特拿到了历史与特殊教育专业的教育学学士学位(5年制)。弗兰姆斯特在农村学校做过老师、图书馆管理员和学习助教。

在退休前,她是特殊需求孩子帮扶项目的巡回教师。弗兰姆斯特编辑了一本有关社区项目的书《社区的故事:塞西尔湖1925—2000》(2000),还自行出版了三本塔尔坦食谱和一些儿童读物,比如《曼尼的烦恼》(1992)、《凯利的花园》(1992)、《漫步》(2001)、《去年才清理了我的房间》(2002)和《羽毛》(2004)。

她说:"之所以我要自己出版是因为我可以对选择出版的那些故事做出自己的解释,这一点对我来说十分重要。对我而言,如果由其他人来编辑,很多对我来说很重要的东西就会丧失或遭到误解。"

洛娜·威廉斯

洛娜出生在居里山,是利卢埃特土著人。为了能成为一名护士,她在不列颠哥伦比亚理工学院学习护理,后来转行从事教育,专攻土著教育。1973年,她参与居里山社区学校的行政管理工作,开展土著教师用土著语教学培训。后来,她与温哥华教育委员会成员一起共事担任土著教育方面的专家,还参与了联邦和欧洲宪法事务确保土著人的代表权。1993年,洛娜获得了不列颠哥伦比亚勋章。

威廉斯曾担任文化中心的主管,并负责教育课程开发。她编写了很多利瓦特语的课程资料,比如,《居里山探险》(1982)被作为二年级教材。

洛娜·威廉斯　　　玛丽·朗曼

威廉斯的第二本书《西玛 7: 和我一起》(1991)由普莱恩斯·克里的艺术家玛丽·朗曼提供插画。该书讲述的是一群年轻人在利卢埃特河畔进行为期四天的聚会。来自萨斯喀彻温省庞尼基村附近戈登族的索尔托人视觉艺术家,玛丽·朗曼·阿斯基-皮耶西尼斯奎,维多利亚大学的艺术教育专业在读博士生,曾为贝丝和斯坦·卡特汉德合著的双语儿童读本《小鸭/西基普西斯》画插图。

阿尔迪西·威尔逊

1984年,吉特克桑和威特索威特恩民族提出哥伦比亚西北地区大约22 000平方英里(58 000平方公里)的土地属于他们,法院受理了该诉求。1987年,这个案件到了哥伦比亚最高法官艾伦·麦凯克恩手里。经过374天的听审,最终于1990年春天结案。

一定程度上是由于法庭禁止拍照,所以黑泽尔顿的唐·莫内特用动画、画像及素描记录了这个为期三年半的领土主权案件的核心内容。这些材料与吉特克桑作家斯卡努(阿尔迪西·威尔逊)的笔记和转述合在一起就成了一本书——《审判中的殖民主义:土著土地权和吉特克桑及威特素威特恩人的领土案》(1991)。

《审判中的殖民主义》封面图片

斯图尔特·拉什律师和戴维·佩特森律师一开始为肯·马尔道、吉特克桑人和威特素威特恩人进行辩护,但失败了。麦凯克恩法官裁定,"一般来说,如果政府愿意的话",土著人的主权是存在的。比如(R. v. St. 凯瑟琳的木材加工公司裁决案【1885】),但有一点毋庸置疑,只要政府愿意,"无论何时政府打算这样做,很清楚、明白的是",土著人的主权也会随之消失。

麦凯克恩驳斥了一些学术专家提供的证据。这些专家包括休·布罗迪、阿瑟·雷、安东尼娅·米尔斯和理查德·戴利。他说:"对于此案中一些至关重要的问题,人种志学家们几乎没有提供什么有用的信息。"麦凯克恩引用托马斯·霍布斯《利维坦》的一些话,认为吉特克桑祖先和威特素威特恩祖先的生活特点是"下流、粗俗、短暂",过于原始,因此要建立一种有组织的文化还不太成熟。

阿尔迪西·威尔逊说:"我们民族的独特之处在于我们并非游牧民族,而是一直居住在古老的村庄。"威尔逊的观点促使2000年尼斯加条约的失效,也废止了麦凯克恩先前的裁决的法律效力。

莉泽特·霍尔

《我的民族:卡里尔人》(1992)是由纳克·阿兹利族的长者莉泽特·霍尔所著,里面包涵了作者的父亲,也就是卡瓦族长的孙子,路易斯·比利·普林斯族长的回忆。该书回顾了斯图尔特湖卡里尔人特有的文化和历史。

她写道:"书中所有的信息都来源于我的父亲,尽管那时他已经93岁高龄,但他的记忆超好,每件事都记得非常清楚。他用卡里尔话把所有的细节都告诉我。如果我没有向读者表达清楚,请原谅,因为英语不是我的母语。"

霍尔的材料包括了卡瓦族长的过去和他丢失了的拖网渔船、由莱耶克和布兰奇特祖先建立的斯图尔特湖传教团、有关尼古拉斯·可可拉祖先的回忆、卡里尔这一名字的起源、卡里尔族二战老兵的照片以及关于卡里尔族风俗习惯和信仰的相关描述。"卡里尔族人蔑视一个人的方式是走近那个人并用手背去摸那个人的脸,用食指快速刮一下那人的鼻子。"

路易斯·比利·普林斯(1864—1962)的父亲是西米杨·普林斯,他的爷爷是卡瓦。卡瓦是个治安员,在阿德里安·加布里埃尔·莫里斯神父的探险中,帮他煮饭。1880年,莫里斯神父来到不列颠哥伦比亚后,成为第一个大量准确记录阿萨帕斯坎语作品的人。1904年,莫里斯神父离开圣詹姆斯堡之后,多年来还与路易斯·比利·普林斯保持联系,咨询很多关于卡里尔语的问题,推进1932年出版的《卡里尔语》的创作。根据路易斯·比利·普林斯给他讲述的一个传说,他用英文和卡里尔纳克·阿兹利方言两种语言写了一本儿童读物《小矮人们和纳克·阿兹利的奇迹》(1996)。

莉泽特·霍尔和她的父亲

戴维·尼尔

照片上的东西并不客观。一旦认识到这一点,人们就会关注肖像本身:可作为两个人相互影响的结果。

——戴维·尼尔

戴维·尼尔的舅舅芒戈·马丁雕刻了世界上最高的图腾柱。
于1956年竖立在维多利亚的比肯希尔公园。这根红雪松图腾柱高127.7米。

戴维·尼尔是夸扣特尔雕刻家埃伦·尼尔和芒戈·马丁的后代。从美国学习摄影归来后,他创作了《我们的历代族长及长者:土著领袖的文字和照片》(1992)和《伟大的独木舟》(1995)。他的摄影作品还以插画形

第二章　见证北美印第安人

式出现在其他的作品中,包括艾伦·怀特的《克伍拉萨尔乌特:海岸萨利什人的故事》(1981)。

根据尼尔的著作《我们的历代族长及长者》中伊莱贾·哈珀的观点,从1492年哥伦布抵达这里"土著民的公众形象差不多都是负面的"。尼尔认同哈珀的观点,他说:"差不多100多年来,我们已经学会接受土著民的假象,而塑造这种形象的工具就是相机。"

由于受到卡蒂埃·布雷松、康奈尔·卡帕和W.尤金·史密斯等摄影师的影响,尼尔对摄影师先驱爱德华·S.柯蒂斯的摄影作品持批判态度。爱德华大型系列摄影作品《北美印第安人》深深地影响了北美人对原住民的态度。尼尔承认:"从艺术的角度,这些作品相当不错。但是,如果从照片的真实性、完整性和一般内容方面来看,它们是非常有问题的。"

柯蒂斯经常给他的拍摄对象戴假发,或给他们穿上其他部落的服装。尼尔说:"这种视觉上的混搭相当于让一个法国女人穿着传统意大利服饰拍照,并创造一种'真正'欧洲人的形象。"柯蒂斯这种泛印第安的模式,与其生来的殖民思想和白人文化优越感在好莱坞是极为常见的。尼尔说:"在流行文化中描述我们时,要么是'开化的野蛮人',要么是'堕落的异教徒'。"

意识到我们都生活在塑造形象的时代,"如果你不自己塑造自己的形象,便有人会为你塑造",尼尔开始采访那些在汽车和汽船到来前最后见证土著民生活的长者,并用相机记录下来。在60张双色版的照片中,他对拍摄对象分别进行传统服饰和日常服饰的双重拍摄。

这些长者包括了哈里·阿苏、鲁比·邓斯坦、伦纳德·乔治、乔·马赛厄斯族长、比尔·里德、索尔·特里族长和比尔·威尔逊族长。

"这部著作主要是想把原住民的照片与'濒临消失的民族'进行对比,"尼尔写道,"表明该民族还依然存在。"

1960年戴维·尼尔出生于温哥华,靠近卡伦克莱门森的一个非土著民家

戴维·尼尔

族,他是家里的长子。母亲艾伦·尼尔是西北海岸为数不多的几个女雕刻家之一。戴维的土著名字"特拉拉拉维斯"是"鲸聚集在一起"的意思,世袭他父亲的名字,是他的舅舅芒戈·马丁给取的。戴维·尼尔大部分时间住在艾伯塔,后来回到不列颠哥伦比亚,他于1987年在温哥华创办了一家商业影像工作室。

雪莉·斯特林

  雪莉·斯特林把自己20世纪50年代在坎卢普斯寄宿学校的那段经历写成小说《我的名字叫西皮扎》(1992)。也许该书是加拿大第一本关于寄宿学校的儿童读物。1993年,在彭蒂克顿举行的不列颠哥伦比亚图书奖庆典上,斯特林成为最高文学奖获得者之一,她是第一个获得该奖项的土著作家。

  当晚最辉煌的时刻就是给斯特林颁发希拉·A.艾戈夫儿童文学奖。斯特林的几位家人特地从梅里特赶来参加了颁奖仪式。在作品中斯特林对尼亚卡普玛克斯(内萨利什)女孩玛莎·斯通(西皮扎)在印第安寄宿学校悲惨的生活与在约亚斯卡农场跟兄弟姐妹一起有滋有味的原住民生活的鲜明对比进行了描述。

  "我是真没想到自己会得奖。"斯特林对观众说,"从12岁起,我就一直坚持写作。我本来以为也许到65岁退休后,才会开始认真创作吧。一次偶然机会,我于1992年学完了休·安·奥尔德森的课程,在她的鼓励下,才有了这本书。要是没有我女儿海卡的鼓励,我也不会把我写的东西送往出版社,是生活的激情让这本书得以出版。"

  斯特林在获奖感言演讲过程中,邀请

艾戈夫奖获得者雪莉·斯特林

第二章 见证北美印第安人

母亲来到满座的观众前，感谢母亲所起到的不可或缺的作用。"妈妈，我想让你知道，你是我们生活的支柱力量，你是我们的中心。"斯特林说："因为有你，我才活着。也正因为有你，我们家的7个土著民孩子才能够全部上大学。"她的母亲也是斯特林故事中一个主要角色的原型。

斯特林写的西皮扎的故事很多方面折射了自己的经历。西皮扎6岁时被带到坎卢普斯一幢红色砖楼，被迫穿上一些怪异的服装，与其他土著民的孩子一起睡在一个寝室，被迫吃些奇怪的食物，还得把头发剪掉。修女们叫她雪莉，而不是"西皮扎"，也不叫小名"突蒂"或者"麦克斯普特"，也不准她讲印第安语。尽管如此，她的生活也并非全是黯淡的。她喜欢为学校音乐会排练舞蹈，她通过回忆在家的生活从而得到安慰，总是期盼暑假的到来。

雪莉·安妮·斯特林于1948年出生于约亚斯卡印第安保留地，后来她搬到了温哥华，在那里学习芭蕾舞。她获得了教育学博士学位，曾两次获得印第安土著民教师教育学院校友奖，另外还获得劳拉·斯坦曼儿童文学奖。在与癌症抗争了两年后，斯特林于2005年4月3日在不列颠哥伦比亚梅里特去世。

克莱顿·麦克

克莱顿·麦克于1910年出生于尼约米亚姆斯·克里克，或者一个叫"苍蝇之地"的地方，是贝拉·库拉族长的后代。他上过寄宿学校，当过伐木工、渔夫和牧场主，后来成为捕猎追踪者和向导。他知道各部落的情况，就像一部活的百科全书。他在不列颠哥伦比亚中部海岸度过了53年，指导有钱人或名人狩猎。据估计，他们的战利品中至少有300只灰熊。20世纪60年代，他去了好莱坞。据传闻，加利福尼亚那些富豪们被他的狩猎故事迷住了。由于他擅长讲故事，他的

担任索尔·海尔达尔向导的克莱顿·麦克

医师哈维·汤姆森把他收集的两本回忆录编译整理成两本著作——《灰熊和白人:克莱顿·麦克的故事》及《贝拉·库拉人:关于克莱顿·麦克的其他故事》。

故事是这样的:1940年,德国人入侵探险家托尔·海尔达尔的家乡挪威后,索尔被迫留在加拿大。后来麦克带他去夸特那湾看石壁画,他们成了朋友。海尔达尔问麦克,他的祖先有没有可能已经乘坐独木舟到过夏威夷,克莱顿·麦克说他们可能已经乘坐用巨藻做的大筏子来过。后来,海尔达尔乘坐一个名叫"空蒂基号"的木筏进行了著名的南太平洋航行。1988年,克莱顿·麦克患了痛风,需长期护理,就住到了贝拉·库拉医院,1993年因病去世。

亨利·W.泰特

亨利·W.泰特是钦西安人。他的钦西安语和英语都说得非常好,在辛普森港卫理公会教会学校任教。在神职人员托马斯·克罗斯比的支持下,泰特在1894年与威廉·奥利弗船长第一次乘教会的船"开心海潮"号远航出国,以非神职布道者的身份传播基督教。

1903年到1913年间,泰特把他用英语写的钦西安人的故事寄给弗朗兹·博厄斯。弗朗兹对泰特提供的大量信息文本进行梳理于1916年成书出版。但书中只简要提了一下泰特的贡献,因为泰特在1914年就去世了。当西蒙·弗雷泽大学的英语教授拉尔夫·莫德查询哥伦比亚大学图书馆的档案,研究泰特充满激情的故事与博厄斯的书《钦西安神话》中改写的版本到底有何差异时,第一次在《美国人种志学者》上发表文章《亨利·泰特与弗朗兹·博厄斯合著的钦西安神话》,其文检举了著名的人类学家弗朗兹·博厄斯。在批评《钦西安神话》创作方式的同时,莫德挖出了泰特的文学价值,并把泰特的10个故事的原版和内容广泛的雷文故事一起以《豪猪猎人和其他故事:亨利·W.泰特的钦西安原版故事》(1993)进行出版。通过这种方式,亨利·W.泰特的著作权在他死后79年得到了人们的认可。

莫德对博厄斯与泰特关系固执己见的分析,在《传递的困难:弗朗兹·博厄斯与钦西安神话》一书中有记载。

安妮·约克

1904年,安妮·泽克特戈·约克出生于斯珀卢姆。她是一位治愈师、口语教师,汤普森文化的权威人士。她和理查德·戴利、克里斯·阿内特合著了《他们在岩石上铭记了他们的梦想》(1993),该书中有其对斯泰因山谷红赫石上雕刻的文字的解释。

约克与加拿大人类文明博物馆的人种志学家安德烈亚·拉福雷特一起在《斯珀卢姆:弗雷泽峡谷的历史1808—1939》(1998)中探究了汤普森人与非土著民的差异,阐释了汤普森人如何形成他们独特的历史认知。

另外,她还为民族植物学家南希·J.特纳和利顿印第安族的民族植物学家达尔文·汉纳的著作提供了资料。

植物学专家、历史学家安妮·约克

约克有七个兄弟姐妹。她在皮特梅多斯上的学,1925年搬到梅里特。她学过护理相关知识,多年来,在各大医院及法庭担任官方翻译。

1932年,她回到斯珀卢姆,后来和劳伦斯、特里·汤姆森合著汤普森语词典。

1991年去世。

西蒙·贝克

　　西蒙·贝克是乔·卡皮拉诺的孙子,生于1910年1月15日,在利顿的圣·乔治寄宿学校上学,主要是在北温哥华卡皮拉诺保留地长大。与韦尔娜·寇克妮丝合著的《科特拉恰:西蒙·贝克族长的自传》一书回忆了贝克的一生。贝克的土著名字意思是"好心人"。贝克担任斯夸米什族议员30多年,主席10年,是斯夸米什族唯一一位终身制族长。

西蒙·贝克族长

　　1935—1976年间,贝克主要在温哥华码头做装卸工人。后来担任加拿大装卸业务的指挥。作为资金筹集人和教师,贝克为不列颠哥伦比亚大学的土著文化研究中心做出了巨大贡献,在1990年他获得该大学法学荣誉博士学位,10年后,获得原住民遗产和精神成就奖,1997年,被授予加拿大勋章。

　　20世纪30年代,北温哥华长曲棍球队在杂志《土著民的战鼓》中提及贝克,认为他是最后一位"伟大的北海岸印第安人"。在其运动生涯中,他是有名的"炮弹",1999年,他进入了不列颠哥伦比亚体育名人堂。

　　西蒙·贝克一共有9个子女和38个孙子,他于2001年5月23日去世。

格雷戈里·斯科菲尔德

　　格雷戈里·斯科菲尔德出生于不列颠哥伦比亚梅普尔·里奇一个克里人、苏格兰人、英国人和法国人后裔的梅蒂斯混血家庭,连父亲是谁都

第二章　见证北美印第安人

不知道。斯科菲尔德回忆道："1964年父母用化名在不列颠哥伦比亚靠近梅普尔里奇的一个叫霍诺克的小镇结婚。接下来两年一直过着东躲西藏的生活，这个省住上几个月，又到那个省住几个月。"

"妈妈一开始完全不知道爸爸已经结婚了，并有一个年幼的女儿。尽管后来知道了，她还是选择与爸爸一起。1965年，在不列颠哥伦比亚阿尔伯尼特港躲避警察期间，妈妈怀了我。她不想让孩子在逃亡中长大，最终说服爸爸去自首。回到梅普尔里奇后，爸爸就去自首了，进了监狱。滑稽的是，在听证席上，心脏病发作，免去了大部分指控。1966年6月，正是爸爸受审的那日，我出生了。"

斯科菲尔德5岁就被送给了陌生人，离开了母亲。他在萨斯客彻温省北部的马尼托巴和育空地区长大，一直挣扎着生活在毒品、贫穷和种族歧视中。因为失落、贫穷、异化、自卑，他感到特别孤独，曾到雷德河原住民地区寻找自己的根。这一切在他的回忆录《内心的呐喊》(1998)和新诗集《歌唱家乡勤奋的人》(2005)中都有体现。

格雷戈里·斯科菲尔德

他的第一本诗集《聚集》(1994)表述了对加拿大梅蒂斯人的深刻见解，获得了多萝西·利夫赛不列颠哥伦比亚图书奖。斯科菲尔德在1996年又获得一年一度的加拿大航空奖，这个奖仅限于30岁以下最有发展潜力的加拿大作家。在《我认识的两个梅蒂斯女人》(1999)中，他回忆了母亲多萝西·斯科菲尔德和姑妈乔治娜·霍尔·扬。他还写了《加拿大土著民：雷兹城之歌》(1996)和《爱之良药和一首歌》(1997)。斯科菲尔德在温哥华做过街头工作者，后来加入了路易斯·里尔梅蒂斯委员会，现住在卡尔加里。

加拿大文学起源 土著文化

格里·威廉

格里·威廉

梅里特人格里·威廉是尼古拉瓦利理工学院的副院长,斯帕拉姆钦印第安部落人,该部落与恩德比地区的弗农接壤。1985年,他在维多利亚大学获得英语文学学士学位,后来又获得跨学科研究的博士学位。他出版的第一部推理小说《"布兰克号"轮船:伊妮德·布卢·斯塔布里克 I》(1994)是加拿大土著作家写的第一部科幻小说。

威廉曾在彭蒂克顿恩·奥金国际写作学校任教,是个星际迷和科幻小说迷,认为科幻作品中的主题和人物与土著作家在写作中描写的是相通的。

在他后续的小说《森林中的女人》中,主人公狼獾在奥卡诺根遇见了年轻的牧师布莱克·罗韦斯。这部小说刻画了一个叫伊妮德·布卢·斯塔布里克的人物,也叫作森林中的女人,是来自另一个世界的动物。这个森林中的女人与郊狼一起观察、评论"接触"时期给奥卡诺根和舒斯瓦普土著人带来的疾病和灾难。

杰拉尔德·泰艾阿克·艾尔弗雷德

杰拉尔德在维多利亚大学担任加拿大研究主席。人们称他为新生代最具影响的土著民首领之一。因听从霍华德·亚当斯的劝诫,他成为从事历史学学术研究的少数土著民作者之一。他的著作有关于莫霍克族战争与民族主义的历史书籍《听从祖先的召唤》(1995),有关于伦理道德与领导艺术的论文《和平、权利和正义:土著民宣言》(1999)以及《瓦萨塞:土著民的行动之路与自由之路》(2005)。

艾尔弗雷德又叫"卡尼恩科哈卡",出生于卡纳维克莫霍克族领地的泰奥蒂(蒙特利尔)。他曾在那儿担任管理和土地问题方面的顾问。在教会学校上学后,艾尔弗雷德有段时间在美国海军陆战队担任机枪手。

他在科内尔大学获得博士学位,因其关于土著民族主义、易洛魁历史和土著民传统管理等方面的论著,颇具名气。艾尔弗雷德出生于1965年,住在桑吉斯,在维多利亚大学担任土著民管理研究项目的主任。"泰艾阿克"是莫霍克语,意思是"他从另一边穿越而来"。

杰拉尔德·泰艾阿克·艾尔弗雷德

伦纳德·乔治

伦纳德·乔治是丹·乔治族长的儿子,北温哥华的心理学家、讲师,曾出版了两本关于异教徒信仰和体验方面的书籍。

《别样的现实:人类体验超自然现象、神秘主义和超经验世界》(1995)中的主题包括幽灵、幽灵飞行器、诈尸、鬼上身、老巫婆经验、梦魇、魔鬼黑冰、鬼火、僵尸、冥想、UFO劫持事件和致幻剂。

《认知犯罪:异教与异教徒百科全书》(1995)是"一份异教徒的清单,他们往往遭受火刑或绞刑"。书的主题包括诺斯替教、国际标准化基督教、萨沃那洛拉、阿里乌斯、卡塔斯、自由灵魂、圣女贞德、布鲁诺、拉斯普庭、帕拉加尔苏斯、阿布拉菲亚、阿利斯泰尔·克劳利、摩门教、埃克哈特、大迫害、炼金术、卡巴拉、所罗门和耶稣基督的精髓。乔治声称异教的存在是为了在社会中提出激进的观点。他写道:"一旦不再肯定,就被迫考虑过去认为很疯狂的事情存在的可能性。"

他继承了父亲通过选举获得的巴拉德湾提斯李瓦图斯土著部落的族长。他公开承认自己吸毒,表示他已经下定决心,要过一种更健康的生活。伦纳德是位传统的歌手和舞者,在温哥华土著民中心任执行理事长达7年。

芭芭拉·黑格

芭芭拉·黑格著的《荣誉之歌:致敬》(1996)入选13集土著英雄人物电视纪录片系列。该书记录的人物有:苏珊·阿格露卡克、建筑师道格拉斯·卡迪纳尔、运动员安杰拉·查默斯、大族长马修·库恩·科姆、艺术家罗伯特·戴维森,卫生专家琼·卡特汉德·古德威尔、演员格雷厄姆·格林、国会议员伊利贾·哈珀、作家汤姆·金、教育家韦尔娜·寇克妮丝、曲棍球教练特德·诺兰、电影制片人阿拉妮斯·奥博萨维、艺术家琼·阿什·普瓦特拉斯、马尼托巴省法官默里·辛克莱和流行歌手沙妮娅·吐温。这本书在土著民学校和大学广泛使用,激励着年轻人。

芭芭拉·黑格在维多利亚制作了一个新闻联合电视节目

芭芭拉·黑格于1959年出生于埃德蒙顿,共有八个兄弟姐妹,她排行第六。父亲乔治是克里/梅蒂斯人,母亲朱迪·托德是苏格兰人。12岁时父亲去世,14岁时全家搬到了不列颠哥伦比亚。她从不列颠哥伦比亚霍普的中学毕业后进入了弗雷泽瓦利学院学习英语。17岁,她搬到温哥华,在哥伦比亚大学学习写作。1978年,她受聘在纳奈莫野生动物和渔业管理局工作,负责撰写新闻报道和时事通讯。后来在温哥华岛上做自由撰稿人,然后又进入马拉斯皮纳大学的一个学院,负责校报编辑和学院的文学杂志相关工作。

搬到西雅图后,她嫁给了音乐家李·黑格。1980—1983年,她经营了一家当地音乐产业发展的公关公司,为温哥华《佐治亚周报》撰写西雅图音乐专栏相关文章,后来又随着丈夫(现在是前任了)来到纽约,曾在RCA唱片公司工作一年,在纽约艺术委员会工作五年。她负责管理该市的特威德画廊,为埃德·科赫市长写有关文化方面的讲稿。

黑格搬到肯塔基后,在那住了三年,编辑出版了一本生活杂志季刊,在莱克星顿市基督教青年会组建了"肯塔基中部作者之声"栏目。回到加拿大后,为维多利亚土著民友谊中心协调举办了1993年和1994年的土著民节日。1994年,参加加拿大广播电视台直播的土著民成就奖颁奖典礼。这次经历促使她创作了《荣誉之歌》。

黑格连续5年在不列颠哥伦比亚皇家博物馆担任土著民的联络官。之后,她开始为一位奥吉布瓦乡村歌手沙妮娅·吐温写传记。为了写《荣誉之歌》第一章"沙妮娅·吐温:鹿皮与牛仔靴"和传记《在路上:沙妮娅·吐温的生活和音乐》(1998),她曾两次采访沙妮娅·吐温,一次是通过电话,一次是面对面。

2002年黑格在CHUM电视台工作,合作主持"新独木舟"节目,这是一档在维多利亚第六套电视台播出的关于土著民艺术家和土著文化的系列节目。在第一季播出后,CHUM把这档节目卖给了黑格,从此,黑格通过自己的剑牌出品公司独立制作该系列节目。"新独木舟"在2006年播出的第五季是由芭芭拉·黑格和拉米土著民斯维尔·卡妮姆共同主持的。

伊登·鲁滨孙

伊登·鲁滨孙于1968年出生于基蒂马特保留地的海斯拉族,在不列颠哥伦比亚海岸的基蒂马特白人区附近长大。她的叔叔是作家戈登·鲁滨孙,她的妹妹是加拿大广播公司全国新闻节目主播卡拉·鲁滨孙。

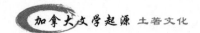

鲁滨孙出版的第一部作品《陷阱》(1996)广受好评,该书由四个短篇故事组成,是她在不列颠哥伦比亚大学创意写作系耗时四个月完成的。《陷阱》是一部非自传体小说,以关注不健全家庭为主,获得了霍尔特比英联邦作家最佳短篇小说奖。它同样受到了《纽约时报》编辑的青睐,获选为本年度优秀图书。

2000年,伊登·鲁滨孙在不列颠哥伦比亚图书公司

经过多年的笔耕不辍,鲁滨孙终于完成了她的第一部长篇小说《芒基沙滩》。这部小说讲述的是一个十多岁的青少年最终接受了她17岁的哥哥在海上失踪并很可能溺水身亡的事实。随着希尔家族逐步把海斯拉族文化遗产与西方文化相融合,叙述者莉萨玛丽——埃尔维斯·普雷斯利女儿的名字——只能凭着直觉研究中部海岸海斯拉的社区生活。备受莉萨玛丽尊重的祖母玛玛乌是位传统的守护者,但随着她从道格拉斯海峡到芒基沙滩旅行,沿途看到了闻名遐迩的异域风光,她也开始有了不真实的想法——鬼魅、北美野人和兽灵。

书中描写了遥远的海湾、北美野人异域风光,夹杂有少量的海斯拉词汇,还有两页解释太平洋细齿鲑油脂的文字,但是书的主题还是亲密的家庭关系。这部小说获得了埃塞尔·威尔逊小说奖,并获得吉勒奖提名。她的下一部小说《血腥的户外运动》(2006)的故事背景是温哥华市中心的东部。

理查德·范·坎普

理查德成年后的小说《不被祝福》描述的故事发生在西默尔堡北部的一个小镇,主人公是一个"瘦得跟意大利面似的"多格里布少年拉里。他喜欢汽油味,听"铁娘子军"广播,应对父亲虐待和短暂失忆。一次事故使他失去了几个表亲。

"事故发生的前一天,我和表兄弟姐妹几个在那儿闲逛。我们常常一起沿着海边在沙滩中玩耍。我们还带着玩具,建房子,一起闻汽油。一开始,我还没有那么疯狂。看到父亲对姑妈做的坏事后,我的内心不再抗拒。太阳晒得我背疼,不时地,我们停下来吃点东西,或去撒个尿。我和弗兰基是好朋友,虽然他傻傻的,就是他告诉我用汽油抹猫的屁眼儿,猫会跳到10英尺高。"

拉里和新来的混血儿约翰尼·贝克成了朋友,让他对未来更乐观。《不被祝福》是乌尔克里·普伦多夫翻译的德语版本 *Die Ohne Seger Sind*,在法兰克福2001年德国图书展获得青少年文学奖。

理查德·范·坎普于1971年9月8日出生于西北地区的史密斯

加拿大文学起源 土著文化

理查德·范·坎普

堡,是多格里布族人。在不列颠哥伦比亚大学取得美术硕士学位,范·坎普出版了短篇小说故事集《天使的翼展》。和两部获奖的儿童读物,一本是《一个叫雷文的人》,另一本是与克里艺术家乔治·利特柴尔德一起合著的《关于马最美的是什么?》,加拿大儿童图书中心指定为"我们共同喜爱的图书"。

范·坎普的三个短篇故事被加拿大广播公司改编为广播剧播出。他还参与了美国尼欧豪斯电影公司的短片《承诺》的剧本创作。

范·坎普毕业于彭蒂克顿恩·奥金国际写作学校,是维多利亚大学创意写作项目的美术学士。他在实习时为加拿大广播公司"北纬60度"的电视节目写了两个月的脚本,做了四期的编剧和文化咨询。

范·坎普是一个当代传统故事叙述者,出版了大量故事集,他在不列颠哥比亚大学教授土著民创意写作和媒体艺术史。

1997年,他获得加拿大作家协会加拿大航空奖组委会颁发的30岁以下"最有发展潜力的加拿大作家奖"。1999年,他还因为故事集《一个叫雷文的人》获得了由本土作家和故事叙述者组成的文艺团体颁发的儿童文学"年度作家奖"。

2002年,范·坎普作为职业故事讲述者受到西北地区活跃的历史社团的表彰。2003年,荣获伊丽莎白女王加冕五十周年纪念章。

玛丽昂·赖特

在阔齐诺、鲁珀特堡和格瓦萨拉-纳克瓦克斯达克斯的长者们提供信息资源的基础上,玛丽昂·罗泽·赖特收集素材,为卡瓦卡瓦卡文化编了一本入门教材《长者们告诉我的》(1996)。该书以季节的形式编排,讲述的是哈迪港附近两个9岁大的表兄弟的故事。书的插画由朱迪·希尔格曼完成。该书题材广泛,其中涵盖了卡瓦卡瓦卡族语言术语和教育新闻报道。

阿勒特贝当代哈马查宗教仪式上的舞者

比如,书中介绍了哈马查社团,该社团由社区的高级成员组成,他们通常是一些不带任何打猎装备在森林独自谋生的年轻人。他们在世界的最北端必定会遇到食人族及努力控制人类精神的巴克斯巴克瓦拉努西姆。一旦哈马查社团成员回归后会遭到抓捕、驯服,因为他的族人想从他那掌握食人族的超自然精神。在部落聚会上哈马查社团成员狂野的舞姿展示他们的巴克斯巴克瓦拉努西姆精神,但响尾蛇的声音却能让他们平静下来。赖特还介绍了丛林中的狂野女人,朱努克瓦,她是个在冬季赠礼节上带着篮子跳舞,趁机偷走别人孩子的女巨人。

格雷格·扬·英

格雷格是马尼托巴省北部奥普萨克瓦亚克克里族人,在泰特斯图书公司和恩·奥金中心长期担任管理员和编辑(自1990年起)。在他的诗集《血流成河与花》(1996)中,他展现了梅蒂斯人的地位、种族主义、剥削和殖民主义。

加拿大文学起源 土著文化

格雷格·扬·英

扬·英在卡尔顿大学加拿大研究院获得北部和土著民研究专业的艺术硕士学位,在西蒙·弗雷泽大学加拿大写作与出版研究中心获得出版专业的硕士学位。他曾担任创造者权利联盟土著民核心小组的主席,对土著民皇家委员会、土著民立法机构和印第安教育调查委员会做出了巨大贡献。

扬·英编辑了三期《集会》,该刊被认为是北美土著民唯一的文学期刊。《集会》(3)(1992)《母亲地球视角》;《集会》(9)(1998)《牺牲之外:走向庆祝之路》;《集会》(10)杂志出版十周年纪念专刊。另外他参与编辑《我们的生活如同要从泥土中挤出牛奶那样艰苦》(1993—1994)和《土著批评:土著人的视角看土著文化》(2001)。

2004年,安尼塔·拉奇取代格雷格·扬·英成了泰特斯图书公司的出版商。他目前正在不列颠哥伦比亚大学教育研究学院攻读博士学位。

罗兰·克里斯约翰

有关1991年6月在温哥华举行土著民寄宿学校会议的研究成果发表在《围猎》(2002)上。罗兰和她的合作者雪莉·扬及迈克尔·莫兰描述了学校惩戒学生的情况。

根据奥奈达市治愈师克里斯约翰的观点,"想要灭绝居住在如今常被称之为加拿大的土著民的方法有很多,寄宿学校只是众多方法中的一种罢了。起初,为了达到消灭这些土著民族的目的,他们掠夺了土著民拥有的一切(土地、天空、水,甚至他们的生命和有关的其他东西)。尽管如此,这种行为仍在持续,现行的种族灭绝的法律和政策与掩饰作恶者所采取的和继续要采取的伪善、合法、自欺欺人的行为有着必然联系"。

《围猎》中记载了对儿童的惩戒方式,包括长期用针刺他们的舌头或者身体其他部位,烧伤、烫伤,打到失去知觉,打断腿、手臂、肋骨,打破头、耳膜,电击和强迫生病的孩子吃掉呕吐物等。

基思·索尔·卡尔森编撰的一部精彩的斯·托洛历史书《需要你来见证》讲述了在一所无名修女寄宿学校一系列常见的惩戒方式。具体内容如下:

> 与女生交谈:罚跪半小时;在学校打闹:罚跪;吸烟:通报批评;迟到:关禁闭;用印地安语交谈:禁止休息;偷懒:禁止休息;打架:增加工作量;睡觉时间说话:增加工作量;跳印第安舞:增加工作量;玩禁止玩的游戏:增加工作量;偷苹果:关一天禁闭;旷课:关禁闭或被羞辱;污损墙壁灰泥:鞭打三下;弄乱寝室:捆耳光;逃跑:鞭打五下;闯入女生寝室:开除;在男生寝室纵火:开除。

罗兰·克里斯约翰,豪德纳乌苏尼人,1981年在西安大略大学获得了人格分析和测评专业的博士学位,从事土著民教育工作30年,主要涉及自杀学(如何防止自杀的)和家庭服务方面等。与他一起著书的雪莉·扬和迈克尔·莫兰分别是应用社会心理学和统计学方面的专家。

厄尼·克雷

苏珊娜·福尼尔和厄尼·克雷

厄尼·克雷和记者苏珊娜·福尼尔在《从我们的怀抱偷走的：诱拐土著民孩子和重建土著民社区》分析了加拿大主流社会大规模同化土著民带来的灾难性冲突。这本书获得了1998年休伯特·埃文斯非小说类作品奖。

克雷是斯·托洛渔业项目的执行长官，也是土著民联盟的前任主席。他曾帮助土著民家庭做社会服务工作。他回忆道："小的时候，由于社会福利机构的权威，我被迫与斯·托洛文化分离。我和8个兄弟姐妹被分散到不同的收养家庭后，我们的家庭也就支离破碎了。我们一家人再也没有团聚过。在很多方面，我的家庭史就是加拿大土著民孩子的成长史。"

玛丽莲·杜蒙

1998年梅蒂斯诗人杜蒙在温哥华哈瓦那餐馆

正如哈罗德·卡迪纳尔对《不公平的社会》修订版中的介绍，"'印第安人'和'梅迪斯人'的身份问题在加拿大仍旧是一个具有争议性的问题，尤其是在1969年联邦宪法改变了如何确认印第安身份的方式和由印第安土著民族及梅蒂斯人描述民族自身变化情况之后。在确认宪法的明确变化后，梅蒂斯人不得不整理那些与国家政府如何认定他们身份相关的资料。"整个加拿大土著民运动对梅蒂斯人身份的认定也是有问题的。

作家玛丽莲·杜蒙生于1955年，是雷德河自由战士加布里埃尔·杜蒙的后代。她的祖先有克里族血统，一直为维护梅蒂斯人身份的合法性而努力奋斗。

第二章　见证北美印第安人

杜蒙的散文诗《皮毛与瑙加海德革》引起了接踵而至的印第安人及梅蒂斯人之间私下的摩擦：

所以，我当时正与北边保留地下来的家伙们一起喝咖啡。我们嘲笑城市中的"月亮偏角"是多么的疯狂。我们的话题转到我来自哪里，如同运用暗语一般，没有直接问，而是用间接的方式查明某人的身份。我感受到了这一点，我说我是梅蒂斯人，我觉得有点不好意思。好像他很大度似的，原谅了我一样，回答道"嗯"。直到那一刻，我那稀薄的梅蒂斯血统和他的声音都有点受不住了，现在，光线更昏暗，他穿过房间，又看了一眼，就有个这个表情，好像在说他是皮毛，我是瑙加海德革。

为支持路易斯·里尔，梅蒂斯人的好战分子加贝尔·杜蒙领导了1885年西北叛乱

玛丽莲·杜蒙曾在西蒙·弗雷泽大学和昆特兰学院教授创意写作，后又做视频制作工作。她的《一个真正的棕色皮肤女孩》(1997)获得了杰拉尔德·兰珀特纪念奖。2002年，她的第二部诗集《格林女孩高山梦》获得艾伯塔省作家协会的斯蒂芬·格·斯特凡松奖。

玛丽·劳伦斯

玛丽·劳伦斯出生于华盛顿州托纳斯基特，在弗农印第安保留地长大，家里只有一个单亲妈妈，祖母是纯奥卡诺根人，上了一段时间的寄宿学校，她和兄弟姐妹们被分别送到了一些残缺的领养家庭。

劳伦斯在恩·奥金中心学习写作，出版的第一本作品是《精神与歌曲》(1992)。她的自传《我和我的民族》(1997)回忆了她如何应对寄宿学校，如何战胜毒瘾，如何克服家暴和为何被关在加利福尼亚监狱等事情。

她写道:"我敬佩她,面临这么多的困难,到处漂泊,哪怕到头来留给她的只有绝望和自杀。"

劳伦斯回忆起与最好的朋友玛吉回到克兰布鲁克印第安寄宿学校参观时的情景,总结道:"当我临近学校大门时,所有的想法及情感在我血液中沸腾,最强烈的感觉就是——恨!我好像看到洛伊丝修女右手拿着皮鞭,正在监督着我,她那又肥又圆的肚子褶皱着一圈一圈的肥肉。我好像看到她那张圆盘似的脸和肿胀的右手拿着鞭子准备好了要抽打我。我真想用脚狠狠踩在她那闪闪发亮的黑色鞋子上,然后跑开,躲起来。"

这本回忆录的部分灵感来源于比阿特丽斯·卡利顿的《寻找四月的鸳鸯茉莉》、雪莉·斯特林的《我的名字叫西皮扎》和西莉亚·黑格·布朗在《反抗与重生》中对坎卢普斯寄宿学校的描述。

1997年,劳伦斯开心地宣布在过去的十年里"她不再与异性陷入令人上瘾的那种关系"。从2004年起,玛丽·劳伦斯一直住在不列颠哥伦比亚西岸区,育有两个女儿。

玛丽·劳伦斯和她的孩子米歇尔

希瑟·西蒙尼·麦克劳德

希瑟·西蒙尼·麦克劳德,西北地区梅蒂斯族人,是一位诗人和剧作家。在创作和出版《雪的颂歌》(2004)期间,她曾住在汤普森-尼古拉峡谷。她在青少年时曾在卡克罗斯待过,在下面的散文诗中,她曾回忆在北方的过去。

我知道怎么使用乌卢刀;我曾在午夜的月光下在巴伦地区看见过伊努克舒克石堆。我有问必答。我吃过白鲑鱼、梭子鱼和红点鲑鱼;在

第二章 见证北美印第安人

非法小餐馆吃过麝牛汉堡;在引进洗碗机之前,我穿着防水橡胶靴在洗碗池中洗碗,如戴夫在巴克湾冲浪一样透过摇摇晃晃的纱门往外看;我用盘子里的剩饭喂特雷西的狗巴克;轮休时我跟贝利斯一起去喝咖啡,去吃小吃,喝酒,在午夜所有的酒吧都关了门,才返回。我有问必答。光着身子在宽大的奴湖中游泳;在墓地野餐。我有问必答。我还记得雷克娱乐厅,在它和靶场之间有一条坑洼小径;我记得周六下午与马克·博根挤在一起唱《野味》。(野味,丰盛的招待;麝牛,我吃过许多。)

在诗集《雪的颂歌》中,她追溯了从爱尔兰、苏格兰和俄罗斯到不列颠哥伦比亚内陆的"血统、捕猎的线路和祖先迁徙"。

麦克劳德写道:"我曾住在北极,在那里,我体内的印第安血液才有生存的空间。这个观念如北极的雪一样坚固,在我体内流淌。"在维多利亚居住期间,麦克劳德出版了诗集《我的血肉,雨之声》(1998)。

她的其他书籍还有《俄里翁的形象》和《北边的森林》。

希瑟·西蒙尼·麦克劳德

维拉·曼纽尔

维拉·曼纽尔是治疗工作室的协调员,也是温哥华故事讲述剧场的经理。同时曼纽尔作为剧作家,在《关于寄宿学校的两个戏剧》(1998)中,她以戏剧形式呈现毒品的滥用和人们的无助。这本书包含了她自己和拉里·洛伊两个版本的舞台剧本。她的《印第安女人的力量》是关于四个长者为一个女孩的成人宴会做准备的故事。在准备过程中,她们相互分享在寄宿学校时被关禁闭的秘闻。

她说:"《印第安女人的力量》中的故事不是我编的。它们来自于母亲为我画的画和她的相关描述。这些文字描述让我第一次了解母亲扮演一个小女孩的故事。每次,我们登台表演,我会为这个从未有过童年的女孩感到忧伤;我会为在我的童年中母亲的缺失感到忧伤;我感谢母亲在我成年后成了我敬爱的老师;我感谢她有勇气对我讲述我渴望听到的话:'抱歉,在你小的时候没有好好地保护你。'其他一些故事源于父亲在经历了寄宿学校和肺结核疗养院的暴力和孤独后幸存下来的故事。虽然我对此知之甚少。"

乔治·曼纽尔和马塞利娜·曼纽尔的长女维拉·曼纽尔

1989年,为在坎卢普斯举行的不列颠哥伦比亚印第安族长联盟成立20周年庆典,维拉·曼纽尔负责编写了不列颠哥伦比亚印第安族长联盟简史。不列颠哥伦比亚印第安族长联盟的组建是为了对抗联邦政府的白皮书"打算废除联邦政府对印第安人的管理权,把印第安人及其土地的管辖权移交给省政府"。

来自不列颠哥伦比亚各地的 150 位代表聚集在坎卢普斯寄宿学校,维拉·曼纽尔做了长达 18 页关于不列颠哥伦比亚印第安族长联盟成立后的历史的报告。正式会议由科维坎族丹尼斯·阿方斯族长和坎卢普斯族的克拉伦斯·朱尔斯族长主持。不列颠哥伦比亚印第安族长联盟的第一个官方总部设在马斯卡姆保留地。维拉·曼纽尔的父亲从全国印第安兄弟联盟辞职后加入不列颠哥伦比亚印第安族长联盟,当了两届主席。

威廉·贝农

1915 年 1 月,马里厄斯·巴尔博写道:"我很幸运能得到威廉·贝农的帮助。他是个聪明的年轻人,有一半钦西安人血统。他可以直接为我提供信息,对我很有帮助。他能又快又好地记录神话故事。"这是威廉·贝农的名字首次出现在民族文学中。

尽管威廉·贝农在一生中为在渥太华的巴尔博送去了很多野外考察笔记,但直到 1985 年后,他的作品才得以以书的形式呈现。威廉·贝农做的笔记被认为是有关西北海岸冬季赠礼节中最有意义的文字。这些笔记首次出版并以《吉特塞嘎克拉冬季赠礼节:威廉·贝农 1945 年的野外笔记》(2000)来命名,该书由玛格丽特·塞金·安德森和玛乔丽·哈尔平编辑。

1888 年,威廉·贝农出生于维多利亚,父亲是威尔士人,母亲是钦西安人。作为钦西安、尼斯加和吉特克桑的民族志学者,他的工作涉及面较广。1857 年,他的外祖父克拉(阿卡·亚瑟·惠林顿)曾教威廉·邓肯说钦西安语,也是他从钦西安族最高族长的枪口下救了邓肯。

威廉·贝农在维多利亚上学,六个兄弟中他是唯一一个跟从母亲学说钦西安语的。他没有上完高中课程,就在加拿大太平洋铁路公司和公共工程部上班。1913 年,他来到辛普森港参加舅舅艾伯特·韦林顿的葬礼后,决定和母亲的族人待在一起。

20 世纪 20 年代,贝农开始把他的野外笔记发送给在渥太华的巴尔

加拿大文学起源 土著文化

威廉·贝农

博。查尔斯·马里厄斯·巴尔博是魁北克市南边博斯维尔地区的土著人,被称为加拿大民俗学研究的始祖。1914年,他第一次来到不列颠哥伦比亚。后来,在"发掘"埃米莉·卡尔在安大略的精品艺术团体方面起了很重要的作用。尽管巴尔博错误地推断图腾柱是在与欧洲人有了接触后才开始兴建的,但他是第一个试图记录海达族艺术家个人成就的人种志学者。

1948年前,每发送一条野外笔记,贝农可以从巴尔博那获得35美元。另外,贝农还在北太平洋海岸捕鱼和罐头厂上班挣钱。1945年贝农亲自参与了在吉特塞嘎克拉吉特克桑村举行的为期两周的面具戏剧和冬季赠礼节庆祝会。庆祝会上的高潮是升起五根图腾柱,其中四根是代表基斯嘎赫斯特(法尔威德)部落,另一根代表拉克塞尔(弗洛格)部落。

1958年贝农去世前,在1929年至1956年期间送了差不多54本笔记到安大略。1945年以后的笔记由玛格丽特·塞金·安德森和玛乔丽·哈尔平编辑整理出版。关于在吉特塞嘎克拉的集会,他们写道:"我们深表感激,不光是因为贝农所做的大量工作,还对吉特塞嘎克拉长者们表示深深的敬意,因为他们清清楚楚地知道他们的方式是民族延续发展的力量;通过1945年的这些活动,年轻人对他们身份和传统文化遗产的态度从视而不见到深刻认识和引以为傲。"

彼得·约翰

能登上最好的船是友谊之船。

——彼得·约翰

1925年7月20日,彼得·约翰出生于距柏恩斯莱克镇以东大约25

公里的喜来登的卡里尔村。彼得·约翰把他的生活讲述给柏恩斯莱克中学的教师管理员多丽丝·约翰逊。在柏恩斯莱克部族的资助下,出版了《希格胡·雅尔塔克/长者述说:彼得·约翰的故事》(2000)。

彼特·约翰戒掉酒瘾,成了一名受人尊敬的社区教师

彼特的父亲是个猎人、骡夫。1935年,彼特被带到弗雷泽湖东部勒贾克中学学习英语。12岁时,他得每天早上四点起床去挤45分钟的牛奶。"很快我发现这件事的好处是,饿了,就能直接从奶牛身上喝新鲜的

牛奶。我每头牛都喝一点,多喝几次,就饱了。我是学校最健康的孩子。他们不知道这是为什么,我也从没给他们讲过。"

他曾在CNR工作过很短一段时间。后来,他的大半生是在不列颠哥伦比亚北部的多家锯木厂工作。退休后,他回到柏恩斯莱克,在那加入了不列颠哥伦比亚非印第安人协会,还和乔治·布朗一起加入柏恩斯莱克土著民发展公司。20世纪70年代,他们劝说巴宾湖森林产品公司在喜来登建了一个锯木厂,雇用了100多个土著工人。

20世纪70年代晚期,彼得·约翰宣布成功戒掉烟酒。他说:"我请求上帝的帮助。要是没有戒掉烟酒的话,可以肯定的是,我今天肯定不会在这儿。我很可能待在乔治王子城或温哥华的大街上或者其他某个地方,在翻那些垃圾桶,看有没有什么东西可以捡来卖了买酒喝、买烟抽。相信我,这辈子许多我爱的人因为烟酒死了。"彼得·约翰在因卡·迪恩语言学校越来越活跃,为土著语的传承而努力。

莱恩·马钱德

莱恩·马钱德

1968年,来自不列颠哥伦比亚的伦纳德·史蒂芬·马钱德在打败戴维·富尔顿成为坎卢普斯-卡里布的一名自由党议员后,成为入选国会议员的第一个土著民。(路易斯·里尔,梅蒂斯人,在1873年和1874年获选联邦国会议员,但未获得席位。)

琼·克雷蒂安担任印第安事务部部长时,马钱德担任他的秘书。1976年,总理特鲁多任命马钱德为管理小企业的部长,他是第一个在联邦内阁任职的土著人。第二年,他成了环境部部长,一直到1979年在联邦大选中落败。

马钱德任尼古拉瓦利印第安政府长

官后,成为奥卡诺根民族受人尊敬的族长。1984年,他成为邦联参议院的议员,一直到1997年退休。

1933年11月16日,马钱德出生于弗农,家中有八个孩子。他在弗农保留地生活到23岁。1959年,毕业于不列颠哥伦比亚大学,1964年,完成关于不列颠哥伦比亚蒿属植物的硕士论文,在爱达荷大学获得硕士学位。20世纪60年代,他在坎卢普斯的牧场研究所工作,后又在史密瑟斯的农业研究所工作。

在他获得加拿大荣誉勋章的第二年,与人合著的回忆录《打破成规》(2000)面世了。马钱德尽管不是一个红权倡导者,但作为一个斯基尔或者奥卡诺根印第安人,他认同"印第安"这个词语是很荒谬的。他写道:"如果让我来选,我宁愿被称作提纳人,这是一个受人尊敬、掷地有声的词语。显然,很多加拿大人已经意识到这一点,它代表的只是'人民'或'单个的人'而已,这取决于你谈论的对象数量而已。也许从我们现在这一代人或者下面两代人那会找到一个我们乐于接受的名字来称呼我们吧。"

玛丽·克莱门茨

2004年,玛丽·克莱门茨因剧本《愤怒的真相》(2003)获得了加拿大—日本文学奖。同时这个剧本也获得了六项杰西·理查森戏剧奖的提名。《愤怒的真相》是一个印象派戏剧,讲述的是西北地区土著矿工被告知他们挖的是一种用于治疗癌症的矿石,但实际上他们挖的却是生产原子弹的物质,而做成的原子弹炸毁了广岛和长崎。

1930年,吉尔伯特和查尔斯·拉宾树立界碑表明西北地区大熊湖卡梅伦湾附近的高品质沥青铀矿是属于他们的。当对埃尔多拉多这块宝地宣布了主权后,他们进入了萃取的进程,雇用提纳人搬运矿石运到麦克默里堡。1941年,美国政府订购了从埃尔多拉多运来的8吨铀矿石用于军事研究。1942年,加拿大政府买下了该矿区的控制权,美国政府从镭迪厄姆港订购了60吨矿石。1945年7月16日,第一颗原子弹在新墨西哥州试验成功。1945年8月6日,一颗原子弹投向了广岛,1945年8月9日,另一颗投向了长崎。

玛丽·克莱门茨

1960年，出现了第一位与埃尔多拉多矿区有关死于癌症的提纳矿工。根据《愤怒的真相》的揭露：尽管早在1931年，加拿大政府发布了关于高品质辐射矿石对人类健康的危害警告，但是联邦政府直到1999年才签了承诺书，清理和遏制镭迪厄姆港矿区。克莱门茨提出矿工的死与种族歧视有很大的关系。

玛丽·克莱门茨出生于1962年。她建立了城市印刷出版公司，这是一家总部位于温哥华的经营土著民文化和多元文化产品的公司,出品和出版土著戏剧、音乐和影视文化作品。作为一名梅蒂斯演员、剧作家,她在《钢铁时代》中揭露了关于种族、性别和社会阶层方面的政治问题。该剧在温哥华的法尔艺术中心制作,在《梅蒂斯戏剧:三部梅蒂斯戏剧》(2001)中出版。

克莱门茨的超现实主义戏剧《非自然意外死亡的女人》(2005)是另一部带政治色彩、重现过去的戏剧。它讲述的是一个发生在30年前的女性暴力谋杀案,该剧涉及温哥华贫民窟经常发生的女性暴力事件。几个女性死者的验尸报告中都是血液中酒精含量高,最后见到的人都是一个叫吉尔伯特·保罗·乔丹的恶棍,他总是跟中年的土著女性纠缠在一起。验尸官把这些死亡定义为"非自然意外死亡"。

甘德尔(沃尔特·麦格雷戈)

1900年秋天,年轻的语言学家约翰·斯旺顿(1873—1958)乘坐蒸汽船"路易斯公主号"从北部的维多利亚到海达瓜依,在船上上的第一堂海达语课是雕刻大师达克斯希甘教的,达克斯希甘的英语名字是查理·埃登肖(1839—1920)。斯旺顿的良师益友、人类学家弗朗兹·博厄斯规划了斯旺顿的航行路线,他明白有必要把当时的海达文化记录下来,哪怕海达的总人口据估计只有1 000人。

约翰·斯旺顿从哈佛到海达村时,海达人正遭受欧洲疾病的摧残,被牧师所同化,90%的海达村庄被遗弃。斯旺顿发现大约有700海达人住在斯基德盖特和马塞特教会同化的村子,他雇用亨利·穆迪担任他的老师、向导和助手,帮他准确记录从世袭族长斯基达吉特那听来的口述故事和海达历史。穆迪每周工作六天,每天斯旺顿付给他1.5美元酬劳。

为了记录海达文化,斯旺顿还按每小时20美分付给诗人、歌手或讲故事的人。每个月这笔开销预计是35美元,这在当时是很大一笔钱。编辑罗伯特·布林霍斯特写道:"如果我们把这些费用与斯旺顿的工作量和他的薪水进行比较,我们会发现每小时他付给这些海达人的工资和自己挣的差不多。"

加拿大文学起源 土著文化

接下来一年的时间,斯旺顿主要是抄录海达诗人的口述作品,尤其是斯凯伊(约翰·斯凯)和甘德尔(沃尔特·麦格雷戈)的诗。大约1851年,甘德尔出生于莫尔兹比岛的西北海岸,他被称为海达文学中的"荷马"。其他三个主要的故事口述者是金加格瓦、哈亚斯和基尔克斯霍金斯。

布林霍斯特的《如利刃一样的故事:经典海达神话故事讲述者及他们的世界》(1999)是第一部批判性研究斯旺顿在复兴斯凯伊、甘德尔和其他海达当代诗人的作品时做出的努力的成果。

后来他又把一系列故事编入《九次神话世界之旅:卡亚尔·拉阿纳斯的甘德尔》(2001)中。这本书中的故事是由50多岁的海达人甘德尔讲述,他因患天花或麻疹病而双目失明。甘德尔的意思是"小溪或清水"。一个牧师给他取了个教名沃尔特·麦格雷戈。

甘德尔和斯旺顿差不多花了一个月时间辛苦地口述和记录诗歌。"我也不清楚卡伊森部落族的卡亚尔·拉阿纳斯的甘德尔为什么没能在北美文学历史多语种作品集中获得充分的认可。"布林霍斯特写道,"对我而言,他是位颇有成就的文学前辈,更应该颂扬,比起同时代用英语或法语写作的加拿大诗人或小说家要有学问的多。"

甘德尔的诗善用修辞,崇尚自由,其智慧是显而易见的。在布林霍斯特的《九次神话世界之旅》的开篇《天气选择这样产生》可见一斑:

> 他们说,有个家境殷实的孩子/在斯威夫特卡伦特河/她的父亲一直让一个奴隶监视她/她对奴隶说/"告诉那个人,我喜欢他。"/那天之后,她和奴隶一起出门/她问奴隶是否把她的话带给那个人/
>
> 奴隶对这个年轻的女子说:/"他说他怕你的父亲。"/其实,那个奴隶对谁也没有带话,他们说/其实这个奴隶喜欢这个女孩/当她喜欢上别人/又让奴隶做同样的事/他还是没有传递信息,他还是对她说/那人怕她的父亲/
>
> 在给她父亲的十个侄子传信之后,他们说/这个家境殷实的姑娘爱上了这个奴隶/父亲发现这一切后/全家搬离,抛弃了她/只有最小

第二章 见证北美印第安人

的婶婶给她留下了食物,他们说/

她去挖贝类/过了一段时间,她挖出了鸟哈壳/里面传来一个小孩子的哭声……

斯凯伊(约翰·斯凯)

罗伯特·布林霍斯特颂扬海达故事叙述者和宗族历史学家的作品是《存在的意义:海达神话故事讲述大师库纳·奇格哈瓦伊族的斯凯伊全集》第三卷(2001)。这本书改编自语言学家约翰·斯旺顿原创的人种志学作品。

大约1827年,斯凯伊出生于库纳的一个村庄。在中年时因腰部受伤致残之后,他致力于讲述故事。他还有一个名字叫约翰·斯凯。成年后,他大部分时间居住在一个叫塔努的村庄。斯凯伊和另一个优秀的海达故事讲述人甘德尔都是属于与海达雷文一族相对的鹰派。

1900年10月,在斯基德盖特,由斯凯伊口述,一个会说英语的中间人转述,把他母系一族的故事和流传最广的西北海岸雷文故事讲给斯旺顿。斯旺顿还抄录了有5 500行的史诗《库纳轮回》,布林霍斯特称之为"加拿大土著语中最长最复杂的文学作品"。它的开头是这样的:

曾经有个很好的家庭,他们说/她是个女人,他们说/他们把向下俯冲的蓝猎鹰织进了她的舞裙,他们说/她的父亲很爱她,他们说/

她有两个兄弟/一个已经成年/一个比她年纪还小/一些人乘着十艘独木舟/来父亲的镇上跳舞,他们说/他们跳舞,然后坐着等待,他们说/他们告诉我/

有人——他们说,父亲的领头仆人/去问他们/"为什么这些独木舟在这?"/

"这些独木舟是为首领的女儿而来的。"/领头仆人回答他们说:/

"还是去其他水域吧。"/他们含泪离开,他们说/

第二天,他们乘着十艘独木舟/又来到这跳舞,他们说/又问他们:"为什么这些独木舟在这?"/

"这些独木舟是为首领的女儿而来的。"/再次被拒绝/他们又哭着离开了……

据布林霍斯特估计,斯凯伊讲述的故事达到了斯旺顿编辑的海达作品的15%。欧洲人早在一个多世纪前就来到海达瓜依,但斯旺顿却是第一个要求听海达故事的外族人。布林霍斯特说:"在那70年以后再也没有任何一个外族人要求听海达故事,当时已经没有任何真正了解前殖民时期海达世界的人了。"

斯旺顿有关西北太平洋的出版作品有:《海达文本、神话和斯基德盖特方言》(1905)、《对海达人种志学的贡献》(1905)、《海达文本——马塞特方言》(1908)、《特林吉特印第安人的社会条件、信仰和语言关系》(1908)、《特林吉特神话和文本》(1909)、《海达歌曲》(1912)、《北美印第安部落》(1952)。1942年,他写的关于南海达未出版的手稿被送到位于费城的美国哲学社会学图书馆。1940年出版的纪念文集也没有提到他在不列颠哥伦比亚时的早期作品。

拉里·洛伊

不要让任何人偷走你记得的传奇故事。把它们写下来,书面文字比起我们的传统口述更有力量。

——拉里·洛伊

拉里·洛伊出生在艾伯塔省的奴湖地区,早年他在那过着传统的克里族生活。10岁时,他来到艾伯塔省格鲁阿尔的圣伯纳德教会寄宿学校上学。

他回忆说:"我们不再有家庭生活,不允许说自己的语言。多数时候我们学习如何祈祷、如何工作和如何唱拉丁语的弥撒曲。我们每一学年可以回家一次,但很多孩子整年都待在那里。在学校几乎比在监狱还糟糕。那些对于小孩来说多么自然的事,在这却变得有罪,我们常常为此受到惩罚。"

写作项目组成员康斯坦丝·布里森登与拉里·洛伊一起参加艾滋病预防教育

"在没去那之前,我根本不知道什么是原罪、天堂和地狱。但在那,我经常被修女鞭打。我曾两次逃跑,都被抓住,被打得更惨。从那以后,我开始阅读能找到的任何书籍。其中不乏经典书籍如《哈克贝利·费恩历险记》,但完全没有关于土著民的内容。我们受到惩罚是因为几百年前土著民杀死了耶稣会士。我对土著文化遗产完全失去了感觉。"

14岁时,洛伊离开学校,在农场和伐木场工作。18岁,他加入加拿大军队,来到欧洲,后来回到不列颠哥伦比亚和艾伯塔工作。他说:"经历了这所有的一切之后,怀念儿时传统土著民生活的那种情结一直萦绕着我。"

多年后,他来到温哥华,在梅恩和黑斯廷斯的卡内基中心深造,学习写作和打字。1991年,他走遍不列颠哥伦比亚采访土著民教师,做了两部广播纪录片。第二年,他参与编辑一本提供给初学者使用的选集叫《春风不识字》(1992)。他走遍了加拿大,为一本1 000页的手稿收集资料。

洛伊的写作导师康斯坦丝·布里森登很快认识到她教给洛伊的东西与从洛伊那学到的东西一样多。他们相互合作,彼此关心,成立了一个叫"继承传统"的新兴作家团队。在团队中,洛伊成长为一个教育家,并创作了几个剧本、短篇小说和关于寄宿学校、土著传统与文学方面的儿童故事。

洛伊编写的第一个剧本《为我们祈祷》是基于他在寄宿学校时的经历。该剧1994年在温哥华首演后分别在不列颠哥伦比亚五所联邦监狱演出,1995年,又在多伦多的韦沙格恰克节上演出。该剧的剧本收录进《远离家乡:美国印第安寄宿学校的经历,1979—2000》(赫德博物馆,2000)。

洛伊还创作了另外两个剧本:《50年的信誉》是基于媒体对土著人民的看法,于1998年在卡内基社区中心演出;《无法说再见》,受1999年在北艾伯塔召开的土著艾滋病大会的委托而创作。他所有的戏剧都得益于与他的导师布里森登的合作。

洛伊的《只要河水还在流淌》(2003)是一本自传体儿童读物。为了宣传这本书,洛伊和布里森登走遍加拿大,举办了90多个读书会。由于洛伊的嗓子不适,布里森登负责阅读,洛伊负责问题解答。这部辛酸的回忆录记录了洛伊在进入寄宿学校前最后一个夏天的自由生活。

克里艺术家乔治·利特柴尔德建议洛伊为孩子们写下这个故事。洛伊说:"我告诉乔治我们被装进卡车带走,那车四周的围栏那么高,我们只能仰望天空。"

《只要河水还在流淌》的插画由土著艺术家希瑟·霍尔姆伦德所画。该书是以9岁时洛伊的视角,讲述他照顾一只被遗弃的老鹰、看祖母做莫卡辛软皮鞋、帮家人准备捕猎陷阱和获得一个新名字"欧斯基尼科"的故事。"欧斯基尼科"是年轻人的意思——这个名字他如今仍在用。孩子们对书中拉里的祖母的故事着迷,拉里的祖母贝拉·特温个子矮小,却射杀了北美最大的灰熊,因此而名气大振。这本书被土著民们用于学校、会议和心理治疗,一些听众都感动得热泪盈眶。

2003年9月中旬,洛伊获选参加在圣凯瑟琳的尼亚加拉土著友谊中心举行的庆祝舞蹈活动,在那里有200多人排着队与作者们握手。当鼓手们在一旁唱着特别的歌曲,作者们围着凉亭慢舞的时候,这些人聚集在他们后面。洛伊说:"通过这种方式得到我的同胞的认可是我获得的最大荣誉。"

2001年,洛伊荣获加拿大邮政颁发的个人文学成就奖;2003年,因《只要河水还在流淌》荣获诺玛弗莱克奖。洛伊写的关于下梅恩兰土著民族的文章收录在查克·戴维斯编辑的《更伟大的温哥华书籍》之中。洛伊和布里森登合著了一个关于艾滋病教育故事《汇集树》(2005),其中的插画由希瑟·霍尔姆伦德完成。故事讲述的是一个21岁的运动员为土著集会返回部落,以自身的病情为例,向堂弟(妹)讲述艾滋病的危害。

厄尔·马基纳·乔治

族长厄尔·马基纳·乔治64岁时进入维多利亚大学学习,获得历史学学士学位和地理硕士学位。他的回忆录《生活在边缘的人:从阿豪萨特族长的角度看努恰纳尔什的历史》(2003),源于其硕士论文。这本书是为了告知他的子孙后代和所有阿豪萨特族人关于他们的过去。

在《生活在边缘的人》中,他详细地描述了捕鲸的过程,书的开篇就介绍了在他们自己的历史中如何把一块特别的雪松凿成巨大的捕鲸船(40多英尺长,6英尺宽),他还一步一步地描述了杀鲸的程序,如何把鲸割成块和鲸肉的分配。

"鲑鱼的馈赠"一节记录了要如何特别保护鲑鱼才能保障鲑鱼持续的繁殖数量。该书以马基纳关于正在进行的条约进程的一些想法作为结尾。在条约进程中有许多涉及所有权的条款,他对"哈乌尔希"一词的解释是:"这不是白人意义上的所有权;它指的是由一个地方或一个村的世袭族长暂时看管所有努恰纳尔什人共有的一条河或别的什么地方。"如今,它已成为谈判中一个被认可的概念,作为关键的条款之一写入框架之中。

早年,马基纳在联合教会寄宿学校接受基督教义学习。因为那时他还小,母亲去世了,父亲是个渔夫,所以他整

厄尔·马基纳·乔治

天待在教会学校。他接受的教育还包括阿豪萨特土著长者们提供的传统培训，因为他要世袭为该族的族长。他还学习捕鱼和航海技术，与海岸警卫队队员一起工作，获得了船长证。曾经的一份伐木工人的工作让他了解到伐木行业给生态带来的破坏。

格洛丽亚·纳哈尼

20世纪50年代，格洛丽亚·纳哈尼在圣保罗印第安走读学校上学期间，学习了苏格兰语、爱尔兰语、乌克兰语、荷兰语和西班牙语，与修女们跳方块舞，但就是没有学会土著民传统舞蹈。20世纪四五十年代，斯夸米什族在举行长达10天的帕瓦仪式时，她有时会逃避，躲藏到场地的另一端。

格洛丽亚·纳哈尼（后排右边第二个）和家人

第二章 见证北美印第安人

"我以为我必须跳舞。"她在《帕瓦精神》(2003)中回顾道:"一开始我被那盛装和喧闹声吓坏了。但我还是记得,我们的前辈多马尼奇·查利叔叔和奥古斯特·杰克叔叔在舞台上唱斯夸米什族歌,跳斯夸米什族舞。"

1958年之后,斯夸米什族有30年不再举行帕瓦仪式。直到纳哈尼的女儿6岁时自发地跳起舞来,她才开始研究本族文化中的传统舞蹈。有两年时间纳哈尼到处举行帕瓦仪式。1987年她参与创建了斯夸米什族舞者组织,之后在1988年组织了一场斯夸米什族帕瓦仪式复兴活动。

她说:"老一辈告诉我他们想要复兴帕瓦仪式,我们年轻人可以做这件事。"如今,一年一度为期三天的斯夸米什族的帕瓦仪式吸引了200多名舞者和多达4 000名观众。纳哈尼和凯·约翰斯顿合著的《帕瓦精神》是纳哈尼对帕瓦舞和其传统的介绍和崇拜。

菲利普·凯文·保罗

菲利普·凯文·保罗是土著权益活动家菲利普·保罗族长的儿子,也是不列颠哥伦比亚印第安族长联盟和土著兄弟联盟的创始人之一。他在萨尼奇半岛长大,现在仍然住在那儿。

保罗在维多利亚大学获得硕士学位。在《从山上记录下的这些名字》(2003)出版之前,他的作品已经出现在各种各样的人种志学方面的书籍中。该书获得多萝茜·李夫西不列颠哥伦比亚作家最佳诗集奖。书中大部分诗是关于死亡和家庭关系的,比如短诗《病人》:

> 我治愈母亲/通过/与她一起坐在房间。
> 　　我们一起慢慢/喝了三杯茶/在祈祷中治愈她。
> 　　在医院的两个月/她只想了解/关于我们房子的一些细节。
> 　　我们闭上眼睛/看/每一个房间。

2004年5月1日,保罗在维多利亚总督官

菲利普·凯文·保罗

邸接受李夫西奖,他用英语和传统的萨尼奇语发表演讲。他把自己的处女作诗集描述成一首送给萨尼奇族人和父母的挽歌,并向拥有诗歌情结的养父母帕特里克·莱恩和洛娜·克罗泽致谢。

他是位轻量级业余拳手,在加拿大位列十三,在不列颠哥伦比亚位列第五。他在萨尼奇成人教育中心任教员,如今住在布伦特伍德湾的土著家园。

玛丽亚·博兰兹

玛丽亚·博兰兹

玛丽亚·博兰兹和格洛丽亚·C.威廉斯母女在《特林吉特艺术:图腾柱和阿拉斯加印第安人的艺术》(2003)中研究了有室内柱子、正门及独立图腾柱的特林吉特雕刻艺术的价值所在。阿拉斯加的主要居民是特林吉特人,塔库特林吉特主要位于不列颠哥伦比亚的阿特林。

玛丽亚·博兰兹是布莱克富特族后裔,因为嫁给一个特林吉特人,她成了加拿大塔吉什土著族成员和阿拉斯加库克湾地区公司的成员。她在俄亥俄州牛津西部学院获得文学学士学位,在斯坦福大学获得文学硕士学位,退休后她又在阿拉斯加大学的人种志学专业获得一个学位。

她的女儿格洛丽亚·威廉斯是加拿大塔库特林吉特族人,也是阿拉斯加东南地区特林基特/海达族及库克湾地区公司(这个公司的建立与阿拉斯加境内印第安土地索赔问题有关)的成员。从阿拉斯加大学毕业后,她在安克雷奇的阿拉斯加土著民医疗中心工作。

第二章 见证北美印第安人

阿格尼丝·艾尔弗雷德

卡瓦卡瓦卡母系氏族第一部作为现实的写照的自传体著作是《划到我站的地方,阿格尼丝·艾尔弗雷德:克维克瓦苏季努乌的贵妇人》,该书回忆了卡瓦卡瓦卡族一位故事讲述者阿格尼丝·艾尔弗雷德(1890?—1992)的一生和其所生活的时代。1922年,阿格尼丝·艾尔弗雷德因参加一次冬季赠礼节而被捕。该书由她的孙女黛西·塞维德·史密斯和玛蒂娜·J.里德一起翻译和改编。

阿格尼丝·艾尔弗雷德相当长寿,在克维克瓦苏季努乌族是位贵族女性,这使得她掌握了相当多的传统知识,她被人们尊崇为联系自然界世俗人类与超自然神圣王国的中间人。阿格尼丝·艾尔弗雷德不会讲英语,也没受过任何西方教育,但在记忆神话、圣歌和历史资料与讲故事方面很有才华。

维利奇岛的一块石头上记载了阿格尼丝·艾尔弗雷德的诞生。孩提时,她皈依基督教,但后来她认为自己的责任在于把自己知道的传统知识传授给年轻的一代,比如,在"神话时期"这一章节,她讲述了一个被拉入地下世界与比目鱼族一起生活的女孩的故事。多年后,这个女孩伸手抓住父亲的比目鱼钩,得以回到父母身边。

1975年,法国出生的玛蒂娜·里德来到不列颠哥伦比亚大学攻读哲学博士学位,她开始参加一个土著民文化遗产保护的项目,认识了"艾尔弗雷德太太"。里德遇见阿格尼丝·艾尔弗雷德时,阿格尼丝是个大约80岁的老寡妇,一个人独居

阿格尼丝·艾尔弗雷德

在丈夫为她和 13 个孩子修建的位于艾伯特湾的大房子里。她习惯了在每年秋冬两季去看望位于坎贝尔里弗或别的什么地方的亲戚和子孙。

里德会陪着她进行一年一度的旅行,她遇到了维多利亚大学卡瓦卡瓦卡语教师黛西·塞维德·史密斯。最终这三个女人一起合作,艾尔弗雷德太太口述,黛西·塞维德·史密斯负责翻译,玛蒂娜·里德负责抄写和编辑,完成了她的回忆录。

阿格尼丝·艾尔弗雷德的声音时而严肃又不失幽默,时而精辟又充满诗意,被清晰地记录下来。

"可怜的我;年纪很小就结婚了……他们立即带着我离开,把我带到伐木营地……那时,我差不多只有 12 岁、13 岁,连月经都没来呢,真的是很小。我是结婚很长一段时间后才开始来月经的。"

"成为女人"一章描述了艾尔弗雷德开始来月经和标志她成为女人的一场精心组织的仪式的过程。有 12 天,她没有干任何家务,躲在房间一个角落的窗帘后。她坐在那(戴着贵族的帽子),由母亲和族里的长者们照顾。

E. 理查德·阿特莱奥

20 世纪 70 年代中期,
E. 理查德·阿特莱奥
在阿霍塞特

世袭族长 E. 理查德·阿特莱奥的努恰纳尔什族名字叫乌米克,在马拉斯皮纳大学土著研究系教书。他是克拉阔特湾可持续森林实践项目科学委员会的联合主席。在《察沃克:努恰纳尔什人的世界观》(2004)一书中,他介绍了源自努恰纳尔什故事的本体论。察沃克基本意思是"一",概述了把宇宙理解为一个完整而有序的整体,表达为"赫舒克什沙沃克"——整体为一。里面的章节有,察沃克:故事和真实的本质及雷文的儿子如何抓住"白天";乌特尔–克拉·赫瓦:为平衡而斗争;萨塔–察·图卢赫哈:婚姻;穆基斯-海切尔斯:变革家;苏查·特劳克-夸:卑微的请愿书;努坡·赫舒什:记得我;乌特尔-蓬·赫舒克什·察沃克:归一。

克里斯·博斯

克里斯·博斯,恩拉卡帕穆克斯人,音乐家及艺术家,于1970年3月27日出生于不列颠哥伦比亚梅里特市。恩拉卡帕穆克斯人原来被称为斯普祖姆地区的汤普森人。博斯把他自己描述为曾是一个不折不扣的素食主义者,从不喝酒、抽烟,也不沾染毒品。当有人告诉他土著民的土地被一些种植咖啡的人占领后,曾有段时间,他甚至连咖啡也不喝了。

他曾做过工匠,电台 DJ、书店的职员,是当地大学学生会的主席,也曾在农场当过劳工,无家可归。他曾在瑞典的斯德哥尔摩和得克萨斯州的奥斯汀住过。他原创的非虚构故事,也称为小说《地狱》(2004)反映了一个年轻人在面对存在的问题和文化适应困扰时的挣扎。博斯的作品出现在大量的选集中。他曾发行过几张 CD,现在"靠补助金、布施、在郊区狩猎和采集为生"。

克里斯·博斯

哈罗德·尤斯塔什

哈罗德·尤斯塔什是北汤普森印第安分支的舒斯瓦普族人。在他的第一部小说《舒斯瓦普之旅》中,他讲述了一个发生在殖民时期早期的传统故事。该故事讲述的是一个舒

哈罗德·尤斯塔什

斯瓦普族女人被一伙人从落基山脉诱拐的故事。一个族长的女儿讲述了父亲在落基山脉寻找她时所面临的困境。这个故事来自于他的祖奶奶。奥古丝塔·塔帕奇在她的回忆录《奥古斯塔的时光》中证实了这些诱拐事件。

约瑟夫·奥康纳

约瑟夫·奥康纳（生于1948年）、娜塔莎·内茨奇·戴维斯（生于1971年）和劳埃德·多尔哈（生于1960年）把《土著民的鼓声》报纸上的新闻文章合编成一本选集叫《发自内心的烟雾信号》。

对于加拿大80万土著民来说《土著民的鼓声》是他们与外界联系的重要途径。这是一份全国性的报纸，在过去14年里，该报介绍了很多土著民中楷模般的人物，如，巴菲·圣玛丽、演员亚当·比奇、曲棍球运动员约尔丁·托茨、艺术家比尔·里德和罗伯特·戴维森、吉他手兼作曲家罗比·罗伯逊。2000年的一篇封面故事讲述了关于市中心东部失踪妇女的专题特写——其中大多是土著妇女——那是对《土著民的鼓声》1997年妇女失踪案件的追踪报道。另一个封面是戈登·坎贝尔总理的肖像，他留着希特勒式的小胡子，穿着盖世太保式的套装，拿着"我的选票"，那是不列颠哥伦比亚民众为回应土著民的土地宣言而进行的公众投票，但那次投票的结果有一定的争议性。

《发自内心的烟雾信号》回顾了奥卡、伊佩沃什和古斯塔夫森湖的冲突，回顾了1997年德尔加穆乌克决议，回顾了长者们、野马、莫霍克族的钢铁工人和卢比肯克里族联合抵制卡尔加里奥运会，回顾了帕瓦仪式、土著帮派、大草原上的三K党。书中记录的哥伦比亚不列颠女性有库特奈族长索菲·皮埃尔、舞蹈演员和模特特雷莎·杜查姆、电影制片人巴布·克兰默和主持了兄弟罗伊·亨利·维克斯首次艺术展的心理治疗师玛格丽特·维克斯。

M.简·史密斯

M.简·史密斯来自野狼部落的威卡克斯族。她是传统吉克桑族故事讲述者,也是西玛尔加克斯语教师。她讲故事的本领是小时候夏天在斯基纳河捕鱼营地学到的。白天,奶奶给她讲关于骗子雷文和纳克诺克鸟的故事,晚上叔叔和爷爷们回来后,她又可以听到更多的故事。她说:"就是那时候起,我才一点一点地自信起来的。"

尽管一开始史密斯不太愿意承担记录口述历史的责任,后来,长者们鼓励她,告诉她这些故事像族长的徽章一样需要珍惜和保存,她也就接受了。她说:"讲故事时你得相信故事的来源,听的人就会认为他们听到的是一直追溯到元初时的故事。"《回归的羽毛:五个吉克桑族的故事》(2004)中的标题取名于一位族长头饰上脱落的羽毛,反映了她对长者的尊敬。

史密斯说:"我曾用科学的思维来思考这些故事,认为它们不可能发生……当我从内心接受并相信这些故事,把它们运用到生活中时,我明白自己就是个故事讲述者。我是众多故事讲述人中的一位,我希望人们提到我时,能说我讲的故事不错。"

《回归的羽毛》中的插画是由吉克桑族艺术家肯·莫瓦特所画。他是位于黑泽尔顿的克桑学校的丝网印刷与雕刻教师,在吉坦玛克斯长大,也是乔卡斯利家族的成员。

M.简·史密斯

加拿大文学起源 土著文化

路易丝·巴尔贝蒂

路易丝·巴尔贝蒂

路易丝·巴尔贝蒂是海斯拉部族中的记录员,在过去几十年里与许多的语言学家和人种志学者们一起工作,参与创作、编辑并促成了《我们就是历史:海斯拉族遗产赞歌》(2005)的出版。

在她口述的部落传统法律"海斯拉·努耶姆"的序言中,巴尔贝蒂写道:"我的名字叫阿玛斯·阿代克,但这只是我的教名。退休后,我的名字叫阿基吉斯。差不多70年前,我出生在这片保留地。那个时候,海斯拉族的老老少少都遵守我们的法律努耶姆,我听着祖母讲的故事长大,后来母亲也通过老故事给我讲律法努耶姆。努西·安拉努乌·瓦加努特兰乌,他们每晚都给我们讲那些故事。我们的律法努耶姆现在仍然很重要,年轻人仍需要学习我们的律法努耶姆,这也是我把它写下来的原因。律法努耶姆能让我们像祖先一样的强大能干。"

女族长路易丝·巴尔贝蒂于1936年出生于基塔玛特村,是族长科西的妹妹,也是保护基洛普地区运动的领导人之一。

汤姆森·海威

受加拿大西部歌剧院和赛克韦佩姆文化教育协会委托,汤姆森·海威的剧作《欧内斯廷·舒斯瓦普捕获鳟鱼》(2005)得以发行。故事以1910年总理威尔弗里德·劳雷尔出访汤普森河谷时的不列颠哥伦比亚为背景。剧中的主要人物是代表四个季节的四个女人,她们为劳雷尔的到来准备盛宴。汤姆森·海威与不列颠哥伦比亚基本上没有什么关联,只是为了帮忙创作卡巴莱式的戏剧才来到了坎卢普斯,该剧2004年由一群土著演员进行了首演。这是一场长达一小时的精彩表演!由汤姆森·尚德尔执导,盖德威电影公司于2004年出品的电视纪录片《欧内斯廷·舒斯瓦普捕获鳟鱼》,简直是一场视觉盛宴!导演曾经这样描述他的作品:"在让人感觉轻松滑稽的同时又能立刻让人愤怒。"

《欧内斯廷·舒斯瓦普捕获鳟鱼》的上演标志着詹姆斯·泰特1910年代表汤普森河流域的14位族长为维护他们拥有土地和资源的集体利益而签署的条约的重要性。

《欧内斯廷·舒斯瓦普捕获鳟鱼》以调侃的语言表述舒斯瓦普精神,在戏剧风格上达到了海威先前戏剧《玫瑰》的高度。《玫瑰》是他以瓦塞奇甘山保留地为背景的《雷兹》三部曲中的第三部,其他两部是《雷兹姐妹》(1986)和《嘴唇干裂应该去卡普斯卡辛》(1989)。他给《玫瑰》的出品建议是:"想象一群只有差不多5岁的孩子,在装满旧衣服和旧东西的柜子玩耍的情境……"

2005年由汤姆森·海威创作,在贝尔弗里剧院上演的《欧内斯廷·舒斯瓦普捕获鳟鱼》中珍妮特·迈克尔和莉萨·达林等待总理劳雷尔的剧照

"最后一个、老掉牙的——也是最烦人——的问题:'难道只有土著民

才能演土著戏剧吗？'（对我来说就好像是：只有意大利演员才能演意大利角色吗？或者想想普利斯制片公司呈现在《母亲的勇气》中由贝托尔特·布莱希特塑造的一个全德国场景，只有德国人才适合。）"

为了解释清楚在"只有土著民能扮演"这件事上的感觉，海威从一个克里族人的内心深处表达了祈求不要再谈什么政治正确性，如果没有其他原因，谈这些还不如让他多创作几个剧本。

汤姆森·海威于1951年出生于马尼托巴省布罗谢附近玛丽亚湖旁的一个帐篷里，是家中12个孩子中的第11个。在过了6年的克里游牧生活后，他在帕斯的一所寄宿学校上学。在那里，他对音乐的最初了解让他有了成为音乐会钢琴家的理想。他为土著剧院和土著民节日创作音乐，于1984年加入多伦多土著艺术表演公司。他弟弟雷内也是一位舞蹈家和舞蹈编导，他们一起合作。两兄弟都是公开的同性恋者。汤姆森·海威唯一的小说《毛皮女王之吻》(1998)取材于导致他弟弟雷内死亡的艾滋病事件。

海威曾两次获得多拉·梅弗·穆尔奖，是加拿大最知名的土著剧作家，是第一个获得加拿大荣誉勋章的土著作家。

1910年坎卢普斯的路易斯·莱克斯肯族长向威尔弗里德·劳雷尔总理致欢迎词，演讲稿由詹姆斯·泰特完成。他是这样说的：

"欢迎你来到这儿。我们对能在我们的家园见到你，特别高兴。我们希望你能对我们感兴趣，对我们目前的生活环境能够全面了解。当白人来这之前，这里只有印第安人。他们发现每个部落都珍惜自己的领土，每个部落之间有大家都知道并认可的边界。每个部落的领土就像一个很大的农场或牧场（属于这个部落的每一个人）……"

"他们（由詹姆斯·道格拉斯派来的政府官员）说，政府会为我们南部内陆部落打桩划出一块非常大的保留地，保留地以外我们部落的土地由政府购买，让白人居住。他们让我们相信这一切很快可以实现。同时他们还让我们相信：哪怕保留地分离了，我们的土地定下来了，我们仍是完全自由的，可以自由旅行、可以自由扎营，可以像远古时那样到我们想去的任何地方打猎、捕鱼和采集食物。让我们相信，对于所有的山路、土地、水域及木材，我们都可以像以前那样自由地亲近。我们每个部落的族长们都同意这些条款，等着签约，把一切问题都解决。"

第二章 见证北美印第安人

1916年,詹姆斯·泰特(后排中间)陪同(后排的)埃利·拉鲁族长(舒斯瓦普)、约翰·泰特勒尼斯塔族长(汤普森)、托马斯·阿道夫族长(利卢埃特)、威廉·帕斯卡尔族长(利卢埃特)和(前排的)詹姆斯·雷塔斯基特族长(利卢埃特)、约翰尼·奇里查族长(奥卡诺根)、保罗·戴维族长(库特奈)和巴兹尔·戴维族长(舒斯瓦普)一同前往渥太华。

第三章

艺术家和雕刻师

埃伦·尼尔与她的"图腾园地"旅游设计,1950年

第三章　艺术家和雕刻师

弗朗西斯·巴蒂斯特

弗朗西斯·巴蒂斯特于1920年12月6日出生于奥利弗附近的因卡梅普保留地。他从爷爷巴蒂斯特·乔治族长那获得另一个名字希斯胡尔克，意思是"永远在运动，永远在前进"。1932年安东尼·沃尔什来到因卡梅普走读学校教书，成为那里的艺术老师。1934年，14岁的巴蒂斯特在艺术老师安东尼·沃尔什的帮助下，被选为一个土著故事出版物的插画师。两年后，他的画在英国伦敦皇家绘画协会的儿童绘画展中获奖。1940年，巴蒂斯特因对加拿大文化的贡献获得了天主教妇女联谊会颁发的约翰逊主教金奖。在爷爷的帮助下，巴蒂斯特在新墨西哥的圣菲学习了一年的艺术，继续展出他的艺术作品，署名为希斯胡尔克。

1941年，"七人联盟"中的艺术家劳伦·哈里斯赞助巴蒂斯特参加在安大略举行的加拿大艺术家峰会，一年后，随着安东尼·沃尔什参加二战离开，巴蒂斯特停止了画画。1942年，由沃尔什和因卡梅普的孩子们一起创作，加拿大艺术委员会出版，巴蒂斯特提供插画的《耶稣降生地的传说》发行了2 000本。该书的出版由爱丽丝·拉文希尔负责，是为了促进不列颠哥伦比亚土著民艺术才能的复苏和发展。在书中，他们把耶稣的出生地想象成奥卡诺根而不是伯利恒。

1944年的圣诞节，加拿大广播公司播出了《耶稣降生地的传说》。1951年，巴蒂斯特的一些画作被收入不列颠哥伦比亚档案馆。在他的儿子奥索尤斯印第安部落族长萨姆·巴蒂斯特的策划下，《耶稣降生地的传说》又得以重印。

查利·乔治

《索格威利斯》(1951)是一部夸扣特尔族的史诗，讲述了一位英雄如何遭遇超自然生物、如何娶了克拉奎克为妻和如何与他的对手，一位叫帕奎的老巫医斗争的故事。虽然理查德·格迪斯·拉奇医生被认定为该书的唯一作者,但鲁珀特堡杰出的雕刻师及艺术家查利·乔治也为这部史诗的创作做出了重大贡献。

查利·乔治为《索格威利斯》(1951)画的插画"被鲸劫持的克拉奎克"

根据拉奇的说法,20世纪早期,他的父亲(R. W.拉齐)收到了查利·乔治寄给他的《索格威利斯》中的33幅彩色画,当时乔治还年轻,在贝拉贝拉医院住院。小拉奇错误地将一些画作描述为"无疑是粗糙不堪的",并解释他如何从这些画作所配的文字中获得灵感。"多年后,我有幸与这位艺术家见面,并从他嘴里听到关于那些画作所表达的故事。这些画作作为民族学资料的价值是毋庸置疑的。大多数内容都源于查利·乔治讲述的原故事(《索格威利斯》中最主要的人物)。我后来又从其他印第安人那收录了另外两个故事,所有的故事都是关于夸扣特尔族的。"

多亏了民俗学研究者马里厄斯·巴尔博所做出的"中肯评价"。小拉奇继续将查利·乔治的故事融入他的叙述中,尝试"让该书树立民族学的正确性,又让读者感兴趣"。但是,作为该省最早的土著作家之一这一身份,查利·乔治从未得到认可。

第三章　艺术家和雕刻师 ●◎○

亨利·斯佩克

1964年3月25日至4月4日期间，亨利·斯佩克举办了首次画展，展出了40幅水彩画。为配合亨利·斯佩克的这次画展，新设计画廊公司出版了亨利·斯佩克的一本16页的小册子《夸扣特尔艺术》（温哥华：印第安设计有限公司，1963）。这本小册子是对夸扣特尔艺术进行认真讨论和促进其以商业目的进行印刷出品的最早尝试之一。

这本册子囊括了斯佩克对夸扣特尔族神话中超自然生物的描述——包括太子、海怪、大乌鸦、鹤、海狼、海狸、大比目鱼、海乌鸦、灰熊、青蛙、虎鲸、猫头鹰、狼、水獭、章鱼、海鹰、海王和西苏德——以及哥伦比亚人类学博物馆馆长奥德丽·霍桑的一篇文章《夸扣特尔艺术：背景及传统》。1964年，该书改变版式重新发行，售价1.5美元。读者可以买到所有艺术品的丝网绘本，规格是19×24.5厘米。斯佩克给渔船绘字，每个字母可以挣1美元。那之后，斯佩克成了詹姆斯·塞维德族长夸吉乌特尔在阿勒特贝大长屋项目的艺术总监。该项目于1965年完成。

1908年8月12日，斯佩克出生于特诺岛（也称为卡拉格威斯）。他在阿勒特贝寄宿学校上了两年学。他14岁开始跳舞，在叔叔鲍勃·哈里斯族长主持的一场冬季赠礼节上作为特洛齐斯族的哈马撒舞者首次进行了表演。1952年作为五旬节派教会的一员，斯佩克把基督神学与夸扣特尔族文化融入绘画。1961年，艺术品商人久洛·迈耶推销过这些绘画。作为一个雕刻师，斯佩克的作品曾在西蒙·弗雷泽大学考古学及人种学博物馆、埃德蒙顿梅多兰德公园购物中心及维多利亚博物馆进行展览。卡尔加里的格伦鲍艺术博物馆收藏有 200 多幅斯派克的水彩画。国家人类博物馆、坎贝尔里弗博物馆、圣地亚哥人类博物馆都收藏有斯佩克的作品。斯佩克的夸扣特尔语名字是奥西斯塔里斯,意思是"最伟大的人"。1971 年 5 月 27 日,斯佩克去世。

诺弗尔·莫里索

诺弗尔·莫里索是加拿大历史上最伟大的画家,被称为"北方的毕加索"。虽然他在不列颠哥伦比亚住了几十年,但由于他作品中体现的是奥吉布威精神,人们很少认为他是不列颠哥伦比亚人。

1932 年 3 月 14 日,诺弗尔·莫里索出生于安大略比尔德莫尔附近的桑德·波因特奥吉布威族保留地。因为一次发烧,母亲带他到一个女巫医那里治疗,他就有了阿赫内希纳帕伊这个名字,意思是铜雷鸟。有些长者觉得他不配拥有这么强悍的名字。后来他却恢复如初,并由爷爷介绍加入奥吉布威萨满教。

莫里索主要由爷爷奶奶抚养长大。20 世纪 50 年代,他在罗马天主教寄宿学校受到性虐待并因肺结核而住院。患病期间,他开始把他的幻想画在桦树皮和纸盒上。20 世纪 60 年代他走访了加拿大和明尼苏达州北部土著社区,从社区年长者那儿收集资料,扩充知识,逐渐成长为一名画家和萨满巫师。莫里索是伍德兰画派或伍德兰绘画风格的创始人,该画派也称为传奇艺术或医学艺术画法。他是位充满幻想的星际旅行家,他描绘出自己的幻想和一些之前以口头形式流传下来的奥吉布威族故事和传说。莫里索的画作都会署名为铜雷鸟,用其克里族妻子教的克里族音节注音。

1962 年多伦多艺术馆的老板杰克·波洛克在北安大略旅行时遇见了莫里索,后来很快在多伦多给莫里索举办了他的第一次个人画展。他的所有画作第一天就卖光了。莫里索和一位来自桑迪湖的朋友,克里族学徒卡尔·雷,一起为在蒙特利尔举办的 67 届博览会上的加拿大土著馆作了一幅巨大的壁画。1972 年在温哥华一家旅馆失火事件中,莫里索差点丧命,从烧伤中恢复后,他开始信奉基督教,这在他的艺术作品中有所

第三章 艺术家和雕刻师 ●◎●

诺弗尔·莫里索

体现。1978年他获得加拿大勋章,对加拿大土著艺术家的作品产生了深远的影响,特别是达芙妮·奥德吉格、杰克逊·比尔迪和乔希姆·卡克加米克。2000年,在彭蒂克顿恩·奥金中心,莫里索被誉为"横跨传统艺术与现代西方画作的桥梁"。

与家人分离后,他一生中的大部分时间都在吸食可卡因、酗酒。20世纪80年代晚期到90年代早期他流浪在温哥华街头,直到得到加博尔·瓦达斯的照顾才搬去了纳奈莫。加博尔·瓦达斯是莫里索在1987年遇到的一个先前流浪街头的孩子。加拿大广播公司《时代与生活》栏目播出的纪录片《不同的现实:诺弗尔·莫里索的生活和时代》(2005)专题介绍了莫里索和加博尔·瓦达斯的关系。作家兼导演保罗·卡瓦略说:"从一开始,莫里索就承担起了保护其民族故事和神话的重任。他从未动摇过,尽管他的生活如此潦倒,他还是带着一种难以想象的使命感挺过来了。"

在加博尔·瓦达斯和妻子的陪伴下,1991年莫里索戒掉了酒瘾(装上了一口新牙)。但1996年他中风了,2000年后,他不再画画。因受帕金森综合征的折磨,他住在纳奈莫护理中心,只能坐在轮椅上。1974年博西画廊在温哥华举行了莫里索个人作品展。他也是唯一受邀参加1989年在巴黎庞皮多博物馆举办的纪念法国大革命两百周年"地球魔法师展"的加拿大画家。2004年莫里索缺席了被邀参加的桑德贝市的星光大道,2006年他的作品成了国家美术馆回顾展的主题。

作为一位作家,莫里索还为《温迪戈和奥吉布威族的其他传说》(1969)画插图。但因为业务谈判中出现了挫折,几乎没有书能成功出版。其他一些作品包括《吾族之传说:伟大的奥吉布威人》(1965)、《长屋发明之旅》(1997)。后来《长屋发明之旅》又经改写,重新以《诺弗尔·莫里索:回到长屋发明》出版发行。他之前的经理杰克·波洛克与利斯特·辛克莱合编了《诺弗尔·莫里索艺术》(1979)。

莎拉因·斯图普

莎拉因·斯图普所著的唯一作品《我的族人在沉睡》(1970)被描述为莎拉因·斯图普的民族诗歌绘画。该书是以迎合市场为目的,书中那少许文字只是图片的注解。作为献给巴尔斯牧场的乔治·查塔韦夫人的一本书,"她对我们民族的艺术和福利一直很感兴趣",这些画和那些支离破碎的叙述反映了一种希望从痛苦和压迫中暂时解救出来的强烈愿望。"有时我也想睡着,"他写道,"闭上眼,什么也不看。"

莎拉因·斯图普

斯图普是1945年出生于怀俄明弗里蒙特附近的肖肖尼保留地的克里族肖肖尼艺术家。他的土著名字索克·阿·乔·乌,意思是"拉船的人"。斯图普很小时就开始模仿其他土著画家在杂货包装纸上画画。

1964年搬到了艾伯塔的巴尔斯农场后,他收集了许多原创的画及画评,并随身带到温哥华岛。其公司总部位于悉尼,出版商格雷·坎贝尔也来自于艾伯塔。他已经成功地推销了乔治·克拉特西的作品,认为斯图普的作品应该也会畅销,于是出版了斯图普的三本画集。

莎拉因·斯图普和乔治·克拉特西的一些艺术作品可以在维多利亚大学珍藏的格雷·坎贝尔的著作中找到。

尽管斯图普未接受过正式的专业训练,他还是于1972年12月成为萨斯卡顿印第安艺术项目艺术部的主管。作为一名教师,斯图普注重让学生认识土著历史,有意识地培养学生的土著文化自豪感。斯图普是美洲印第安艺术历史协会的会员,参与编辑杂志《维维什之树》。他分别在班芙、怀俄明、蒙特利尔、卡尔加里和皇家安大略博物馆举办过个人雕刻和绘画作品展。他还在萨斯喀彻温省1973年发行的电影《异形雷霆》中扮演了一个梅蒂斯侦查员。

第三章 艺术家和雕刻师

1974年12月20日,斯图普在墨西哥城附近溺水而亡。他那拖沓式的创作风格有一种神秘的呼唤力量,一直萦绕在我们耳畔,挥之不去。

"这是恐怖的,有时/我听到他们的呼唤/如美洲豹轻轻一跃,让我离开地面/一个人/有些疯狂/直到我接近太阳之父/发现自己又在/一个新的地方。"

随着戴维·戴和玛丽莲·鲍尔林合编的加拿大土著诗歌集《众多的声音》(J. J. 道格拉斯,1977)的发行,有人试图为奖励"在诗歌方面取得成就的加拿大印第安人"设立一年一度的莎拉因·斯图普奖,但该想法很快就消失了。

莎拉因·斯图普的《我的族人在沉睡》

达芙妮·奥德吉格

我已经跨越太多的障碍——偏见——我已经打败了这一切,这些事对我而言已经不算大事了。

——达芙妮·奥德吉格,《春分杂志》

尽管从20世纪70年代晚期,达芙妮·奥德吉格·比冯把工作室建在舒斯瓦普湖旁一个度假胜地安格拉蒙特镇,与其同行艺术家诺弗尔·莫里索一样,很少有人把她看作是不列颠哥伦比亚人。最近她搬到了彭蒂克顿。同样的,作为一个视觉艺术家,也很少有人把她看作是《纳纳布什故事集:印第安儿童传奇故事》(1971)、《手中的画笔》(1993)和《奥德吉格:1985—2000 达芙妮·奥德吉格的艺术》(2000)的作者。

1919年9月11日,达芙妮·奥德吉格出生于马尼托巴省马尼图林岛维克维米孔印第安保留地。她是家中的第一个孩子,父亲是富有的牛奶场场主多米尼克·奥德吉格;母亲是来自英国的乔伊斯·皮斯,在战争时期嫁给了他父亲。达芙妮是波塔瓦托米族混血儿,既有奥达瓦血统又有英国血统。在战胜了急性关节风湿病后,她开始接触艺术,从爷爷那儿学习素描。爷爷是位保留地的墓碑雕刻师。她基本上是自学成才,自从承担起照顾生病的母亲后,就再没回到学校。

1938年,母亲和爷爷相继去世,18岁的奥德吉格被外婆带到保留地外的帕里·桑德。外婆是英国人,不太认同土著保留地的生活方式。她后来回忆道:"我了解到大家都认为我那个民族的人都是些酒鬼,很懒惰,不够光明正大,也不值得信赖。我开始担心起我的肤色来。"她于是把名字换成了费希尔,这是她奥达瓦族名奥德吉格的英译名。第二次世界大战爆发后,她在多伦多一家军工厂找了份工作。后来她来到了不列颠哥伦比亚,嫁给保罗·萨默维尔,他们有两个儿子。

1997年达芙妮·奥德吉格的画在温尼伯展出,
警察缉捕队对一些插画中出现生殖器官提出了反对

1960年,达芙妮的丈夫在一场摩托车事故中丧生,在那之后,她一直住在不列颠哥伦比亚。奥德吉格在弗雷泽山谷种草莓,白天在果园干农活,晚上画画。1963年,她嫁给切斯特·比冯。两年后搬到马尼托巴省北部。奥德吉格越来越受克里族所面临困境的困扰,她在画作中表达了这种苦恼,其中特别有名的画作是《善与恶的斗争》和《永恒的挣扎》。

第三章 艺术家和雕刻师

达芙妮的作品引起了温尼伯收藏家赫伯特·施瓦茨的关注。施瓦茨曾与艺术家诺弗尔·莫里索一起记录奥吉布威族的传说。随后,奥德吉格与施瓦茨合著了《纳纳布什故事集》,包含10个儿童故事,有些故事是关于奥吉布威族文化中的一个叫纳纳布什的骗子。这些故事以单本的形式多次重印。

另外,1972年,奥德吉格的作品与杰克逊·比尔迪和亚力克斯·詹维尔的作品一起在温尼伯艺术馆展出。这次的展出被誉为是土著艺术家第一次在加拿大公共艺术馆展览,而不是像以前一样只出现在博物馆。

20世纪70年代,委托奥德吉格画的作品《地球母亲》在日本举办的第70届博览会上展出后,她用立体派画法画的土著作品越来越受人们的欢迎。1976年,她和比冯卖掉了在温尼伯的小画廊,回到不列颠哥伦比亚。在安格拉蒙特居住期间,她先在附近租了一所房子作为工作室,后来扩大规模,又自己建了一个工作室。

1978年,奥德吉格的作品受到国家艺术中心的好评,她也成了全国知名画家。在20世纪70年代,她参与创建印第安本土艺术家公司、加拿大印第安印刷公司和货栈画廊,并在加拿大土著艺术家协会担任顾问。印第安本土艺术家公司成立于1972年,又称为"印第安七人联盟",由奥德吉格、杰克逊·比尔迪、卡尔·雷、约瑟夫·桑切斯、埃迪·科比尼丝、诺弗尔·莫里索和亚历克斯·詹维尔组成。

长久以来,评论家们总是把奥德吉格的艺术与新伍德兰画派联系在一起。第一个这样做的是诺弗尔·莫里索,但奥德吉格自己反对这样划分,她说她的作品融入了女性与家庭的重要性,有很强的立体派成分,并非都涉及神圣的图画文字和精神追求。

奥德吉格曾被巴勃罗·毕加索喻为"杰出的艺术家"。她获得劳伦森大学(1982)、多伦多大学(1985)、尼皮辛大学(1991)和奥卡诺根大学(2002)的荣誉学位。1986年奥德吉格成为由法国昂蒂布毕加索博物馆挑选的四大艺

术家之一,为毕加索画纪念画。奥德吉格获得加拿大荣誉勋章(1986)并于1989年入选加入加拿大皇家艺术科学院。1998年在绘画事业快要走向尽头时,她获得了国家土著民艺术文化成就奖。奥德吉格被奥吉布威族誉为长者,被授予圣鹰羽毛,而奥吉布威文化也正是其作品灵感之源。

比尔·里德

> 海达人有海达人的方式生活,我有我的方式生活。
> ——比尔·里德

尽管比尔·里德(威廉·罗纳德)是位颇有造诣的作家,但人们首先把他看作是北美最重要的土著雕刻家之一。1995年,他雕刻了坐落于华盛顿特区加拿大使馆的玉雕《海达瓜依精神》第二版,温哥华国际机场付给了他300万加元酬金。

1985年,比尔·里德在不列颠哥伦比亚图书奖颁奖典礼上做关于"蝗灾"的报告

比尔·里德的母亲索菲是来自斯基德盖特的海达人,父亲比利·里德是拥有苏格兰血统和德国血统的加拿大人。1919年比尔的父母结婚,后来很快就分居。里德出生于1920年1月12日,和妹妹佩姬在维多利亚长大。虽然由母亲带大,但他也曾在父亲经营有几个旅馆的阿拉斯加边境小镇海德镇上生活过一段时间。13岁后,比尔·里德再也没见过父亲。

1943年,里德回到母亲的家乡斯基德盖特,看到外公查尔斯·格拉德斯通用银和泥质板岩创作传统的海达主题画。格拉德斯通是从他舅舅——一位伟大的海达

第三章 艺术家和雕刻师

雕刻家查尔斯·埃登肖(1839—1920)那学得这门手艺的。

比尔·里德的第一份工作是在加拿大广播公司担任电台播音员,那时他18岁。1948年,他搬到多伦多,在担任电台编剧期间,他留意到一则瑞尔森理工学院珠宝制作课程的广告。随后,他接受金银首饰制作和雕刻培训,对海达艺术产生了极大的兴趣,特别是对查尔斯·埃登肖的作品。查尔斯·埃登肖的妹妹是他的曾外祖母。

1951年,里德回到温哥华,在一间地下室开设了一个小小的珠宝作坊,他的另一个身份是一名艺术家。1957年,他的艺术家之路迈向一个新的台阶。那时,省博物馆馆长威尔逊·达夫把他引荐给雕刻大师芒戈·马丁,从马丁那里他学会了木雕。在马丁的指导下,比尔·里德于1957年完成了第一个图腾柱的雕刻,但是后来里德声称马丁算不上他的导师。

芒戈·马丁,1949年

比尔·里德辞去在加拿大广播公司的工作后,于1958年至1962年间和夸扣特尔族雕刻大师道格·克兰默(那时一直住在维多利亚芒戈·马丁家里)一起工作,协助在不列颠哥伦比亚大学建了一个海达村。在哈里·霍索恩的邀请下他参与了斯坦利公园图腾柱的修复工作。后来,他又参加在伦敦艺术设计中心学校举行的培训,并接受了在蒙特利尔举办的第67届博览会组委会委任的一项工作。1978年,他为斯基德盖特族办公室雕刻了一个78英尺高的红雪松图腾。

渐渐地,比尔·里德声名鹊起,挣了不少钱,也获得了6所大学的荣誉学位。他最有名的作品是《海达瓜依精神》,一对19英尺的独木舟玉雕,一艘放在温哥华国际机场,另一艘在华盛顿特区加拿大大使馆。《深海中的主人》是放在温哥华公共水族馆的虎鲸木雕,《雷文与土著民》是一座放在哥伦比亚大学人种学博物馆重达4.5吨的黄杉木雕塑,以及为第86届世博会雕刻的具有海达风格的独木舟《卢塔斯》。

比尔·里德的《海达瓜依精神》印在了加拿大20加元的钞票上

里德曾画过咖啡画册,《边缘海岛》(1984)。让大家想不到的是里德于1985年出席了第一届不列颠哥伦比亚图书颁奖典礼,并获得罗德里克·海格·布朗图书奖,他让读者们想起了白人文明所造成的破坏,人们称之为"最糟糕的蝗虫瘟疫"。

比尔·里德一开始做电台播音员和编剧,这使他一生喜欢上了书籍和写作。《孤独的雷文:比尔·里德作品集》(2001)展示了比尔是一位社会经验丰富、具有灵性的艺术气质且多产的评论家。他为很多书画过插画,并与比尔·霍尔姆合著了《西北海岸的印第安艺术:工艺与美学的对话》(1984),与罗伯特·布林赫斯特合著《雷文偷光》。里德的作品还有《远离尘嚣》(1971)和《勇敢的野兽和巨人》(1992)。

在与帕金森综合征斗争了30年后,比尔·里德于1998年3月13日去世。在不列颠哥伦比亚大学举行的长达8小时追悼会上,聚集了1 000人。应里德的要求,他的骨灰埋在了外祖母出生地斯基德盖特附近的一个偏僻山村塔努。

关于里德作品的评论及名篇赏析有很多,其中就有玛丽亚·蒂皮特的传记《比尔·里德:成为一个印第安人》,这是一本有争议的书,它把那些力图神化里德的人拉回到现实。2004年9月29日,加拿大银行发行了2 500万面值20加元的纸币,纸币图案是包括《雷文与土著民》在内的里德四大作品。

第三章　艺术家和雕刻师

菲尔·纳伊藤和埃伦·尼尔

菲尔·纳伊藤是梅蒂斯人,他12岁开始跟着《图腾雕刻大师》(1982)记录的三大主要人物之一埃伦·尼尔学习雕刻。《图腾雕刻大师》是一本记录夸扣特尔雕刻大师查理·詹姆斯、埃伦·尼尔和芒戈·马丁生平及其作品的精美插画书籍。这三位大师是亲属关系,但不是同一代人。

大约1867年,查理·詹姆斯出生于华盛顿汤森港,1938年死于阿勒特贝。他的孙女,也是他的学生埃伦·梅·尼尔于1916年11月14日生于阿勒特贝,1966年2月3日去世。埃伦的舅舅芒戈·马丁是查理·詹姆斯的继子,大约1880年出生于鲁伯特堡,1962年8月16日在维多利亚去世。《图腾雕刻大师》中关于埃伦·尼尔的描写最有价值——尽管结局有些不幸。埃伦·尼尔是在温哥华通过商业模式售卖夸扣特尔艺术品的第一人。

尼尔精通英语和夸扣特尔语。她的父亲是查利·纽曼,奶奶是夸扣特尔人,爷爷是美国水手詹姆斯·纽曼,母亲露西·莱拉克·詹姆斯是查理·詹姆斯和非土著民苏拉·尼娜·芬利的女儿。埃伦·尼尔在阿勒特贝长大,1937年,她与有过犯罪前科的非土著民特德·尼尔生下儿子戴夫。1939年,她嫁给了那个男人。

1943年,尼尔一家搬到了温哥华。到1945年,家中又多了五个孩子。1946年从事钣金工的特德·尼尔首次中风,尼尔一家只得把在鲍威尔街的家变成作坊,埃伦·尼尔也肩负了养家的重任。为了给图腾之邦协会(公关部的哈里·迪克尔和梅厄·查利·汤普森创建起来的)设计会徽,尼尔给图腾柱设计了模型,这个图腾柱印在了协会信纸的信头,以此促进旅游发展。

杜克尔安排尼尔一家在斯坦利公园保丽娜·约翰逊坟墓附近的弗格森搭个了帐篷,公园管理者默许他们在那儿雕刻并出售雕刻作品。后来,这个销售点获得公园管委会的正式批准,成了一个永久的作坊及销售点。1947年人种志学者马里厄斯·巴尔博因写关于查理·詹姆斯的专题论文采访了埃伦·尼尔。尼尔给他提供的大量信息都出现在巴尔博著名的

加拿大文学起源 土著文化

学术著作《图腾柱》中。

1948年春天,不列颠哥伦比亚大学在阿卡迪亚营地举办有关土著印第安事务的会议,不列颠哥伦比亚大学校长诺曼·麦肯齐买下了尼尔第一个打磨了的图腾。这促使《温哥华报》把尼尔描述为"很可能是世界上唯一一位女性图腾雕刻大师"。在那以后,埃伦家庭经营的图腾艺术工作室给校友会送去一个16英尺高的雷鸟图腾作为礼物。这个图腾柱由阿勒特贝的威廉·斯科夫族长,不列颠哥伦比亚省土著兄弟联盟主席兼报纸《土著之声》的出版商,在6 000名球迷面前安放在不列颠哥伦比亚大学足球场。

斯科夫身着仪式盛装,授予不列颠哥伦比亚大学团队可以使用"雷鸟"这一称号的权利。他说:"这符合我族法律,也是首次使用这一名称。"

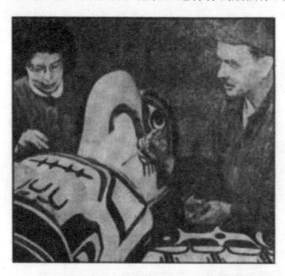

1948年土著兄弟联盟主席威廉·斯科夫族长将埃伦·尼尔和特德·尼尔雕刻的16英尺的图腾柱赠送给不列颠哥伦比亚大学校友会,并允许不列颠哥伦比亚大学的团队使用"雷鸟"这个名字

因为与哥伦比亚大学的关系,她受到邀请,在那个夏天把4个很大的夸扣特尔柱子从鲁伯特堡运回,其中有一根是在她出生前16年由查理·詹姆斯为人类学系及其系主任哈里·霍索恩雕刻的。尼尔渐渐认识到这项工作会影响她在斯坦利公园旅游品的销售,加之霍索恩有更宏大的计划,要复制那些快损坏的图腾柱,埃伦只有请求舅舅芒戈·马丁代表她完成不列颠哥伦比亚大学的工作。

1951年,马丁62岁,他非常高兴有机会展示从继父查理·詹姆斯那学来的手艺。查理曾教马丁用由神父艾尔弗雷德·詹姆斯·霍尔发明的夸扣特尔语标音法进行阅读和写作。芒戈

第三章 艺术家和雕刻师

马丁只能说些简单的英语,工资不高,尽管如此,他还是很开心能与妻子住在阿卡迪亚营地,整天为不列颠哥伦比亚大学雕刻一些图腾复制品,这期间他还雕刻了两根原创的图腾柱。奥德丽·霍索恩充满激情地说:"芒戈·马丁是我见过的最具有创造力的人。"

20世纪50年代,埃伦·尼尔拓宽生意渠道,比如给哈里森温泉酒店做门厅装饰、为温哥华旅游协会协办的一档美国电视节目雕刻图腾柱、为英国伦敦的贵族塞尔扣克小姐制作结婚礼物等。在20世纪50年代早期,尼尔一家在家族生意上打算扩大这种"呆瓜似"的生产,他们用保留在弗格森的作坊用来销售,在离家更近的地方建了新的作坊,与在格伦·大道348号的地下室作坊连成了一片。

这段时间,菲尔·纳伊藤在暑假期间都跟着尼尔一家学习雕刻。1953年,尼尔一家为位于哥本哈根的博物馆雕刻了一个11英尺的图腾柱。同年,芒戈·马丁为庆祝在维多利亚雷鸟公园的工作举办了一场盛大的冬季赠礼节。尽管在这次聚会中,尼尔家族的孩子们都有了夸扣特尔名字,但与传统价值相比,尼尔夫妇更看重商业价值。为了引起公众注意,戴维·尼尔16岁时受大家鼓励雕刻喜剧演员鲍勃·霍普的微型雕像,这是世界上最小的图腾柱。

1955年,尼尔一家为埃德蒙顿购物中心雕刻了五根图腾柱。在那之后,孩子们开始离开家了。1959年,特德·尼尔和埃伦·尼尔搬到了不列颠哥伦比亚的怀特罗克,1960年接受邀请来到安大略省斯特拉特福从事雕刻工作,后又回到不列颠哥伦比亚奥尔德格罗夫居住。1961年9月24岁的大儿子戴维在华盛顿的一场车祸中去世,在那以后埃伦·尼尔和特德·埃伦的身体每况愈下。

尼尔一家曾经能够完成哈得逊湾公司一份5 000个小型柱子的订单,但后来她的生意锐减,没有订单,混到只能在别人的作品上签名来卖,卖自己收藏的传统艺术品、素描本,甚至她的工具。1966年1月,她住进了温哥华总医院,医治无效去世,享年49岁。她的部分骨灰通过租来的飞机跨过约翰斯顿海峡撒到了麦克尼尔港附近的克拉克塞威河,另一部分葬在了阿勒特贝。

菲尔·纳伊藤出生在温哥华。也是在那儿接受的教育。菲尔住在北温哥华,是国际上公认的潜水员,也是水下技术的改革家。他写的《图腾雕刻大师们》主要记录了埃伦·尼尔的一生。作为一个土著民艺术家,埃伦·尼尔为后来自产自销的艺术家，如比尔·里德、罗勃特·戴维森、罗伊·亨利·维克斯、苏珊·普安等提供了一个有益的范例，千万不要太激进。其实，与百货商店和旅游用品店相比，高端艺术馆和产品定制更适合他们。

威利·西韦德

威利·西韦德出生在一处位于海岸边由厚雪松板子建的房子里，那里的人只知道独木舟这一种交通工具……他去世时，无人宇宙飞船已经登上了月球。

——迈克尔·M.埃姆斯

在20世纪，土著艺术家及其作品还没有广泛得到大家认可，威利·西韦德和其他同行夸扣特尔艺术家查理·詹姆斯、芒戈·马丁、海达艺术家查尔斯·埃登肖一样，创作出了与历史文化有着密切联系的作品。

威利·西韦德

大约1837年，西韦德出生于纽金特湾，他是纳克瓦克托克族的分支希拉马斯族的族长。在1884年至1951年，冬季赠礼节还没有合法化，他是这个节日的支持者。他作为一个雕刻家、歌手和故事讲述者，一直保持着其民族传统特征。

他的姓氏西韦德，据说来源于他的土著名字，意思是"许多人乘坐独木舟去参加冬季赠礼节"，但更多人通常译为"冒烟的山顶"，好像指的是火山。

1983—1984年，比尔·霍尔姆在华盛顿西雅图太平洋科学中心举办的展览"冒烟的山顶：威利·西韦德的艺术与时代"，让西韦德的雕刻声名大噪。通过这次展览，一本专门描写西韦德的书《冒烟的山

第三章 艺术家和雕刻师

顶:威利·西韦德的艺术与时代》(1983)问世了,还有一本是《变革时代的创新:夸扣特尔艺术大师威利·西韦德》(1992)。后来在1998年,西韦德的作品也出现在温哥华艺术馆举办的木质面具"来自灿烂的天空"展览会上。

1955年在与威尔逊·达夫的通信中,西韦德描述了他的族人是何时和如何搬到温哥华岛北端对岸大陆上的布伦登港。西韦德的族人把这个村庄叫作巴阿斯,人们总是把这个村庄与埃米莉·卡尔的一幅有名的水滨画联系在一起。1967年,西韦德在布伦登港去世。由米尔德丽德·瓦利·桑顿画的西韦德的肖像出现在《印第安生活与传说》中。

罗伊·亨利·维克斯

罗伊·亨利·维克斯1946年出生于不列颠哥伦比亚的格林威尔。母亲格雷斯·弗里曼是位有约克郡血统的教师。父亲阿瑟·维克斯是渔夫,有一半钦西安血统,一半海特塞克血统。爷爷亨利·维克斯是海特塞克族人,在离开贝拉贝拉后,娶了鲁伯特王子港附近多尔芬岛上的基特拉特卡村的一个钦西安姑娘。

罗伊·亨利·维克斯在基特拉特卡、黑泽尔顿和维多利亚长大。1965年从奥克贝中学毕业。在去北边位于斯基纳河的基坦玛克斯西北印第安艺术学校上学以前,他在维多利亚做消防员。

维克斯与罗伯特·戴维森和阿特·汤普森一起成立了西北土著民艺术家协会。1978年,维克斯与利亚纳·莱斯莉·维克斯结束了为期两年的婚姻,接下来捕了两年鱼。1980年,他搬到了托费诺。1978年,他的姐姐玛格丽特·露丝·维克斯在埃德蒙顿开了家鹰翔画廊。维克斯

罗伊·亨利·维克斯

的第一次作品展就是在那儿举办的。

维克斯的第一本画册《极限:罗伊·亨利·维克斯的艺术》(1988)非常畅销。第二本画册是《铜人:罗伊·亨利·维克斯的艺术》(2003)。他还为大卫·布沙尔的诗集《长者们在观望》(1990)画了25幅插画。

《精神转变:从树到图腾的旅程》(1996)中有鲍勃·赫杰拍摄的50张照片,记录了维克斯如何为1994年在维多利亚举行的英联邦运动会雕刻的30英尺高的鲑鱼图腾柱。这本书描述了维克斯如何从沃尔布兰河谷运回一根巨大的雪松,还描述了1992年他如何在亚利桑那的一所戒酒诊所戒掉从20世纪60年代晚期起就有的嗜酒恶习。

罗伊·亨利·维克斯赠送给不列颠哥伦比亚图书奖的"鹰圆"标志设计

在维多利亚附近的查特利普保留地居住期间,维克斯担任萨尼奇联邦中心建设项目的艺术顾问和温哥华国际机场改造工作的艺术指导。1987年,在温哥华举行的联邦政府首脑会议上,省政府为伊丽莎白女王二世献上维克斯的原创画作《族长的会晤》。1993年4月在温哥华峰会上,维克斯的画集《回家》被赠予美国总统比尔·克林顿和俄罗斯总统鲍里斯·叶利钦。

维克斯的有些画作标价在30 000加元以上。他的前妻以其作品部分灵感来源于自己为由对他进行起诉,要求分享他画作的收入,但败诉了。1991年,哥伦比亚省最高法院法官休·戴维斯裁定她到现在才要求执行1981年的裁决,这绝对不合理。

维克斯皈依了基督教,他说:"改变来自于对我们自己的理解。复活、文化、遗产、环境,这些都是本世纪最后一个十年里的关键词。"1993年6月,他给贝拉贝拉海尔苏克土著民的族长们送去了一个叫海特斯克的传统铜盾。他现在住在维多利亚附近的布伦特伍德湾。1986年他在托菲诺建了一个鹰巢画廊。1999年,他又在布伦特伍德湾建了罗伊·亨利·维克斯画廊。

第三章 艺术家和雕刻师

罗伯特·戴维森

> 我本想成为当代的艺术家,但后来发现我只是当代的海达艺术家。
> ——罗伯特·戴维森

罗伯特·戴维森1946年11月4日出生于阿拉斯加海达堡,在海达瓜依的马塞特长大。父亲是雕刻师克劳德·戴维森,爷爷是来自于卡扬镇的世袭族长兼雕刻师老罗伯特·戴维森,奶奶是弗洛伦斯·埃登肖。他与传奇人物海达雕刻师查尔斯·埃登肖和艾伯特·爱德华·埃登肖是亲戚。

罗伯特·戴维森是不列颠哥伦比亚最成功的土著艺术家之一。他的作品因为伊恩·M.汤姆编辑的《罗伯特·戴维森:黎明之鹰》(1993)和在温哥华艺术馆举行的大型展览,还有《鹰的变革:罗伯特·戴维森的艺术》而出名。

罗伯特·戴维森

1965年,戴维森搬到了温哥华。比尔·里德发现戴维森在温哥华一家百货公司搞雕刻展示,便收他为徒,戴维森跟着里德当了18个月的学徒。1969年,他在马塞特完成了人生中的第一根图腾柱雕刻,这是马塞特90多年来竖起的第一根图腾柱。从那以后戴维森又到纽约、都柏林、蒙特利尔和多伦多等地建造图腾柱。他还为迈特莱恩·亨特传媒公司位于多伦多的总部雕刻了一根图腾柱。1986年,他受百事可乐公司的委托,为纽约市郊的国际雕塑公园完成了称之为"虎鲸神话三部曲"的三根图腾柱的雕刻。

戴维森多才多艺,可以在砧板岩、金、银和木头上雕刻,在没有大型纪念雕刻工作时,他会雕刻面具和制作珠宝饰品。他还制作话筒,1984年就把一个话筒作为礼物送给了在温哥华的教皇约翰·保罗二世。

迈克尔·尼科尔·亚古拉纳斯

迈克尔·尼科尔·亚古拉纳斯自画像

迈克尔·尼科尔·亚古拉纳斯的《布莱克号的最后旅程》(2002)是一本讲述文明、伐木工作和雨林生态系统的神话史书。里面配有迈克尔自己画的日本卡通风格的插画,布莱克号代表着不列颠哥伦比亚的伐木业的衰败和让人难以理解的"海达勇士"。故事讲述的是沉睡的精灵平克·吉瑞被唤醒,努力拯救地球母亲。在《两个萨满斯人的故事》(2001)中,迈克尔通过合并不同方言的版本重新阐释了两兄弟游历于精神世界的海达故事。

作为漫画家,他挑战陈规,出版的作品有《雷文故事集1:没有坦克手的坦克》(1977)、《雷文故事集2:地狱的异种》(1987)、杂志《云杉之根》(1998—2002)、《诺你的遗嘱》(2002)、《温哥华精选集》(2002)、《权力是什么!》(2002)、《玛德堡》(2002)、《红线》(2003)和杂志《奇想》(2003)。

苏珊·普安

苏珊·普安于1952年出生于阿勒特贝。她是为数不多的土著女雕刻艺术大师之一，也是不列颠哥伦比亚最成功的土著艺术家之一。普安从小生长在弗雷泽河入海口附近的马斯魁姆保留地，直到9岁离家来到锡谢尔特寄宿学校，在那儿一待就是5年。她先是与母亲一起在罐头厂工作，后又做过多种文书工作。1981年，普安29岁，她参加温哥华社区学院开办的为期6周的珠宝制作课程。后来，不列颠哥伦比亚大学人类学家迈克尔·丘辅导普安学习了海岸萨利什族艺术遗产相关内容。

1982年起，普安多次举行了个人作品展。2000年，她获得了维多利亚大学荣誉博士学位。与她作品展览有关的出版物不计其数，其中由加里·怀亚特编著的《苏珊·普安：海岸萨利什族艺术家》(2002)介绍了普安在温哥华的一次展销会中展出的作品，包括珠宝、版画和纪念品雕塑。每个作品都附有普安自己的描述。

苏珊·普安在史密斯索尼亚学院美洲印第安国家博物馆

她写道:"海岸萨利什族艺术对于当代的大多数人而言是较为陌生的。因为自从欧洲人到来以后,这种艺术差不多快消失了。因为欧洲人最早就是在萨利什族的土地上定居下来,这给我们民族传统的生活带来了诸多不利的影响。"

海岸萨利什族艺术在梦想与愿景中所呈现出的神圣性也好,私密性也罢——无论是起到威胁作用,还是有益于艺术的发展——无论怎样那都是海岸萨利什族最重要的遗产。对普安而言,青蛙是儿时最重要的回忆象征,因为小时候,马斯魁姆族人一听到青蛙的歌声就知道春天来了。她的一件作品《歌唱的季节》雕刻的是5只青蛙,其眼睛是用银色镂空结构做成的。

苏珊·普安常常和一些建筑师合作,在一些大型的建筑上工作,其中就有在温哥华国际机场的柱子上安装欢迎来访者的大型门柱。

第四章

其他知名人士

基斯皮奥克斯的玛丽·约翰逊

第四章 其他知名人士

艾琳·安托万：艾琳·安托万与凯瑟琳·伯德、艾琳·希尔、米尔德丽德·马丁和弗洛伦斯·萨姆一起编著了《纳卡尔·邦·胡达科恩·布胡尼双语词典》(1991)。这是一本关于斯图尔特湖人及其语言的双语学生词典。这个项目由圣詹姆斯堡教师拜琳·希尔提议并负责的。这是内卡里尔人的第二部词典，第一部是 1974 年出版的《内卡里尔语双语词典》。

乔安·阿奇博尔德：乔安·阿奇博尔德是斯托·洛族人，在 1993 年至 2001 年间担任不列颠哥伦比亚大学土著建筑研究中心的主任。她还是《加拿大土著教育杂志》的编辑，因为在教育方面的突出贡献，她于 2000 年获得了国家土著教育成就奖。阿奇博尔德与土著研究中心的第一任主任韦尔娜·柯克内斯一起合著了《土著族长屋：远离家乡的家园》(2001)。

E. Y. 阿里马：努恰纳尔什的长者们及人种志学家们为《阿尔伯尼港至伦弗鲁port：西海岸民族杂记》收集了大量的口述历史。这本书是由阿里马、路易斯·克拉姆豪斯、乔舒亚·埃德加、查尔斯·琼斯、丹尼斯·圣·克莱尔和约翰·托马斯一起编著的。

迈克尔·布莱克斯托克：坎卢普斯吉特克桑部落的迈克尔·布莱克斯托克是位护林人，也是与土著族宇宙学相联系的媒介。他的书《森林中的面孔》(2001)研究的是树的艺术，书中列举了吉特克桑部落、尼斯加人、特林吉特人、卡里尔人和甸尼族领地中的树木。他还自己出版了《鲑鱼洄游：丰富多彩的土著生态诗歌集》，堪比一场神奇的土著生态盛宴。

约翰·博罗斯：1987 年，约翰·博罗斯获得了他五个学位中的第一个。2001 年，纳瓦斯族阿尼什纳贝律师约翰·博罗斯成为维多利亚大学法学院土著法庭法律基金会主席。他的著作《加拿大复兴：土著法复兴》(2002)成为加拿大政治学方面的畅销书，并因此获得了唐纳德·斯迈利奖。他写的书还有《土著法律：案例、素材和评论》(1998)。博罗斯是不列颠哥伦比亚大学土著民法学研究中心的第一位主任。博罗斯在奥斯古德法学院开设了土地、资源和土著民政府等课程。他教过 400 多名土著法学生，帮助多伦多大学土著法学院启动琼·卡尔伍德项目。2002 年，他获得国家土著民司法成就奖。

劳拉·玛丽·博伊德：博伊德是纳兹科族人，教达克尔语。她出版了《我和乌索》(1990)，讲述的是一个少女与奶奶一起用传统方式收集食物的故事。这个用乌尔卡特科卡里尔语和英语讲述的故事中包含了一份印第安冰淇淋食谱,这个食谱由贾尼·杰克、贝拉·利昂、格蒂·利昂、麦克·斯奎纳斯、罗斯·斯奎纳斯、吉米·斯蒂拉斯、利昂娜·托尼和珍妮弗·韦斯特从英语翻译而来。博伊德其他的儿童读物还有《我永久的家园》(1989)和《献给特别的人》(1991)。1998年,她在北不列颠哥伦比亚大学获得土著研究学士学位。

谢里尔·布鲁克斯:拥有斯托·洛血统的谢里尔·布鲁克斯和多琳·詹森一起编辑了《为我们还活着喝彩:不列颠哥伦比亚土著民族》(1991)。这是一本著作与艺术的合集,以《不列颠哥伦比亚研究》特刊(第89期)发行。

约翰·卡菲:约翰·卡菲和其他一些人一起为七年级学生编了一本关于17个塞韦佩姆原住民族群的课本《舒斯瓦普历史:首个百年交往》(1990)。

罗勒特·卡里胡:罗勒特·卡里胡10岁前叫罗勒特·罗耶,住在埃德蒙顿,那时他发现自己是个被收养的原住民,他找到父亲阿尔伯特·卡里胡并搬到保留地与其他亲属一起生活。后来,卡里胡在阿勒特贝担任尼姆普基什族委员会的管理人员,在此之前,他与罗勒特·亨特一起合著回忆录《被占领了的加拿大:一位白人青年探索不为人知的过去》(1991)。这本回忆录在1992年获得写实类作品总督奖。

尼古拉·I.坎贝尔:尼古拉·I.坎贝尔在不列颠哥伦比亚的尼古拉峡谷长大,拥有内萨利什和梅蒂斯血统,是不列颠哥伦比亚大学美术专业学生。她的第一本儿童读物《希·希·埃特科》(2005)中的插画由金·拉法夫所绘,该书描述了一个叫希·希·埃特科的年轻女孩(她爱在水中玩),被迫离家到寄宿学校的故事。离家前的最后四天,她在外边玩,倾听父母和爷爷奶奶的教诲,想把一切都装入自己的"记忆"袋中。

奥瑞·查利博伊:奥瑞·查利博伊写了一本有关当地历史的作品《齐·德尔·德尔:红石》(1991)在威廉斯莱克出版发行,在亚历克西斯克里克的原住民族齐·德尔·德尔也称之为红石族群。查利博伊一家在奇尔科庭西部非常有名,1998年欧文·查利博伊族长帮助史蒂芬·霍斯曼、欧文·查利博伊、乔伊丝·库珀、吉恩·库珀、埃德娜·卢卢阿、萨贺芬·威廉斯及迪克西·威廉斯、杰拉尔丁、所罗门和玛丽莲·查利博伊一起策划了第一届一年一度的齐·德尔·德尔马术比赛。

比尔·科恩:作为恩·奥金中心的毕业生、奥卡诺根族艺术家和教师,比尔·科恩探索并记录了延伸到第49平行线的奥卡诺根领土上原住民放牧和竞技的"印第安牛仔"传统。他的影集《相关故事和想象:马为人类所做的一切》(1998),包括 19 世纪晚期以来的相关照片。他还为埃伦·怀特的《库拉苏尔乌特Ⅱ》(1997)和乔丹·惠勒的《城市中的土拨鼠》(2000)这两本儿童读本画插图。

西奥·科林斯:西奥·科林斯是不列颠哥伦比亚大学一名土著法学专业学生。他为非专业人员准备了一份《锡谢尔特法令及其含义》(1988)导读。这是一份关于 1986 年印第安锡谢尔特族自治法令指南,共计 35 页。

玛格丽特·库克:玛格丽特·库克出生在特诺韦尔岛,在圣·迈克尔寄宿学校上学前,一直生长在大长屋,人们称之为阿勒特贝几代人的阿达("母亲")。她担任语言信息专家,为"学习卡瓦卡瓦卡"(1980—1991)系列语言和文化提供素材。乌米斯塔文化社团发行了光碟《那格瓦姆》(2000)专门纪念阿格尼丝·克兰默和玛格丽特·库克。她们都加入了阿勒特贝的英国圣公会(英国国教教会)。

做罐头时节的玛格丽特·库克

弗雷德·考特雷耶和玛丽·考特雷耶:弗雷德·考特雷耶和玛丽·考特雷耶把 1910—1930 年间在不列颠哥伦比亚东北部的丛林生活和在寄宿学校的生活都记录在与特伦斯·阿姆斯特朗合著的《烤驼鹿及玫瑰园:弗雷德和玛丽的故事》(1997)中,该书由马斯科蒂学习中心编制。

阿格尼丝·克兰默:阿勒特贝的阿格尼丝·克兰默继承了格湾蒂拉克这个名字,意思是"生来就贵重"(指的是财富方面)。弗朗兹·博厄斯多次来访,有一次就住在她家。后来,阿格尼丝·克兰默和她的表姐纳努(海伦·诺克斯)一起在一次冬季赠礼节上给博厄斯的后代诺曼·博厄斯和多丽丝·博厄斯赠名。阿格尼

在纳姆吉斯土著学校教传统舞蹈的阿格尼丝·克兰默

丝·克兰默多年来在纳姆吉斯土著学校教传统舞蹈。她还为"学习卡瓦卡瓦卡"(1980—1981)系列语言和文化及其相关的教师培训项目提供咨询。格洛里亚·克兰默·韦伯斯特是她的女儿。

贝丝·卡特汉德：贝丝·卡特汉德是克里族人，在梅里特的尼古拉谷理工学院任教。她的诗作有《马儿奔向翡翠山》(1987)和《瀑布之声》

(1989)。她用英语和克里语写了双语儿童读物《小鸭子/希基普希思》(1999)，还参编书籍《改造敌人的语言》(1997)和《集会5》(1994)。

厄尔·埃纳尔松：厄尔·埃纳尔松是位于哥伦比亚和库特奈河流域的克图纳萨土著族人。他的《莫卡辛斯》(2004)是一本关于一个被领养孩子的儿童自传故事。书中讲述了孩子经历的具有正能量的体验：孩子的养母给他鹿皮鞋作为礼物并鼓励他要以自己的传统为傲。书中的插图由来自彭蒂克顿的克里族/梅蒂斯族人朱莉·弗莱特所

厄尔·埃纳尔松

画，该书入围不列颠哥伦比亚图书奖。

多莉·费利克斯：多莉·费利克斯在《猎人与大脚野人》中讲述了一个斯托·洛族故事。多莉·费利克斯又叫索菲·乔，是位故事讲述者。在安迪·波尔参与印第安兄弟联盟组织期间，多莉是安迪的助手。多莉

于1897年10月19日出生，一开始和母亲索菲及父亲詹姆斯·约翰逊一起生活在哈里森河的河口，于1902年搬到尼科门岛。11岁时，她中止了在圣玛丽教会寄宿学校的学习。1923年，嫁给来自奇黑利斯的理查德（迪克）·乔。她一生中共有12个孩子，至少35个曾孙。1981年，她加入了科卡里扎长者联盟，拉弗内·亚当斯（负责文本）和彼特·林德利（负责插图）是她的助手。

多莉·费利克斯

伊迪丝·加瓦：伊迪丝·加瓦多年来

在基斯皮奥克斯学校教吉特克桑语。她与杰伊·鲍威尔和薇姬·詹森一起编撰《孩子们使用的吉特克桑语》。这是一套东部吉特克桑部族方言地区很多学校用的丛书。伊迪丝是基斯皮奥克斯弗罗格部落的女族长,20世纪70年代晚期被汽车撞伤,就此退休,不再从教。

伊迪丝·加瓦

阿诺德·格林:阿诺德·格林是不列颠哥伦比亚复兴土著语活动的先驱。他教授一门初级阶段的基础课程,他自己的书《亨库米纳姆语:第一卷》(1993)是学习土著语的启蒙读本。作为马斯魁族的一员,他曾在库珀岛保留地教书,后又在马斯魁族地区任教。他还为不列颠哥伦比亚大学语言学领域教学法课程提供信息资源,并与韦恩·萨特尔合著了一本语法书,编纂了一本字典。他出生于"第一次世界大战之前",20世纪80年代中期去逝。

珍妮特·坎贝尔·黑尔:珍妮特·坎贝尔·黑尔是位律师,为识别和治疗土著年轻人吸毒成瘾的行为写了205页的《原住民学生毒瘾的问题》(1990)。位于萨蒙阿姆的原住民成年教育资源中心的唐·索耶为该书做注。

罗恩·汉密尔顿:罗恩·汉密尔顿出生于1948年,是努恰纳尔斯族的人种学家。他为巴克利湾语言开发项目的首个合作作品《努恰纳尔斯常用语手册及字典:巴克利湾方言》(2004)做了简介并画了14幅画。该字典由阿尔贝尼湾的玛吉·帕克特负责设计和排版。语言开发项目组成员有希尔达·努克米斯、黛博拉·库克和丹尼·杜罗谢尔,他们与胡阿伊

加拿大文学起源 土著文化

阿特族、乌克鲁勒特族、多卡特族和乌恰克勒萨特族的代表们一起,历时18个月,为复兴一门很少有人讲的语言写了一本192页的袖珍型书籍。罗恩·汉密尔顿还为叔叔皮特·韦伯斯特的自传《我所知的:阿霍塞特长者的回忆》(1983)画插图。

达尔文·汉恩和玛米·亨利:达尔文·汉恩是不列颠哥伦比亚大学法学系的学生,利顿印第安人。1993年,为完成《我们讲述的故事:汤普森族隐秘的萨利什语故事》(1995),达尔文·汉恩和他的翻译兼陪同利顿印第安长者玛米·亨利一起追踪位于弗雷泽峡谷和尼古拉峡谷的汤普森长者,并用磁带录下他们的故事。汉恩在"斯泰因河谷发掘项目"工作中遇到温迪·威克怀尔,并获其鼓励和指导,同时还得到叔叔内森·斯平克斯的指点。玛米·亨利研究汤普森语、建立拼写规则,是在学校教汤普森语最早的发起人之一。达尔文·汉恩与玛米·亨利合作创作和改编故事,收集一些资料提供者的照片,如:菲尔·阿贾尔、希尔达·奥斯汀、弗雷德·贝亚、马里昂·本特、彼特、鲍勃、克里斯蒂娜·鲍勃、曼迪·布朗、汤姆·乔治、赫伯特·(巴迪)·汉娜、弗雷德·汉娜、沃尔特、艾萨克、安东尼·乔、马布尔·乔、赫伯·曼纽尔、埃德娜·马洛韦、米尔德丽德、米切尔、路易·菲利普斯、伯特·西摩、罗西·斯库基、内森·斯平克斯、多萝西·乌尔萨基、比尔·沃克姆、玛丽·威廉斯和安妮·约克。

塞莉纳·哈里

希瑟·哈里斯:希瑟·哈里斯,克里-梅蒂斯人,是位诗人、珠宝商、服装设计师兼传统舞者。她在北不列颠哥伦比亚大学土著民族研究中心任教。她出版了一本诙谐诗歌集《彩虹舞者》(1999)。她曾嫁给吉特克桑部族族长戴维·哈里斯,和女儿们一同参演了彩虹舞,并把玛丽·约翰逊誉为"我见过的最有见识的女人"。

塞莉纳·哈里:塞莉纳·哈里在阿尔克莱湖当地的小学教舒斯瓦普语及舒斯瓦普文化。参与编写《让我们学舒斯瓦普语》(I, II)(1977, 1980),还为《舒斯瓦普语教师用书》(1983)提供资料。

第四章 其他知名人士

吉姆·哈特：吉姆·哈特是一位雕刻师、金匠和画家。他与同为雕刻师的海达人雷吉·戴维森一起创作了《海达手工艺品：展览》（1990）。1999年，哈特成为鹰部落世袭首领，继承了名字"伊丹苏"，这个名字曾经属于查尔斯·埃登肖。2003年，他在温哥华克里斯戴尔的奎尔切纳公园一幢公寓住宅门口安装了一尊14英尺高的铜像——《三个守门人》。这个项目持续了两年，哈特在纽约比肯的托里克斯艺术品铸造厂负责监管铸造工艺。哈特住在马塞特，于2003年获得不列颠哥伦比亚荣誉勋章。

贝弗利·亨格里·沃尔夫：贝弗利·亨格里·沃尔夫出生于艾伯塔省南部的布拉德印第安保留地。她在一个大家庭中长大，上的是寄宿学校，在蒙大拿的一次帕瓦仪式上遇见了后来的丈夫，一个在瑞士出生的男人。多年来，他们在不列颠哥伦比亚斯库昆恰克生活，有自己的出版公司——好医药出版社，与他人合作出版了大量有关北美印第安黑脚族文化方面的书籍。晚些时候，他们开了各自的公司。贝弗利·亨格里·沃尔夫著有《我祖母的形象》（1980）、《布法罗妇女的女儿们：坚守部落信仰》(1996)。这两本书都讲述了她的母亲露丝·利特尔·贝尔以及其他女性祖先和长者们的故事，反映了她们的智慧。

贝弗利·亨格里·沃尔夫

拉斐尔·艾昂斯坦德：拉斐尔·艾昂斯坦德是梅蒂斯人，从小生长在马尼托巴省一处保留地，那里十分荒凉。在9岁时，他和其他孩子一起坐着一辆卡车去了一所寄宿学校。由于皮肤颜色较浅，在那人们嘲笑他为"莫里亚斯"（克里语：白人）。后来，他读了斯图尔特·迪克森的小说《折翼》，一本关于北不列颠哥伦比亚的丛林飞行员的故事，开始与住在不列颠哥伦比亚吉布森的迪克森取得联系。他们一起创作了《嘿，莫尼亚斯！拉斐尔·艾昂斯坦德的故事》。(1993)。拉斐尔的回忆录出版时，他住在纳奈莫。

阿格尼丝·杰克：阿格尼丝·杰克是舒斯瓦普人，在卡里布部落理事会相当活跃。她收集了32个人的资料，讲述他们在1893年至1979年开办的卡姆洛普印第安寄宿学校的经历。作为社区康复项目的一部分,她收集的资料收录在由塞韦佩姆文化教育协会编辑的书《紧闭的门后:来自坎卢普斯印第安寄宿学校的故事》(2001)中。

黛安娜·雅各布森:黛安娜·"甜心"·雅各布森有关在阿勒特贝一个夸扣特尔大家族共同生活的记忆是对过去日子的一种怀念,也是《我在夸扣特尔大房子的生活》(2005)一书关注的主要内容。雅各布森是纳姆吉斯土著人,跟维利奇岛上的莫瓦恰特族及玛玛利娜卡拉族有宗族关系。阿勒特贝位于温哥华岛东海岸不远的科莫伦特岛上,是不列颠哥伦比亚海岸最著名的土著村落之一。从1896年,汽船联合公司开始为该社区服务后,这个地方在爱德华七世时代很受游客们的喜爱。大约1870年,两个尼姆普克什·里弗的居民在那建立了一个腌鲑鱼的作坊后,人们开始在那定居。1878年,鲁伯特堡圣公会传教士们重迁到那。19世纪80年代,一家新的罐头厂及锯木厂吸引了来自尼姆普克什村的纳姆吉斯家族来此定居。该镇以负责海岸警戒调查的英国皇家海军舰艇"阿勒特"号命名。

格雷西·约翰:格雷西·约翰与小玛丽·约翰一起向老玛丽·约翰、韦罗妮卡·乔治、弗雷泽·亚历克西斯、塞莉纳·约翰及语言学家迪克·沃克求教,完成初级内卡里尔双语字典《赛库兹·伍滕尼·哈布格哈尼克》(1991)的编撰。与之相配的另一本字典《纳卡尔·伍达克尔尼·布格哈尼》包了阿萨帕斯坎语的方言地图、发音的要领和一些用于课堂教学的简单句子。这两本字典由因卡·迪恩语言学校(校长:爱德华·约翰)和卡里尔语言委员会(会长:雷·普林斯)联合出版。

玛丽·约翰逊:基斯皮奥克斯的长者玛丽·约翰逊从吉特克桑部落法尔韦德宗族获得族长头衔,在组织团结族人和支持设立"克桑村"上起了重要作用。她熟悉英语和吉特克桑尼姆克斯语,参与编辑了《少儿吉特克桑尼姆克斯语丛书》1—7册(1977—1980)。

吉恩·约瑟夫:吉恩·约瑟夫为法律事务协会(会长:特里萨·泰特)编辑了《知识分享:原住民族资源指南》(1992)。尽管这本指南主要关注的是民族自治和民族法定权利,但对于历史和文化的涉猎还是很广泛的。该指南的第二部分是关于环境保护、宪法和原住民土地权问题。第三部分是对未来资源的预测。列了几百条可参考资料。

迪利亚·丘:人类学家普利尼·厄尔·戈达德1924年的作品《西北

第四章 其他知名人士

海岸印第安艺术和文化》(1974)再版时,马斯魁阿姆·迪利亚·丘担任编辑。他还收集了其他艺术作品,如由约翰·斯米利和卡罗琳·斯米利合著的《那些出生在库纳的人》,以及由希拉里·斯图尔特所著的《西北海岸印第安人的手工艺术品》。

丹尼·库恩:阿勒特贝的丹尼·库恩是奎苏塔尼克族的年轻人,在1971年以未命名的形式出版了一本薄薄的稀有珍藏画作。

雪莉·路易斯:雪莉·路易斯是奥卡诺根族人,她为《寇萨皮:由奥卡诺根人自己讲述的民族史》(2002)一书研究家谱,收集采访奥卡诺根族的长者们。寇萨皮意思是"很久以前"。她的文集提供了大量奥卡诺根印第安族人参加一战和二战退伍老兵的资料,同时指出内萨利什族是母系族群。据考古证明,居住在奥卡诺根峡谷走廊上的土著民可以追溯到公元前6500年。

所罗门·马斯登:所罗门·马斯登是基坦尤(基特旺库尔)族的族长和家族领导,致力于文化保护和复兴工作。在20世纪70年代晚期,他与杰伊·鲍威尔及薇姬·詹森一起出版《学习吉特克桑语(西部方言)》系列教材,他担任吉特克桑语编辑。杰伊·鲍威尔和薇姬是温哥华的一对夫妇,连续5年,每个夏天他们都在基斯皮奥克斯/基万库弗居住。他们与马斯登和其他人一起出版了《学习吉特克桑语》第2、3、4册(1980)以及许多其他的学习材料。

杰伊·鲍威尔正在采访所罗门·马斯登

多萝西·麦基弗：多萝西·马西森·麦基弗在加拿大不列颠哥伦比亚萨迪斯最大的印第安新教寄宿学校学习过，并写下了《科卡里扎永不倒退》(1978)一书。

特雷莎·米歇尔：特雷莎·米歇尔写了两本儿童读物《淘气孩子》(1981)和《银鲑鱼如何会有鹰钩鼻》(1981)，都取材于位于萨迪斯的科卡里扎教育培训中心(前身是寄宿学校)。

阿特·拿破仑：克里教育家阿特·拿破仑的《不列颠哥伦比亚东北地区土著民研究》(1991)一书为土著民们所写，也取材于土著民。他整合了海狸土著民家族长者们提供的信息资源，囊括了与白人接触前期、接触期间、殖民时期和当代四个时期的发展情况。

贝蒂·帕特里克：贝蒂·帕特里克是不列颠哥伦比亚中北部莱克·巴宾族的族长。他与北不列颠哥伦比亚大学人类学及女性研究学方面的教师乔安妮·菲斯克合著了关于莱克·巴宾族的第一本书籍《崛起：莱克·巴宾族之路》(2000)。该书回顾了非法的冬季赠礼节，或"比巴尔帽子"仪式，追溯了与加拿大政府及法律体系间的关系，还概括了他们另类的传统法律制度，并附上了采访长者们及文献研究所收集的资料。

多萝西·帕特里克：多萝西·帕特里克为希拉·汤普森的双语书《谢丽儿比巴尔帽子节/谢丽尔冬季赠礼节》(1991)撰写了卡里尔语文本。该书是本儿童读物，讲的是1988年在伯恩斯莱克一个卡里尔女孩命名仪式的故事。帕特里克还和汤普森合著了一篇教育文章《海岸萨利什族的精神》(1990)。

休·皮尔：休·皮尔是斯里亚蒙族群的长者和故事讲述人，与《黄棕色女人的女儿们》的作者安妮·卡梅伦一起创作了西海岸的一个传统故事《特阿尔：偷坏孩子的女人》(1998)。特阿尔带着由盘绕的蛇组成的篮子在太阳落山后到处走动，专门抓那些违抗长辈们意愿的孩子。有一对年轻兄妹无辜被抓，他们设法自救并救出其他被抓的孩子。皮尔曾在斯里阿蒙儿童发展中心和詹姆斯·汤姆森学校的斯里亚蒙语言文化中心工作。

莉莲·萨姆：莉莲·萨姆和纳克·阿兹利老年协会一起在《来自纳克·阿兹利老人的讲述》(2001)中记录了不列颠哥伦比亚北部纳克·阿兹利社会的双语口述史。纳克·阿兹利之前是人们熟知的达克尔族，克里尔族的分支，住在不列颠哥伦比亚北部圣詹姆斯堡附近。

老斯坦利·萨姆：在《阿霍塞特野外古迹观光路线指南》(1997)中，阿霍塞特长者老斯坦利·萨姆讲述了位于克拉阔特海峡弗洛雷斯岛上的土著民的历史和故事。书的前言是小罗伯特·肯尼迪写的，书的销售收入用于支持阿霍塞特野外古迹观光路线项目，该项目把弗洛雷斯岛西侧海滩、岬角和阿霍塞特村庄连接在一起。老萨姆于1928年2月29日出生于阿霍塞特的一间长屋，因为儿时身体太差，直到9岁才上寄宿学校，所以他从祖父那儿听到了不少故事。他从事商业捕鱼长达54年。他个人出版了《查希兹·西姆威卡训诫：生活的新开端》(1999)一书。

老斯坦利·萨姆

南希·桑迪：南希·桑迪是名土著族律师，为非专业人士著了一本《印第安法案》的章节指南《印第安法案及其释义》(1988)。

D. 约翰尼·塞勒兹：多尔比·贝文·特纳出生于1920年，少年时代生活在格林角的考伊坎湾，在那她与肯尼普森族人成了为朋友。在她80岁时，她在《雨季来临：萨利什族其他一些传奇人物》(1992)中描述了一些认识的长者，并转述了他们的一些故事。书中的插图由肯尼普森族的德尔马·约翰尼·塞勒兹所作。塞勒兹出生于1946年，在邓肯长大，曾在洛杉矶半岛艺术学院和马拉斯皮纳大学学习艺术。

黛安娜·西尔维：黛安娜·西尔维是锡谢尔特族人，于1946年出生于埃格蒙特，早年生长在斯库克姆查克急流附近的小渔村里。她毕业于不列颠哥伦比亚大学土著印第安教师教育学院，在贝拉贝拉保留地、阿尔伯尼港保留地及维多利亚任教21年。1997年，她出版了一本儿童读本《精神探索》(1997)，其中的插图由她的儿子乔所画。1999年，她编写了一本教材《远古时代:太平洋西北海岸的土著民》。2000年,她还出了一本讲述一个女孩在温哥华街头陷入困境的青少年小说《雷文的飞翔》。最近,西尔维为《加拿大土著民儿童读本》(2005)写了一些文章,该书适合8到12岁的孩子阅读,其中的插画由约翰·温莎所作。

罗伯特·E.斯坦利:罗伯特·E.斯坦利于1958年出生在不列颠哥伦比亚北海岸的金戈尔兹的尼斯嘎村庄,家中有11个兄弟姐妹。他的《西北土著民艺术:基本形式》(2002)是教人们如何画太平洋西北海岸土著民艺术的基本形状。他的父亲老墨菲·斯坦利、他的兄弟小墨菲·斯坦利和弗吉尔都是艺术家。

罗伯特·E.斯坦利

拉塞尔·史蒂文斯:拉塞尔·史蒂文斯是吉特克桑语教师、语言学家,出生在基斯皮奥克斯,于20世纪80年代晚期在这里去世。他和杰伊·鲍威尔一起写了一套关于吉特克桑语东部方言的语文课本《吉特克桑语》第1册和第2册(1977)。他是吉他大师,天生适合当老师。在复兴吉特克桑语和保护吉特克桑文化方面,给他的民族留下了众多的资源。

维奥莱特·斯顿普:亚力山大宗族群是指位于威廉姆斯湖北部约75公里处弗雷泽河两岸的约70个土著民族。宗族群首领维奥莱特·斯顿普和她的妹妹莎伦·斯顿普合著的《亚力山大人》(1990)关注的就是这个宗族群,其中的插画由玛吉·弗格森·迪迈所作。

拉塞尔·史蒂文斯

比阿特丽斯·威尔逊:海斯拉族的长者比阿特丽斯·威尔逊出生于

第四章 其他知名人士

1931年,是赫纳克西亚拉族族长瓦卡斯(所罗门·罗伯逊)的孙女,尼斯姆拉克斯(戈登·罗伯逊)的女儿,她继承了黑鱼部落的名字。她是纳娜吉拉学院理事会的理事,海斯达发掘项目的负责人。她每年在相应的季节会到基马诺的乌里坎鱼基地收购并腌制一些传统的时令食物。在艾莉森·戴维斯、比阿特丽斯·威尔逊和布赖恩·D.康普顿合著的《美莓在新年盛开》(1995)中,威尔逊分享了这些文化知识。

比阿特丽斯·威尔逊

所罗门·威尔逊:斯基德盖特的海达长者所罗门·威尔逊和戴维·W.埃利斯合著了《夏洛特皇后群岛斯基德盖特海达人关于海洋无脊椎动物的知识和用途》(1981)。

安娜贝尔·克罗皮德·埃雷德·沃尔夫:安娜贝尔·克罗皮德·埃雷德·沃尔夫出生于1951年,写了一本介绍舒斯瓦普族的书《舒斯瓦普族的历史:百年沧桑》(1981)。她写道:"早期舒斯瓦普族人把商人视为朋友和同盟。他们认为毛皮贸易可以丰富他们的物质财富,让他们更幸福,也许还能提高他们的政治地位和政治权力。随着海狸毛皮的减少,毛皮贸易生意也日渐惨淡。舒斯瓦普族人开始经历经济困难和各种疾病。在19世纪20年代,疑虑和怨恨代替了前期的友谊与和平共处。舒斯瓦普人拒绝贸易合作,商人们成了印第安人威胁中的受害者。到19世纪40年代,经济环境变得更糟,商人们想要控制印第安人,这一点已经很明确……到19世纪50年代,舒斯瓦普人已经失去了经济自制权,更多的是受商人们的控制。"

埃尔登·耶洛霍恩:耶洛霍恩出生在艾伯塔省佩甘保留地,并在那儿长大。他在麦吉尔大学获得人类学博士学位。在西蒙菲莎大学任教期间,他参加了艾伦·D.麦克米伦《加拿大土著民族》(2004)修订本的写作。

第五章

背景知识

第五章　背景知识

1996年不列颠哥伦比亚土著民总人口：139 655人
1996年土著民占不列颠哥伦比亚总人口的比例：3.8%
2001年不列颠哥伦比亚土著民总人口：170 000人
2001年土著民占不列颠哥伦比亚总人口的比例：4.4%
（数据的上升表明出生率的升高和越来越多的人愿意向加拿大统计局承认自己土著民身份。）
2001年居住在不列颠哥伦比亚的土著民占加拿大土著民总人口的比例：17.5%
2001年不列颠哥伦比亚土著民中的梅蒂斯人口：44 265人
目前，不列颠哥伦比亚土著民住在保留地外的比例：72%
不列颠哥伦比亚土著民失业率：21%
不列颠哥伦比亚的失业率：6.9%

这张"集中营"的漫画出自报纸《土著之声》，表达了二战时期的土著老兵犬儒主义的回归。1949年，不列颠哥伦比亚的土著男性获得省内选举权。1960年，不列颠哥伦比亚的土著民有了联邦公民权。直到1962年，他们才获得自由买卖酒的权利。

《土著之声》标题文章:"从 1946 年 12 月初创刊起,《土著之声》已经发行了 15 期,我们的编辑露丝·史密斯已担任编辑 12 个月。

史密斯夫人是萨利什印第安人,出生于耶鲁,在萨迪斯科夸李扎寄宿学校接受的教育,是两个孩子的母亲。她献身于加拿大土著民唯一的官方出版物,成为其编辑,是全世界土著女性和白人女性的楷模。"

1995 年加拿大男性(包括土著民)的平均寿命为:75 岁,女性(包括土著民)的平均寿命为:82 岁。

1995 年加拿大男性土著民的平均寿命为:69 岁,女性土著民的平均寿命为:76 岁。

1981 年,加拿大土著民获大学学历的比例:2%。

1981 年,加拿大非土著民获大学学历的比例:8.1%。

1995 年,加拿大土著民获大学学历的比例:4.2%。

1995 年,加拿大非土著民获大学学历的比例:15.5%。

1998年联邦政府建立了3.5亿加元的补偿基金"为联邦政府过去使土著民与非土著民之间出现的紧张关系的种种行为"而道歉、补偿。

2001年加拿大土著民城市人口（主要的一些城市）：

温尼伯	55 760 人
埃德蒙顿	40 930 人
温哥华	36 855 人
卡尔加里	21 915 人
多伦多	20 300 人
萨斯卡通	20 280 人
里贾纳	15 685 人
渥太华/赫尔	13 485 人
蒙特利尔	11 085 人

2001年不列颠哥伦比亚土著民城市人口（不包括温哥华）：

维多利亚	8 695 人
乔治王子城	7 985 人
坎卢普斯	5 470 人
鲁伯特王子港	4 625 人
纳奈莫	4 335 人
阿博茨福德	4 215 人
邓肯	4 085 人
奇利瓦克	4 020 人
基洛纳	3 950 人
阿尔伯尼港	3 340 人
威廉斯莱克	3 250 人
特勒斯	3 085 人
弗农	2 290 人
坎贝尔里弗	2 280 人
奎斯内尔	2 135 人
道森克里克	2 090 人
圣约翰堡	1 785 人
康特奈	1 735 人
克兰布鲁克	1 425 人

彭蒂克顿	1 290 人
鲍威尔里弗	1 140 人
基蒂马特	545 人
斯阔米什	545 人
帕克斯维尔	410 人

1851年至1854年间土著民族与詹姆斯·道格拉斯在温哥华岛签订的条约有14条。

19世纪60年代,土地专员约瑟夫·特里奇拒绝承认土著民的权益、土著民签约的权利和土著民预先占有公有土地的权益。

圣·玛丽寄宿学校1863年在弗雷泽谷建立,于1985年关闭,是不列颠哥伦比亚约30所寄宿学校中最古老的一所教会学校。

在接下来的140年里维多利亚签订的合法条约数量:0。

1927年,联邦政府禁止土著民联合起来讨论土地声明。

1931年,土著民兄弟联盟秘密联络,讨论土地声明。

1967年,律师托马斯·伯杰开始力争(在富兰克·考尔德事件中)对于联邦而言土著民族权利具有优先权。

1973年,联邦政府开始准备与尼斯嘎阿土著民族进行初步谈判。

1991年,不列颠哥伦比亚政府认可土著民族权益,组成一个推崇执行6步商谈条约的新索赔专案组。

1994年，加拿大正式承认在加拿大宪法范围内土著族人拥有与生俱来的自治权。

1997年，加拿大最高法院颁布"德尔加穆乌克"决定，认可土著民族的狩猎权、捕鱼权、集会权，以及土地权。

不列颠哥伦比亚土著族人口：
1774年：250 000人
1835年：100 000人
1885年：28 000人
1929年：23 000人
1911年：20 174人
1996年：139 655人
2001年：170 000人

多萝西·黑格特拍摄的
《土著民族儿童服饰》

乔·戈斯内尔族长与格伦·克拉克总理手持1998年签署的
《尼斯加条约》副本，该条约于2000年获批立法

1998 年：尼斯加人、加拿大和不列颠哥伦比亚政府签订了尼斯加终结协议，结束了条约谈判。

2000 年：尼斯加的协议获批立法。

1887 年：尼斯加人创建了第一个尼斯加土地委员会。

从詹姆斯·道格拉斯任总督到格伦·克拉克任总理，不列颠哥伦比亚土著民与不列颠哥伦比亚政府之间签订的条约数：1。

这里的数据主要源自于罗伯特·穆克勒的《不列颠哥伦比亚的土著民》（不列颠哥伦比亚大学出版社，1998）、不列颠哥伦比亚条约委员会的《这些条约涉及什么？：不列颠哥伦比亚条约非专业指南》（2003）、《不列颠哥伦比亚百科全书》（哈伯，2000）、亚历克斯·罗斯的《梅济亚丁的精神舞蹈》（哈伯，2000）、约翰·W. 弗里森和弗吉尼亚·莱昂斯·弗里森合著的《包括我们：加拿大梅蒂斯人认知的里尔梦幻》（德兹李格，2004），以及加拿大统计局和不列颠哥伦比亚统计局相关数据。

第五章 背景知识

此刻我们为生存而斗争,北美的印第安人有资格宣告胜利。我们幸存下来了。如果其他民族也在我们的土地上繁荣起来,这代表一种现象,那就是我们的地球母亲善待她所有的孩子,没有把一个民族与另一个民族混淆起来。一方胜利必定有另一方失败,这是出自于欧洲战争神话。

——乔治·曼纽尔,《第四道》(1974)

加拿大文学起源 土著文化

1980年,加拿大博物馆的格洛丽亚·克兰默·韦伯斯特和安德烈娅·拉福雷特在新建的德乌米斯塔文化中心打开返还的冬季赠礼节收藏品。

参考书目

Adams, Howard. *The Education of Canadians*. Montreal: Harvest House, 1968.

——. *A History of the Métis of the Northwest*. Saskatoon: Modern Press, 1977.

——. *Prison of Grass: Canada from the Native Point of View*. Toronto: New Press, 1975.

——. *A Tortured People: The Politics of Colonization*. Penticton: Theytus, 1995.

Alfred, Agnes, Martine Reid & Daisy Sewid-Smith. *Paddling to Where I Stand: Agnes Alfred, Qwiqwasu'tinuxw Noblewoman*. Vancouver: UBC Press, 2004.

Alfred, Gerald Taiaiake. *Heeding the Voices of Our Ancestors: Kahnawake Mohawk Politics and the Rise of Native Nationalism*. Don Mills: Oxford U. Press, 1995.

——. *Peace, Power, Righteousness: An Indigenous Manifesto*. Don Mills: Oxford U. Press, 1999.

——. *Wasase: Indigenous Pathways of Action and Freedom*. Peterborough: Broadview Press, 2005.

Annharte. *Being on the Moon*. Winlaw: Polestar, 1990.

——. *Blueberry Canoe*. Vancouver: New Star, 2001.

——. *Coyote Columbus Café*. Winnipeg: Moonprint, 1994.

——. *Exercises in Lip Pointing*. Vancouver: New Star, 2003.

Antoine, Irene, et al. *Nak'al Bun Whudakelhne Bughuni: Stuart Lake, The People of their Words*. Vanderhoof: Yinka Déné Language Institute, 1991.

Archibald, Jo-Ann & Verna Kirkness. *The First Nations Longhouse: Our Home Away From Home*. Vancouver: First Nations House of Learning, 2001.

Arima, E. Y., Charles Jones, John Thomas, Denis St. Claire & Louis Clamhouse. *Between Ports Alberni and Renfrew: Notes on West Coast Peoples*. Mercury Series No. 46. Ottawa: Canadian Museum of Civilization, 1991.

Armstrong, Jeannette. *Breath Tracks*. Stratford: Williams-Wallace & Theytus, 1991.

——. *Dancing with the Cranes*. Penticton: Theytus, 2004.

——. *Enwhisteetkwa (Walk in Water)*. Penticton: Okanagan Tribal Council, 1982.

——. *Looking at the Words of our People: First Nations Analysis of Literature*. Penticton: Theytus, 1993.

 土著文化

——. *Native Creative Process*: *A Collaborative Discourse Between Douglas Cardinal and Jeannette Armstrong*. Penticton: Theytus, 1991.
——. *Neekna and Chemai*. Penticton: Theytus, 1981.
——. *Slash*. Penticton: Theytus, 1983.
——. *Whispering in Shadows*: *A Novel*. Penticton: Theytus, 2000.
Armstrong, Jeannette, C. Armstrong & Lally Grauer, eds. *Native Poetry in Canada*: *A Contemporary Anthology*. Peterborough: Broadview Press, 2001.
Armstrong, Jeannette, Lee Maracle, Delphine Derickson & Greg Young-Ing, eds. *We Get Our Living like Milk from the Land*. Penticton: The Okanagan Rights Committee, The Okanagan Indian Education Resource Society, 1993—1994.
Arnott, Joanne. *Breasting the Waves*: *On Writing & Healing*. Vancouver: Press Gang, 1995.
——. *Ma MacDonald*. Toronto: Women's Press, 1993.
——. *My Grass Cradle*. Vancouver: Press Gang, 1992.
——. *Steepy Mountain Love Poetry*. Cape Croker: Kegedonce Press, 2004.
——. *Wiles of Girlhood*. Vancouver: Press Gang, 1991.
Assu, Harry & Joy Inglis. *Assu of Cape Mudge*: *Recollections of a Coastal Indian Chief*. Vancouver: UBC Press, 1989.
Atleo, Richard E. *Tsawalk*: *A Nuu-chah-nulth Worldview*. Vancouver: UBC Press, 2004.
Baker, Simon & Verna Kirkness. *Khot La Cha*: *The Autobiography of Chief Simon Baker*. Vancouver: Douglas & McIntyre, 1994.
Barbetti, Louise, et al. *We are our History—A Celebration of our Haisla Heritage*. Kitimat: Kitamaat Village Council, 2005.
Beynon, William. *Potlatch at Gitsegukla*: *William Beynon's 1945 Field Notebooks*. Eds. Margaret Seguin Anderson & Marjorie Halpin. Vancouver: UBC Press, 2000.
Bird, Catherine, et al. *The Boy Who Snared the Sun*: *A Carrier (Dakelh) Legend*. Ed. Rose Pierre. Illus. Roan Muntener. Vanderhoof: Yinka Déné Language Institute, 1994.
——. *Central Corner Bilingual Dictionary*. Fort St. James: Carrier Linguistic Committee. , 1974.
——. *The Robin and the Song Sparrow*. Ed. Rose Pierre. Illus. Roan Muntener. Vanderhoof: Yinka Déné Language Institute, 1994.
Blackstock, Michael. *Faces in the Forest*: *First Nations Art Created on Living Trees*. Montreal: McGill-Queen's U. Press, 2001.
——. *Salmon Run*: *A Florilegium of Aboriginal Ecological Poetry*. Kamloops:

Wyget Books, 2005.

Borrows, John. *Aboriginal Law: Cases, Materials and Commentary*. Markham: Butterworths, 1998.

——. *The Resurgence of Indigenous Law*. Toronto: U. of Toronto Press, 2002.

Bose, Chris. *Somewhere in this Inferno*. Penticton: Theytus, 2004.

Boyd, Laura M. *'Atsoo and I*. Anahim Lake: Ulgatcho Indian Band, 1990.

——. *For Someone Special*. Quesnel: Nazko Indian Band, 1990.

——. *My Home Forever*. Quesnel: Nazko Indian Band, 1989.

Bruce, Skyros. *Kalala Poems*. Vancouver: Daylight Press, 1972.

Caffey, John & Ed Golstgrom, eds. *Shuswap History: The First 100 Years of Contact*. Kamloops: Secwepemc Cultural Education Society, 1990.

Campbell, Nicola I. *Shi-shi-etko*. Illus. Kim LaFave. Toronto: Groundwood, 2005.

Charleyboy, Orrey. *TsiDelDel: Redstone*. Williams Lake: Chilcotin Language Committee, 1991.

Charlie, Domanic & August Jack Khahtsahlano. *Squamish Legends … The First People*. Ed. Oliver Wells. Vancouver: C. Chamberlain & F. T. Coan, 1966.

Chelsea, Phyllis, Vickie Jensen, Jay Powell & Celina Harry. *Learning Shuswap, Books 1—2*. Williams Lake: Alkali Lake Band, 1980.

Chrisjohn, Roland, Sherri Young & Michael Maraun. *The Circle Game: Shadows and Substance in the Indian Residential School Experience in Canada*. Penticton: Theytus, 1997.

Clements, Marie. *Burning Vision*. Vancouver: Talonbooks, 2003.

——. *The Girl Who Swam Forever*. Oxford: Miami U. Press, 2000.

——. *Now Look What You Made Me Do—Prerogatives*. Winnipeg: Blizzard, 1998.

——. *The Suitcase Chronicles*. Summerland: Journey Publication, 2002.

——. *The Unnatural and Accidental Women*. Vancouver: Talonbooks, 2005.

Clements, Marie, Greg Daniels & Margo Kane. *DraMétis: Three Métis Plays*. Penticton: Theytus, 2001.

Clutesi, George. *Potlatch*. Sidney: Gray's Publishing, 1969.

——. *Son of Raven, Son of Deer: Fables of the Tse-shaht People*. Sidney: Gray's Publishing, 1967.

——. *Stand Tall, My Son*. Illus. Mark Tebbett. Victoria: Newport Bay, 1990.

Cohen, Bill. *Stories and Images of What the Horse Has Done for Us—An Illustrated History of Okanagan Ranching and Rodeo*. Penticton: Theytus, 1998.

Collins, Theo. *The Sechelt Act and What It Means*. Vancouver: Union of B. C. Indian Chiefs, 1988.

Cook, Margaret, Agnes Cranmer, J. V. Powell & Vickie Jenson. *Learning Kwak'wala*. Alert Bay: U'Mista Cultural Centre, 1980.

Courtoreille, Fred, Mary Armstrong & Terrance Armstrong. *Roast Moose & Rosaries: Fred & Mary's Story*. Moberly Lake: Two Sisters Publishing, 1997.

Cranmer, Agnes, Margaret Cook, J. V. Powell & Vickie Jenson. *Learning Kwak'wala*. Alert Bay: U'Mista Cultural Centre, 1980—1981.

Grey, Ernie & Suzanne Fournier. *Stolen From Our Embrace: The Abduction of First Nations Children and the Restoration of Aboriginal Communities*. Vancouver: Douglas & McIntyre, 1997.

Cuthand, Beth. *Horse Dance to Emerald Mountain*. Vancouver: Lazara Press, 1987.

——. *The Little Duck/Sikihpsis*. Illus. Mary Longman. Penticton: Theytus, 1999.

——. *Voices in the Waterfall*. Vancouver: Lazara Press, 1989.

Cuthand, Beth, co-ed. *Reinventing the Enemy's Language: Contemporary Native Women's Writings of North America*. New York: W. W. Norton, 1997.

Cuthand, Beth, ed. *Gatherings: The En'owkin Journal of First North American Peoples: Volume V*. Penticton: Theytus, 1994.

Davidson, Florence Edenshaw & Margaret Blackman. *During My Time: Florence Edenshaw Davidson, A Haida Woman*. Seattle: U. of Washington Press, 1982.

Dickson, Stewart & Raphael Ironstand (uncredited). *Hey Manias! : The Story of Raphael Ironstand*. Vancouver: Arsenal Pulp, 1993.

Dixon, Stan. *Self-Government, A Spirit Reborn*. Sechelt: Sechelt Indian Band, 1986.

Dove, Mourning. *Cogewea, The Half-Blood: A Depiction of the Great Montana Cattle Range*. Boston: Four Seas Co., 1927.

——. *Coyote Stories*. Lincoln: U. of Nebraska Press, 1990.

——. *Mourning Dove: A Salishan Autobiography*. Ed. Jay Miller. Lincoln: U. of Nebraska Press, 1990.

——. *Tales of the Okanogans*. Ed. Donald M. Hines. Fairfield: Ye Galleon Press, 1976.

Dumont, Marilyn. *Green Girl Dreams Mountains*. Lantzville: Oolichan, 2001.

——. *A Really Good Brown Girl*. London: Brick Books, 1996.

Einarson, Earl. *The Moccasins*. Illus. Julie Flett. Penticton: Theytus, 2004.

Eustache, Harold. *Shuswap Journey*. Penticton: Theytus, 2004.

Fife, Connie. *Beneath the Naked Sun*. Toronto: Sister Vision, 1992.

——. *Poems for a New World*. Vancouver: Ronsdale, 2001.

——. *Speaking Through Jagged Rock*. Fredericton: Broken Jaw Press, 1999.

Fife, Connie, ed. *The Colour of Resistance*. Toronto: Sister Vision, 1994.

Framst, Louise. *But I Cleaned My Room Last Year*! Cecil Lake: Framst Books, 2002.

——. *Feathers*. Cecil Lake: Framst Books, 2004.

——. *Kelly's Garden*. Cecil Lake: Framst Books, 1992.

——. *Manny's Many Questions*. Cecil Lake: Framst Books, 1992.

——. *On My Walk*. Cecil Lake: Framst Books, 2001.

——. *A Tahltan Cookbook*, Vol. 1: *Grace and George Edzerza Family*. Cecil Lake: Framst Books, 1995.

——. *A Tahltan Cookbook*, Vol. 2: *More than 88 Ways to Prepare Salmon*. Cecil Lake: Framst Books, 1996.

——. *A Tahltan Cookbook*, Vol. 3: *Campfire Cooking*. Cecil Lake: Framst Books, 1997.

Framst, Louise, ed. *A Community Tells Its Story: Cecil Lake 1925—2000*. Cecil Lake: Nor'Pioneer Women's Institute, 2000.

Galois, Robert, J. V. Powell & Gloria Cranmer Webster. *Kwakwaka'wakw Settlements, 1775—1920: A Geographical Analysis and Gazetteer*. Vancouver: UBC Press, 1994.

Gawa, Edith, Vickie Jensen & J. V. Powell, eds. *Gitxsanimax for Kids*, Workbook 4. Kispiox: Kispiox Band, 1977.

——. *Gitxsanimax for Kids*, Workbook 5. Kispiox: Kispiox Band, 1977.

George, Dan. *My Heart Soars*. Illus. Helmut Hirnschall. Saanichton: Hancock, 1974.

——. *My Spirit Soars*. Illus. Helmut Hirnschall. North Vancouver: Hancock, 1982.

——. *The Best of Chief Dan George*. Illus. Helmut Hirnschall. Surrey: Hancock, 2004.

George, Earl Maquinna. *Living on the Edge: Nuu-Chah-Nulth History from an Ahousaht Chief's Perspective*. Winlaw: Sono Nis, 2003.

George, Leonard. *Alternative Realities: The Paranormal, the Mystic, and the Transcendent in Human Experience*. New York: Facts on File, 1995.

——. *Crimes of Perception: An Encyclopedia of Heresies and Heretics*. New York: Paragon House, 1995.

Ghandl. *Nine Visits to the Mythworld: Ghandl of the Qayahl Llaanas*. Trans. Robert Bringhurst. Vancouver: Douglas & McIntyre, 2001.

Gottfriedson, Garry. *One Hundred Years of Contact*. Kamloops: Secwepemc Society, 1990.

——. *Glass Tepee*. Saskatoon: Thistledown, 2002.

——. *Painted Pony*. Illus. William McAusland. Kamloops: Partners in Publishing, 2005.

Gottfriedson, Garry & Reisa Smiley Schneider. *In Honour of Our Grandmothers*:

Imprints of Cultural Survival. Illus. George Littlechild & others. Penticton: Theytus, 1994.

Guerin, Arnold. Hunq'umi'num Language: Book 1. Vancouver: Musqueam Band, 1993.

Hager, Barbara. On Her Way: The Life and Music of Shania Twain. New York: Berkley Boulevard, 1998.

——. Honour Song: A Tribute. Vancouver: Raincoast, 1996.

Hale, Janet Campbell. Native Students with Problems of Addiction: A Manual for Adult Educators. Salmon Arm: Native Adult Education Resource Centre, 1990.

Hall, Lizette. The Carrier, My People. Vanderhoof: Yinka Déné Institute, 2000.

Hamilton, Ron, et al. Nuu-chah-nulth Phrase Book & Dictionary: Barkley Sound Dialect. Bamfield: Barkley Sound Dialect Working Group, 2004.

Hanna, Darwin & Mamie Henry. Our Tellings: Interior Salish Stories of the NlhaJkapmx People. Vancouver: UBC Press, 1995.

Harris, Heather. Rainbow Dancer. Prince George: Caitlin, 1999.

Harris, Kenneth. Visitors Who Never Left: The Origin of the People of Damelahamid. Ed. Frances M. P. Robinson. Vancouver: UBC Press, 1974.

Harris, Martha Douglas. History and Folklore of the Cowichan Indians. Victoria: The Colonist Printing & Publishing Company, 1901.

Harry, Celina, Jay Powell, Vickie Jensen & Phyllis Chelsea. Let's Study Shuswap, Books 1—2. Williams Lake: Alkali Lake Band, 1977.

Harry, Celina, Jay Powell & Vickie Jensen. Shuswap Teachers Manual. Williams Lake: Alkali Lake Band, 1983.

Hart, Jim & Reg Davidson. Haida Artifacts: An Exhibition with Commentaries. Berkeley: Lowie Museum of Anthropology, U. of California, Lowe Art Museum, 1990.

Highway, Tomson. Ernestine Shuswap Gets Her Trout. Vancouver: Talonbooks, 2005.

Hungry Wolf, Beverly. Daughters of the Buffalo Women: Maintaining the Tribal Faith. Skookumchuck: Canadian Caboose Press, 1996.

——. The Ways of My Grandmothers. New York: William Morrow & Co., 1980.

Hunt, George & Franz Boas. Kwakiutl Texts. Leiden: E. J. Brill; New York: G. E. Stechert, 1905; New York: AMS Press, 1975.

——. Kwakiutl Texts: Second Series. Leiden: E. J. Brill; New York: G. E. Stechert, 1906; New York, AMS Press, 1975.

Hunter, Robert & Robert Calihoo. Occupied Canada: A Young White Man Discovers His Unsuspected Past. Toronto: McClelland & Stewart, 1991.

Jack, Agnes, ed. *Behind Closed Doors: Stories from the Kamloops Indian Residential School*. Penticton: Theytus, 2000.

Jacobson, Diane. *My Life in a Kwag'ul Big House*. Penticton: Theytus, 2005.

James, Rudy. *Devilfish Bay: The Giant Devilfish Story*. Woodinville: Wolfhouse Pub., 1997.

Jensen, Doreen & Polly Sargent. *Robes of Power: Totem Poles on Cloth*. Vancouver: UBC Press, 1987.

Jensen, Doreen. *In Celebration of our Survival: The First Nations of British Columbia*. Vancouver: UBC Press, 1991.

John, Graciè & Marie John, Jr. *Saik'us Whut'enne Hubughunek*. Vanderhoof: Yinka Déné Language Institute, 1991.

John, Mary & Bridget Moran. *Stoney Creek Woman: The Story of Mary John*. Vancouver: Pulp Press & Tillacum Library, 1989.

John, Peter & Doris Johnson. *Highu Yalht'uk /Elders Speak: The Story of Peter John*. Burns Lake: School District #55, 2000.

Johnson, E. Pauline. *Canadian Born*. Toronto: Morang, 1903.

——. *Flint and Feather*. Toronto: Musson, 1912; *Flint and Feather: The Complete Poems of E. Pauline Johnson*. Hodder & Stoughton, 1917.

——. *Legends of Vancouver*. Vancouver: privately printed in 1911 by the Pauline Johnson Trust Fund from the *Province Magazine*, followed by many editions, including Vancouver: G. S. Forsyth, 1913.

——. *The Moccasin Maker*. Toronto: William Briggs, 1913.

——. *North American Indian Silver Craft*. Vancouver: Subway Books, 2005.

——. "When George was King" and Other Poems. Brockville: Brockville Times, 1908.

——. *The White Wampum*. London: John Lane; Boston: Lamson, Wolffe; Toronto: Copp Clark, 1895.

——. *The Shagganappi*. Toronto: William Briggs, 1913.

Johnson, Mary, Jay Powell, Vickie Jensen & Edith Gawa. *Gitxsanimax for Kids, Books 1—7*. Kispiox: Kispiox Indian Band, 1977—1980.

Jones, Charles & Stephen Busustow. *Queesto: Pacheenaht Chief by Birthright*. Nanaimo: Theytus, 1981.

Joseph, Gene. *Sharing the Knowledge: A First Nations Resource Guide*. Vancouver: United Native Nations, Legal Services Society, 1992.

Kew, Della & P. E. Goddard. *Indian Art and Culture of the Northwest Coast*. Saanichton: Hancock House, 1974.

Khahtsahlano, August Jack & Major J. S. Matthews. *Conversations with Khatsahlano 1932—1954*. Vancouver City Archives, 1969.

Kirkness, Verna J. *Indians of the Plains*. Toronto: Grolier, 1985.

——. *Aboriginal Languages: A Collection of Talks and Papers*. Vancouver: VJ. Kirkness, 1998.

Kirkness, Verna J. & Sheena Selkirk Bowman. *First Nations and Schools: Triumphs and Struggles*. Toronto: Canadian Education Association, 1992.

Koon, Danny. Untitled art book. Alert Bay, 1971.

Large, R. Geddes & Charlie George (uncredited). *Soogwilis: A Collection of Kwakiutl Indian Designs & Legends*. Toronto: Ryerson Press, 1951.

Larson, Walt. *From the Wilderness*. Westminster: Karmichael Press, 1996.

Lawrence, Mary. *In Spirit & Song*. Coburg: Highway Bookshop, 1992.

——. *My People, Myself*. Prince George: Caitlin, 1997.

Louis, Shirley. *Q'sapi: A History of Okanagan People as Told by Okanagan Families*. Penticton: Theytus, 2002.

Loyie, Larry & Constance Brissenden. *As Long as the Rivers Flow: A Last Summer Before Residential School*. Illus. Heather D. Holmlund. Toronto: Groundwood, 2003.

——. *The Gathering Tree*. Illus. Heather D. Holmlund. Penticton: Theytus, 2005.

Loyie, Larry & Vera Manuel. *Two Plays about Residential School*. Vancouver: Living Traditions, 1998.

Loyie, Larry, co-ed. *The Wind Cannot Read: An Anthology of Learners Writing*. Victoria: Province of British Columbia Ministry of Advanced Education, Training & Technology, 1992.

Mack, Clayton & Harvey Thommasen. *Bella Coola Man: More Stories of Clayton Mack*. Madeira Park: Harbour, 1994.

——. *Grizzlies & White Guys: The Stories of Clayton Mack*. Madeira Park: Harbour, 1993.

MacLeod, Heather Simeney. *The Burden of Snow*. Winnipeg: Turnstone, 2004.

——. *My Flesh, the Sound of Rain*. Regina: Coteau, 1998.

——. *Shapes of Orion*. Smoking Lung Press, 2000.

MacLeod, Heather Simeney & Coral Hull. *The North Woods*. New York: Rattapallax Press, 2003.

Malloway, Richard. *The Chilliwack Story of the Sxwayxwey*. Recorded & transcribed by Dr. Norman Todd. Sardis: Coqualeetza Cultural Centre, circa 1986.

Malloway, Richard & Brian Thorn. *Telling Stories: The Life of Chief Richard*

Malloway. Stó: lo Tribal Council, 1994.

Manuel, George & Michael Posluns. *The Fourth Way: An Indian Reality*. Toronto: Collier-Macmillan, 1974.

Maracle, Lee. *Bent Box*. Penticton: Theytus, 2000.

——. *Bobbi Lee, Indian Rebel* Toronto: Women's Press, 1975.

——. *Daughters Are Forever*. Vancouver: Raincoast, 2002.

——. *I Am Woman*. Vancouver: Write-On Press, 1988.

——. *I Am Woman: A Native Perspective on Sociology and Feminism*. Vancouver: Press Gang, 1996.

——. *Ravensong*. Vancouver: Press Gang, 1993.

——. *Sojourner's Truth*. Vancouver: Press Gang, 1992.

——. *Sojourners & Sundogs*. Vancouver: Press Gang, 1999.

——. *Sundogs*. Penticton: Theytus, 1992.

——. *Will's Garden*. Penticton: Theytus, 2002.

Maracle, Lee & Leanne FlettKruger. *Gatherings: The En'owkin Journal of First North American Peoples: Volume XIII*. Penticton: Theytus, 2002.

Maracle, Lee & Sandra Laronde, eds. *My Home As I Remember*. Toronto: National Cultural Heritage Foundation, 1998.

Maracle, Lee, et al. *Telling It: Women and Language Across Cultures*. Vancouver: Press Gang, 1994.

Marchand, Len & Matt Hughes. *Breaking Trail*. Prince George: Caitlin, 2000.

Marsden, Solomon (Gitksan language editor), Abel Campbell & Edith Campbell. *Learning Gitksan, Book 3, Western Dialect*. Kitwancool: Kitwancool, Kitsegukla & Kitwanga Indian Bands, 1980.

Marsden, Solomon (Gitksan language editor), J. V. Powell & Vickie Jensen. *Learning Gitksan, Book 2, Western Dialect*. Kitwancool: Kitwancool, Kitsegukla & Kitwanga Indian Bands, 1980.

——. *Learning Gitksan, Book 4, Western Dialect*. Kitwancool: Kitwancool, Kitsegukla & Kitwanga Indian Bands, 1980.

McIvor, Dorothy Matheson. *Coqualeetza: "Vestiga Nulla Retrosum" (No Backward Step)*. Surrey: Blue Pine Publishing, 1978.

Michell, Teresa. *How the Coho Got his Hooked Nose*. Sardis: Coqualeetza Education Training Centre, 1981.

——. *The Mischievous Cubs*. Sardis: Coqualeetza Education Training Centre, 1981.

Morisset, Jean & Rose-Marie Pelletier, eds. *Ted Trindell: Métis Witness to the North*. Vancouver: Pulp Press & Tillacum Library, 1987.

Mortimer, Hilda with Chief Dan George. *You Call Me Chief: Impressions of the Life of Chief Dan George.* Toronto: Doubleday, 1981.

Nahanee, Gloria & Kay Johnston. *Spirit of Powwow.* Surrey: Hancock, 2003.

Napoleon, Art. *Native Studies of North Eastern B.C.* Salmon Arm: Native Adult Education Resource Centre, 1991.

Neel, David. *Our Chiefs and Elders: Words and Photographs of Native Leaders.* Vancouver: UBC Press, 1992.

——. *The Great Canoes: Reviving a Northwest Coast Tradition.* Vancouver: Douglas & McIntyre, 1995.

Nowell, Charles James & Clelland Stearns Ford. *Smoke from Their Fires: The Life of a Kwakiutl Chief.* New Haven: Yale U. Press, 1941.

Nuytten, Phil. *The Totem Carvers: CharlieJames, Ellen Neel, and Mungo Martin.* Vancouver: Panorama Publications, 1982.

O'Connor, Joseph, Natasha Netschay Davies & Lloyd Dolha. *Smoke Signals from the Heart.* Vancouver: Totem Pole Books, 2004.

Odjig, Daphne. *Odjig: The Art of Daphne Odjig*, 1985—2000. Toronto: Key Porter, 2000.

——. *Tales of the Nanabush: Books of Indian Legends for Children.* 10 Vols. Toronto, 1971.

Odjig, Daphne, R. M. Vanderburgh & M. E. Southcott. *A Paintbrush in My Hand.* Toronto: Natural Heritage, 1993.

Patrick, Betty & Jo-Anne Fiske. *Cis Dideen Kat (When the Plumes Rise): The Way of the Lake Babine Nation.* Vancouver: UBC Press, 2000.

Paul, Philip Kevin. *Taking the Names Down from the Hill* Roberts Creek: Nightwood, 2003.

Pennier, Henry. *Chiefly Indian: The Warm and Witty Story of a British Columbia Half-Breed Logger.* Ed. Herbert L. McDonald. Vancouver: Gray-Donald Graphics, 1972.

Pielle, Sue with Anne Cameron. *T'AAL: The One Who Takes Bad Children.* Madeira Park: Harbour, 1998.

Pierce, William H. *From Potlatch to Pulpit, Being the Autobiography of Rev. William Henry Pierce, Native Missionary To the Indian Tribes of the Northwest Coast of British Columbia.* Ed. J. P. Hicks. Vancouver: The Vancouver Bindery, 1933.

Point, Susan. *Susan Point: Coast Salish Artist.* Ed. Gary Wyatt. Vancouver: Douglas & McIntyre, 2000.

Prince, Louis-Billy. *The Little Dwarves and the Creation of Nak'azdli: A Carrier Legend*. Transcribed by Father Adrien-Gabriel Morice. Vanderhoof: Yinka Déné Language Institute, 1996.

Reid, Bill. *All the Gallant Beasts and Monsters*. Vancouver: Buschlen-Mowatt, 1992.

——. *Solitary Raven: The Selected Writings of Bill Reid*. Vancouver: Douglas & McIntyre, 2001.

Reid, Bill & Adelaide de Menil. *Out of the Silence*. New York: Harper & Row, 1971.

Reid, Bill & Bill Holm. *Form and Freedom: A Dialogue on Northwest Coast Indian Art*. Houston: Rice U. Institute for the Arts, 1975.

Reid, Bill & Robert Bringhurst. *The Raven Steals the Light*. Vancouver: Douglas & McIntyre, 1984.

Robinson, Eden. *Blood Sports*. Toronto: McClelland & Stewart, 2006.

——. *Monkey Beach*. Toronto: Knopf, 2000.

——. *Traplines*. Toronto: Knopf, 1996.

Robinson, Gordon. *Tales of Kitamaat*. Illus. Vincent Haddelsey. Kitimat: Northern Sentinel Press, 1956.

Robinson, Harry. *Living by Stories: A Journey of Landscape and Memory*. Ed. Wendy Wickwire. Vancouver: Talonbooks, 2005.

——. *Nature Power: In the Spirit of an Okanagan Storyteller*. Ed. Wendy Wickwire. Vancouver: Douglas & McIntyre, 1992.

——. *Write It On Your Heart: The Epic World of an Okanagan Storyteller*. Ed. Wendy Wickwire. Vancouver: Theytus & Talonbooks, 1989.

Rosetti, Bernadette. *Kw'eh Ts'u Haindene: Descendants of Kwah—A Carrier Indian Genealogy*. Fort St. James: Carrier Linguistic Committee & Necoslie Indian Band, 1979.

——. *Musdzi 'Udada'/The Owl Story: A Carrier Indian Legend*. Vanderhoof: Yinka Déné Language Institute, 1991.

——. *Nunulk'i'-un*. Fort St. James: Carrier Linguistic Committee, n. d.

Sam, Lillian, ed. *Nak'azdli t'enne Yahulduk / Nak'azdli Elders Speak*. Penticton: Theytus, 2001.

Sam, Sr., Stanley M. *Ahousaht Wild Side Heritage Trail Guidebook*. Illus. Eddie Sam. Vancouver: Western Canada Wilderness Committee, 1997.

——. *Tsasiits Himwica Disciplines: For a New Beginning of Life*. Ahousaht: Fleming Printing, Victoria, 1999.

Sandy, Nancy. *The Indian Act and What It Means*. Union of B. C. Indian Chiefs, 1988.

Schwarz, Herbert T. *Windigo And Other Tales of the Ojibways*. Illus. Norval

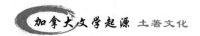 土著文化

Morrisseau. Toronto: McClelland & Stewart, 1969.

Scofield, Gregory. *The Gathering: Stones for the Medicine Wheel*. Vancouver: Polestar, 1994.

——. *I Knew Two Métis Women: The Lives of Dorothy Scofield and Georgiana Houle Young*. Victoria: Polestar, 1999.

——. *Love Medicine and One Song*. Victoria: Polestar 1997.

——. *Native Canadiana: Songs from the Urban Rez*. Vancouver: Polestar, 1996.

——. *Singing Home the Bones*. Vancouver: Polestar, 2005.

——. *Thunder Through My Veins: Memories of a Métis Childhood*. Toronto: Harper Flamingo, 1998.

Sealey, D. Bruce & Verna J. Kirkness, eds. *Indians Without Tipis: A Resource Book by Indians and Métis*. Winnipeg: William Clare, 1973.

Seaweed, Willie. *Innovations for a Changing Time: Willie Seaweed, A Master Kwakiutl Artist*. Seattle: Pacific Science Center, 1992.

Seaweed, Willie & Bill Holm. *Smoky-Top, The Art and Times of Willie Seaweed*. Thomas Burke Memorial Washington State Museum monograph. Seattle: U. of Washington Press, 1983.

Sepass, Khalserten. *The Songs of the Y-Ail-Mihth*. Vancouver: 1958.

——. *Sepass Poems*. Ed. Eloise Street. Trans. C. L. Street. Preface by Chief Waupauka LaHurreau. Vancouver, 1955; *Sepass Poems: Songs of Y-Ail-Mihth*. New York: Vantage, 1963; *Sepass Tales: Songs of Y-Ail-Mihth*. Chilliwack: Sepass Trust, 1974.

Sewid, James P. *Guests Never Leave Hungry: The Autobiography of James Sewid, a Kwakiutl Indian*. Ed. James P. Spradley. New Haven: Yale U. Press, 1969.

Sewid-Smith, Daisy. *Prosecution or Persecution*. Cape Mudge: Nu-Yum-Baleess Society, 1979.

Sewid-Smith, Daisy & Martine Jeanne Reid. *Paddling to Where I Stand: Agnes Alfred, Qwiqwasu'tinuxw Noblewoman*. Vancouver: UBC Press, 2004.

Silvey, Diane. *From Time Immemorial: The First People of the Pacific Northwest Coast*. Gabriola: Pacific Edge Publishing, 1999.

——. *The Kids Book of Aboriginal Peoples in Canada*. Illus. John Mantha. Toronto: Kids Can Press, 2005.

——. *Raven's Flight*. Vancouver: Raincoast, 2000.

——. *Spirit Quest*. Vancouver: Beach Holme, 1997.

Sinclair, Lister & Jack Pollock, eds. The Art of Norval Morrisseau. Toronto: Methuen; New York: Routledge & Kegan Paul, 1979.

参考书目

SKAAY. *Being in Being: The Collected Works of SKAAY of the Qquuna Qiighawaay*. Trans. Robert Bringhurst. Vancouver: Douglas & McIntyre, 2001.

Smith, M. Jane. *Returning the Feathers: Five Gitxsan Stories*. Illus. Ken Mowatt. Smithers: Creekstone & Sandhill, 2004.

Speck, Henry. *Kwakiutl Art: Its Background and Traditions*. Vancouver: Indian Designs Ltd., 1963.

Stanley, Robert E. *Northwest Native Arts: Basic Forms*. Surrey: Hancock, 2002.

Sterling, Shirley. *My Name Is Seepeetza*. Toronto: Groundwood, 1992.

Stevens, Russell & Jay Powell. *Gitksan Language, Books 1 and 2*. Kispiox: Kispiox Band, 1977.

Stump, Sarain. *There Is My People Sleeping: The Ethnic Poem—Drawings of Sarain Stump*. Sidney: Gray's Publishing, 1970.

Stump, Violet & Sharon Stump. *The People of Alexandria*. Illus. Maggie Ferguson-Dumais. Developing Our Resources Curriculum Project, Quesnel Native Education Program, 1990.

Swan, Luke Francis & David Ellis. *Teachings of the Tides: Uses of Marine Invertebrates by the Manhousat People*. Nanaimo: Theytus, 1981.

Tappage, Mary Augusta. *The Big Tree and the Little Tree*. Illus. Terry Gallagher. Winnipeg: Pemmican, 1986.

——. *Days of Augusta*. Ed. Jean E. Spearc. Photos by Robert Keziere. Vancouver: J. J. Douglas, 1973.

Tate, Henry W. *The Porcupine Hunter and Other Stories: The Original Tsimshian Texts of Henry W. Tate*. Ed. Ralph Maud. Vancouver: Talonbooks, 1993.

Tate, Henry W. & Franz Boas. *Tsimshian Mythology: Based On Texts Recorded By Henry W. Tate*. Washington D. C.: 31st Annual Report of the U. S. Bureau of American Ethnology 1909—1910, 1916.

Thompson, Sheila. *Cheryl Bibalhats/Cheryl's Potlatch*. Vanderhoof: Yinka Déné Language Institute, 1991.

——. *The Spirit of the Coast Salish*. North Vancouver: Creative Curriculum Inc., 1990.

Turner, Dolby. *When the Rains Came: And Other Legends of the Salish People*. Illus. D. Jonnie Seletze. Victoria: Orca, 1992.

Van Camp, Richard. *Angel Wing Splash Pattern*. Wiarton: Kegedonce Press, 2002.

——. *The Lesser Blessed*. Vancouver: Douglas & McIntyre, 1996.

——. *A Man Called Raven*. Illus. George Littlechild. San Francisco: Children's Book Press, 1997.

——. *What's the Most Beautiful Thing You Know About Horses?* Illus. George

Littlechild. San Francisco: Children's Book Press, 1988.

Vickers, Roy Henry. *Copperman: The Art of Roy Henry Vickers*. Tofino: Eagle Dancer, 2003.

——. *Spirit Transformed: A Journey from Tree to Totem*. Photography by Bob Herger. Vancouver: Raincoast, 1996.

——. *Solstice: The Art of Roy Vickers*. Tofino: Eagle Dancer & Raincoast, 1988.

Vickers, Roy Henry & Dave Bouchard. *The Elders Are Watching*. Tofino: Eagle Dancer, 1990.

Walkus, Sr., Simon. *Oowekeeno Oral Traditions as Told by the Late Chief Simon Walkus, Sr.* Eds. John Rath & Susanne Hilton. Trans. Eveyln Walkus Windsor. Mercury Series #84. Ottawa: National Museum of Man, 1982.

Wallas, James & Pamela Whitaker. *Kwakiutl Legends*. North Vancouver: Hancock, 1981.

Walsh, Anthony & Children of the Inkameep Day School. *The Tale of the Nativity*. Illus. Francis Batiste. Victoria: Committee for the Revival & Furtherance of B. C. Indian Arts, 1940.

Webster, Gloria Cranmer. *The Kwakwaka'wakw and the Spirit Lodge*. Vancouver: Expo 86, 1986.

Webster, Peter S. *As Far As I Know: Reminiscences of an Ahousat Elder*. Illus. Kwayatsapalth. Campbell River: Campbell River Museum & Archives, 1983.

Wheeler, Jordan. *Chuck in the City*. Illus. Bill Cohen. Penticton: Theytus, 2000.

White, Ellen. *Kwulasulwut: Stories from the Coast Salish*. Illus. David Neel. Nanaimo: Theytus, 1981.

——. *Kwulasulwut II: More Salish Creation Stories*. Illus. Bill Cohen. Penticton: Theytus, 1997.

William, Gerry. *The Black Ship: Book One of Enid Blue Starbreaks*. Penticton: Theytus, 1994.

——. *The Woman in the Trees*. Vancouver: New Star, 2004.

Williams, Gloria C. & Maria Bolanz. *Tlingit Art: Totem Poles & Art of the Alaskan Indians*. Surrey: Hancock, 2003.

Williams, Lorna. *Exploring Mount Currie*. Vancouver: Douglas & McIntyre, 1982.

——. *Sima7: Come Join Me*. Vancouver: Pacific Educational Press, 1991.

Wilson, Ardythe (Skanu'u). *Heartbeat of the Earth: A First Nations Artist Records Injustice and Resistance*. Gabriola: New Society Publishers, 1996.

Wilson, Ardythe (Skanu'u) & Don Monet. *Colonialism on Trial: Indigenous Land Rights and the Gitksan Wet'suwet'en Sovereignty Case*. Gabriola: New Society

Publishers, 1991.

Wilson, Beatrice & Alison Davis. *Salmonberry Blossoms in the New Year: Some Culturally Significant Plants of the Haisla Known to Occur within the Greater Kitlope Ecosystem*. Kitimat: Nanakila Press, 1995.

Wilson, Solomon & David Ellis. *The Knowledge and Use of Marine Invertebrates by the Skidegate Haida People of the Queen Charlotte Islands*. Skidegate: Queen Charlotte Islands Museum Society, 1981.

Wolf, Annabel Cropped Eared. *Shuswap History: A Century of Change*. Kamloops: Secwepemc Cultural Education Society, 1996.

Wright, Marion. *My Elders Tell Me*. Port Hardy: Tri-Bands Education Committee, 1996.

Wright, Walter. *Men of Medeek*. Kitimat: Northern Sentinel Press, 1962.

Yahgulanaas, Michael Nicoll. *Last Voyage of the Black Ship*. Vancouver: Western Canada Wilderness Committee, 2002.

——. *A Lousy Tale*. Self-published, 2004.

——. *A Tale of Two Shamans*. Penticton: Theytus, 2001.

Yellowhorn, Eldon & Alan D. McMillan. *First Peoples in Canada*. Vancouver: Douglas & McIntyre, 2004.

York, Annie Zetco & Andrea Laforet *Spuzzum: Fmser Canyon Histories*, 1808—1939. Vancouver: UBC Press & Canadian Museum of Civilization, 1998.

York, Annie, Richard Daly, & Chris Arnett. *They Write Their Dreams on the Rock Forever: Rock Writings in the Stein River Valley of British Columbia*. Vancouver: Talonbooks, 1993.

Young-Ing, Greg. *The Random Flow of Blood and Flowers*. Victoria: Ekstasis, 1996.

Young-Ing, Greg, ed. *Indige Crit: Aboriginal Perspectives on Aboriginal Literature*. Vancouver: Theytus, 2001.

——. *Gatherings: The En'owkin Journal of First North American Peoples: Volume II*. Penticton: Theytus, 1991.

——. *Gatherings: The En'owkin Journal of First North American Peoples: Volume III*. Penticton: Theytus, 1993.

——. *Gatherings: The En'owkin Journal of First North American Peoples: Volume IX*. Penticton: Theytus, 1998.

Young-Ing, Greg & Florene Belmore, eds. *Gatherings: The En'owkin Journal of First North American Peoples: Volume X*. Penticton: Theytus, 1999.

加拿大文学起源 土著文化

兰迪·弗雷德,泰特斯图书公司创始人,获得格雷·坎贝尔杰出贡献奖(2005)

泰特斯出版商:安妮塔·拉齐(2004)

译后记

感谢罗斯戴尔出版社(Ronsdale Press)负责人不列颠哥伦比亚大学的罗纳德·B.哈奇(Ronald B. Haltch)教授和作者艾伦·特威格（Alan Twigg)教授慷慨免费授权译者处理《加拿大文学起源》[*The Literary Origins of British Columbia*（全套共三册)]在中国的翻译和出版；感谢北京大学出版社和出版社的编辑为本套书中文版的出版给予的大力支持。

艾伦·特威格,加拿大著名作家、运动员、媒体人,2015 年获得加拿大勋章,2016 年被授予加拿大总督奖章。到目前为止出版作品 19 部,其中采访录 2 部,运动备忘录 1 部,以及不列颠哥伦比亚文学丛书。2010 年开始出版的不列颠哥伦比亚文学丛书是其代表作品,第四辑《对不列颠哥伦比亚有重大影响的 150 位作家及作品》(*The Essentials*：*150 Great B. C. Books & Authors*)包括如《首批入侵者》[*First Invaders*（2004)],《土著文化》[*Aboriginality*（2005)]和《汤普森开辟的贸易之路》[*Thompson's Highway*（2006)]这样的重要作品,而《土著文化》是第一本也是唯一一本全面介绍加拿大土著文学的作品。

在译者、编辑和所有相关工作人员的共同努力下,经过 6 个春秋,《加拿大文学起源》(全套共三册)在中国的翻译和出版终于画上了一个圆满的句号。本系列丛书研究对象主要是不列颠哥伦比亚,从最早的入侵者、毛皮贸易到土著作家,从不同的维度解读了加拿大文学起源。

《加拿大文学起源：首批入侵者》主要从最早的"入侵者"对加拿大文学起源的影响入手研究加拿大文学,视角新颖,对于加拿大文学的研究具有积极的意义。本书涉及加拿大文学、文化、科技、宗教、历史等各方面,记载了 18 世纪主要来自欧洲的探险者和商人的"入侵"带给加拿大全新的科技、风俗和宗教等;他们所有的冒险经历铸就了这部代表着不列颠哥伦比亚文学史开端的读物。

《加拿大文学起源：汤普森开辟的贸易之路》从毛皮贸易的视角出发,

加拿大文学起源 土著文化

介绍了不列颠哥伦比亚地区19世纪初的贸易之路,着重记述了加拿大英语文学的起源。在19世纪初,随着毛皮贸易的发展,不列颠哥伦比亚地区涌现了诸如大卫·汤普森、唐纳德·麦肯齐、彼得·科尼、罗斯·考克斯、华盛顿·欧文等有着深远影响力的作家,其中大卫·汤普森是同时期作家中最有造诣的一位。本书着重介绍了这一时期重要的作家和其成长经历、重要的作品和其特色,并描绘了当时加拿大的政治、经济、文化发展状况,描绘出丰富辽阔的历史画卷,为加拿大文学起源的背景梳理出清晰的脉络。

《加拿大文学起源:土著文化》介绍了1900年以来170多位加拿大土著文化作者(包括画家、雕刻者、插图画家和编辑)和他们出版的300多部作品。对于加拿大土著人来说,从最初害怕在纸上写出自己的名字,到被迫接受英语,再到用英语创作,不得不说这是一种巨大的进步。但是用英语创作的文学是一把双刃剑:它在给予主流社会人们更多信息的同时,又更容易让那些土著文人遗忘自己的文化,失去传统的价值观和传统的生活方式。所以对于加拿大土著人来说,如何在主流文化的冲击下,保持自己的文化传统和特色,显得尤为重要。

本书的英文名是 *The Literary Origins of British Columbia*,译者没有把它直接翻译成《不列颠哥伦比亚文学起源》,而是翻译为《加拿大文学起源》,原因之一是加拿大的文学应该从土著人用土著语口述的传统故事开始,笔者认为只有当地人以自己独特视角讲述的文学故事才是地地道道的加拿大文学起源。原因之二是书中不只是关于不列颠哥伦比亚的文学故事,还涉及加拿大其他地方的故事,如育空地区、西北地区、艾伯塔省等,几乎包括加拿大所有的地区,甚至还包括现在美国的部分地区。

在翻译过程中,我们也发现很多人名、地名很难有一个准确的中文翻译,一方面因为有些人名地名随着时间的流逝已经成为历史,这些专有名词可能已变更为另一种称呼,采用哪一种版本还有待商榷;另一方面,有些人名和地名是印第安人所固有的,有些则是不同国籍的欧洲人给取的,除英语之外,还有源自于法语、德语、西班牙语等,所以很难统一。除了专有名词外,作者还使用了一些地方方言或者其他的词汇,如 *chap-TEEK-whl-e*、*shmee-MA-ee*、*the Bones* 等。

总之,由于译者水平有限,在翻译过程中可能会有少量疏漏和欠妥之处,敬请各位专家和读者不吝赐教,以便再版时修正。

原作者简介

Alan Twigg

Alan Twigg has written and published *BC BookWorld*, a cultural newapaper, since 1987. His sixteen books include: *First Invaders* (Ronsdale, 2004), *Aboriginality* (Ronsdale, 2005), *Thompson's Highway* (Ronsdale, 2006), *101 Top Historical Sites of Cuba* (Beach Holme, 2004), *Intensive Care: A Memoir* (Anvil Press, 2002), and *Strong Voices: Conversations with 50 Canadian Writers* (Harbour, 1988). He has also produced six films about authors and a music CD with David Lester for poet Bud Osborn. He has conceived and coordinated numerous literary prizes, and created and compiled a public service reference site, *abcbookworld.com*, to offer free information on more than 9,000 British Columbia authors. In 2000 he received the first annual Gray Campbell Award for outstanding contributions to the writing and publishing community of British Columbia. He was the

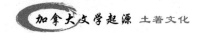

Shadbolt Fellow at Simon Fraser University. He makes his home in Vancouver.

Alan Twigg's books are about Cuba, Belize, Canadian literature, plus a memoir called *Intensive Care*. He is also the publisher of *BC BookWorld*.

译者简介

杨建国,四川绵阳人,绵阳职业技术学院副院长,教授,西南科技大学拉美研究中心特聘研究员,硕士生导师,教育部职业院校外语类教学指导委员会专委会委员。近年来,在《黑龙江高教研究》《教育与职业》等杂志发表学术论文20余篇,主持"大数据时代对高校英语教师的影响及对策研究"等四川省社科规划科研教改课题10余项,出版《加拿大文学起源:首批入侵者》等译著3本,主编、参编《综合英语》等教材10部,曾获四川省优秀教学成果奖、绵阳市社科优秀成果奖。